Bernhard Blöchl

A EINE GÖTTLICHE JUGEND B

Volk Verlag München

Bernhard Blöchl ist Autor und Journalist. Wie sein Protagonist Eddie wuchs er in einem Dorf am großen Wald auf. Einmal ist er abgehauen, kam aber nicht weit. Heute arbeitet er als Kulturredakteur für die Süddeutsche Zeitung in München. „Eine göttliche Jugend" ist sein dritter, bisher persönlichster Roman. Davor erschienen die Roadnovel „Im Regen erwartet niemand, dass dir die Sonne aus dem Hintern scheint" (2017) und die Komödie „Für immer Juli" (2013).

Mehr über den Autor unter www.bernhardbloechl.de

Die Deutsche Bibliothek verzeichnet diese Publikation in der Deutschen Nationalbibliografie; detaillierte bibliografische Daten sind im Internet über https://portal.dnb.de/ abrufbar.

Neumarkter Straße 23; 81673 München
Tel. 089 / 420 79 69 80; Fax: 089 / 420 79 69 86

Druck: Friedrich Pustet GmbH & Co. KG, Regensburg

Titelbild: olegkalina, iStock

ISBN 978-3-86222-439-5

www.volkverlag.de

MIX
Papier | Fördert gute Waldnutzung
FSC® C014889
FSC www.fsc.org

Für meine Eltern

»Der Umweg ist das Ziel.«

EDDIE

A SEITE

A

DIE ANOTHER DAY

Falls es Sie wirklich interessiert, wie mein Leben verlaufen ist, ob es zur Begegnung mit Gott kam und wie er so war, sollte ich die Geschichte vielleicht mit meiner Köpfung beginnen.

Ich muss acht oder neun Jahre alt gewesen sein, so genau weiß ich das nicht mehr, ich weiß nur, dass ich die blaue Cordhose mit dem herzförmigen Flicken am Knie trug und den blonden Scheitel linksherum, als wir uns im Lager der Zeckenbande nebeneinander aufreihen und vorbeugen mussten.

Die Zeckenbande hieß Zeckenbande, weil der älteste von ihnen Zecke genannt wurde, wie Namen halt so aus der Hüfte heraus geschossen kamen, damals in den Achtzigern. Zecke und seine Freunde waren ein paar Jahre älter als wir, und ein paar Jahre bedeuteten: Klassenunterschiede. Wir, das waren die kleinen Nachbarskinder, von denen ich die meisten nicht leiden konnte und sie mich nicht. Auf diesen Nenner waren wir zu bringen.

„Was haben die vor?“, fragte mich Andi, der Rothaarige, der uns das Schlamassel im Wald eingebrockt hatte. Seine Schwester schluchzte in einer Tour.

„Klappe halten, Eindringlinge!“, tönte es von hinten. In meiner Casio spiegelte sich die Klinge eines Messers.

Ich schwieg und ärgerte mich. Wie hatte ich so blöd sein und mich auf diese alberne Mutprobe einlassen können? Hätte ich mal Nein gesagt und mich in mein Zimmer verkrochen wie sonst immer. Stattdessen ließ ich mich hinreißen von der Vorstellung, dass uns das Erforschen des geheimnisvollen Zeckenlagers zusammenschweißen würde. Für ein Dorf-am-Wald-Kind war es nun mal nicht von Vorteil, weder ein Lager noch Lagerfreunde zu haben.

Und so standen wir in dem kreisrunden Geflecht aus Fichten- und Buchenzweigen, über einen toten Spatz gebeugt, der hier verrottete, und warteten darauf, dass etwas passierte. Komischerweise hatte ich nicht viel Angst. Angst hatte ich vor dem alljährlichen Perchten-Lauf mit den zotteligen Maskenträgern und ihren Fackeln und Glocken und dem anarchischen Gehabe, das jede Dorfjugend braucht, um als Dorfjugend durchzugehen. Dagegen war diese Aktion so spektakulär surreal, da blieb kein Raum für dunkle Gedanken.

Und eines muss man auch wissen: Das Lager der Zeckenbande befand sich nicht weit von den letzten Reihenhäusern entfernt, am Rand des Forstes bei den grunzenden Wildschweinen, weshalb mir bei aller Brenzligkeit doch irgendwie schwante, dass sich die Zecken eh nicht trauen und ihr Angebermesser an uns ausprobieren würden. „I gfrier di ei" war noch die härteste Drohung, zu der sie imstande waren, und auch diese in schöner Regelmäßigkeit lässig vom BMX-Rad heruntergerotzte Ankündigung einer bevorstehenden Einfrierung meinerseits war bisher stets ohne Folgen geblieben.

Kurze Zeit später, die Zecken hatten mich gerade als ihr erstes Opfer auserkoren und hinausposaunt, „der Dicke da" müsse nun dran glauben, kurze Zeit später also kam schon der Vater der mitgefangenen Geschwister mit kurbelnder Faust herangestapft, infolgedessen die Zeckenbande sich schneller ins Gehölz verdrückte, als wir schauen konnten.

Was mich betrifft, so habe ich aus der Episode im Wald früh ein paar Dinge gelernt:

Vorbeugen war nichts für mich, da wulstete sich mein Bauch unvorteilhaft über den drückenden Ledergürtel.

Auch als Superheld machte ich keine gute Figur, kam es doch im Lager zu keiner Zeit auch nur zum kleinsten Versuch, Widerstand gegen die Stärkeren zu leisten, noch nicht mal in Gedanken.

Mehr noch brannte sich eine viel wichtigere Lektion in mein junges Hirn ein: Pubertierende Jungs sind Affen.

So einer wollte ich niemals werden.

A

MOTHER AND FATHER

Noch immer frage ich mich manchmal, ob ich nicht doch ein Unfall war. Ein Schelmenstreich Gottes. Ein Ärgernis mit wasserfarbenblauen Augen und Grübchen so groß wie ausgewachsene Fingerkuppen.

Mein Problem war klar umrissen: Ich war immer und überall der Jüngste. In der Familie, in der Straße, in der Schule. Als ob es meine Lebensaufgabe werden sollte, zu den Unerreichbaren aufzuschauen, zu ihnen hinaufzudrängen, nur um mich dann ignorieren zu lassen.

Ich bevorzuge übrigens das Wort Spätgeborener. Nesthäkchen hat so etwas Bügel-BH-haftes.

Als Spätgeborener also hatte ich die zweifelhafte Ehre, Mitbewohner sowohl eines älteren Bruders als auch einer älteren Schwester zu sein. Dieser Umstand klingt zunächst bereichernd, führt aber zu allerlei Problemen. Vor allem dann, wenn zwischen ihr und ihm nur zwei, zwischen ihr und dir aber sechs Jahre liegen, ergo: zwischen ihm und dir acht. Acht Jahre! Das sind dreieinhalb Goldhamsterleben, statistisch gesehen.

Einmal habe ich mitbekommen, wie mein Vater und meine Mutter voller Rätsel über mich sprachen und sich darüber in die Haare kriegten. Das beschäftigt mich bis heute.

Der Schleier der Erinnerung scheint zuweilen aus blickdichtem, zuweilen aus luftigem Stoff gewebt zu sein. In diesem Fall besteht er aus feinem Nylon, klare Sicht durch viele Laufmaschen.

Es war spät, es war ein Schultag, ich hätte längst schlafen sollen in der oberen Etage meines Stockbettes, das unten leer stand beziehungsweise von Stofftieren bevölkert war, seit Charly und Nina in die Zimmer nebenan gezogen waren. Da ich aber freudig aufgekratzt war wegen des neuen Diskettenlaufwerks, das die Datasette meines Commodore 64 ersetzt hatte und den viel schnelleren Zugang zu aufregenden Spielewelten ermöglichte, trottete ich aus meinem Zimmer, an den erleuchteten Geschwistertürspalten vorbei, um mir unten in der Küche ein Glas Milch mit Honig zu holen.

Auf der knarzenden Holztreppe blieb ich stehen. Schuld daran waren die mir vertrauten, weil von Geburt an zugewiesenen erziehungsberechtigten Stimmen.

„Lass Eddie da raus, der kann nichts dafür", hörte ich Mama sagen, in ihrem hellrunden Oberbairisch, worauf Papa dunkelrund erwiderte: „Wie lang willst du noch warten? Der Bub kommt schon zurecht."

„Wolfi, er ist zehn! Wir können nicht einfach rumfahren, wie wir lustig sind."

„Wir haben es uns versprochen."

„Ich weiß, und ich will es doch auch. Aber erst, wenn er aus dem Gröbsten raus ist."

„Na das kann dauern. Schau dir seinen Bruder an."

„Charly kommt nach dir, der geht schon seinen Weg. Und Eddie auch. Aber nicht, wenn ich nicht da bin. Was sollen die Leute denken?"

Ich hatte mich in meinem gelb-braunen Frottee-Schlafanzug auf die oberste Stufe gekauert, mein Herz machte fast so laute Flattergeräusche wie das neue Floppy-Drive 1541-II, das mich erst in diese Lage gebracht hatte.

Kurz überlegte ich, mich wieder in mein Zimmer zu verdünnisieren, aber meine Neugier siegte. Also blieb ich sitzen, obwohl ich an den nackten Füßen zu frieren begann. Es war vor Kurzem Herbst geworden und der Wind aus dem Wald schien durch jede Ritze unseres Reihenhauses hindurchzupusten auf seinem zugigen Weg nach irgendwo.

„Er kann zu Elfie", nahm Papa einen neuerlichen Anlauf. Woraufhin eine irritierend lange Pause eintrat, bevor eine leise Melodie zu mir heraufwehte.

Mama konnte seltsam sein. Immer, wenn sie sich während eines Gesprächs ärgerte, sich nicht verstanden fühlte oder übergangen, dann fing sie an zu summen. Wahrscheinlich eine Art Ventil, möglicherweise beruhend auf einem frühkindlichen Trauma.

Ich werde das mit den Leuten aus der Psychologischen besprechen, wenn ich mit dem Kapitel hier fertig bin.

„Wann hast du sie zum letzten Mal gesehen?", brach es aus der Summerin heraus. „Weißt du eigentlich, wie schlecht es ihr geht? Mutti muss froh sein, wenn sie für sich selbst sorgen kann."

Augenblicklich bekam ich es mit der Angst zu tun, denn ich mochte Oma Elfie sehr.

Sie war Mitte sechzig und wohnte ein paar Straßen weiter, beim Viehgitter am Forstrand. Es leuchtete mir schon damals ein, dass sie es nie verkraftet hatte, dass ihr geliebter Mann, Opa Willi, nicht aus dem Krieg zurückgekehrt war. Dazu die Vertreibung und all das, was ich lange nicht verstanden habe. Was ich zu wissen glaubte: Es ging ihr gut. Es musste ihr gut gehen. Diese hoffnungsvoll naive Überzeugung genügte mir.

„Dann fahr ich halt allein", wurde Papa lauter. „Isehgscheiter."

Immer, wenn er argumentativ nachließ, was meist recht schnell der Fall war, schien er mit Lautstärke gegenwirken zu wollen. Außerdem lallte er, was mir auf der Treppe erst jetzt auffiel.

Von seiner Trinklust wusste ich damals nichts, aber das Verschlucken von Buchstaben, das Verkleben von Wörtern, die Verknappung der Sätze, all das registrierte ich recht früh. Ich kannte das aus Filmen. Es kam sehr häufig vor.

Eine Tür knallte, ich vermutete, es war die zu Papas Arbeitszimmer, in das er sich verkroch, wenn dicke Luft war. Wir Kinder durften da unter keinen Umständen hinein, abgesperrt war immer, und ich hatte mich nicht nur einmal gefragt, warum Papa ein Arbeitszimmer brauchte, wo er doch seine Arbeit im Sägewerk hatte. Schnell zog auch ich mich zurück, so durcheinander wie durchgefroren.

Da mein nächtlicher Ausflug das Gegenteil des Erhofften bewirkt hatte, ich mich also, statt einschlafen zu können, noch viel wacher als zuvor im Bett herumwälzen musste, ließ ich mich auf die Grübelei ein, die sich zwangsläufig aufdrängte.

Als Kind sieht man ja die Welt nicht wie ein Erwachsener. Nicht rational, sondern wunschgesteuert. Aus dem Gefühl heraus, Teil einer normalen Familie zu sein, habe ich mir mein

Leben folgendermaßen zusammengereimt: Meine Eltern lebten in diesem kleinen Dorf am großen Wald, dem größten Wald, den wir uns vorstellen konnten. Mein Vater, ein Mann mit großem Kopf und großem Hut, fuhr Tag für Tag ins Sägewerk, um dort mit seinen großen Händen Dinge zu tun, die seinem Chef so viel bedeuteten, dass wir uns das kleine Reihenhaus inklusive neuem Floppy-Laufwerk leisten konnten. Da es offenbar sehr viel für ihn zu tun gab, war er meist sehr lange weg.

Auch wenn es besonders spät wurde, kam er kurz in mein Zimmer, legte seine Hand auf meine Brust und rang sich ein Lächeln ab. Ich mochte das. Wenngleich ich mich schon fragte, wie in einem Sägewerk ein so beißender Geruch in seinen Mund gelangen konnte und warum Mama so einen Mund an den ihren ließ.

Manchmal, wenn ich mich schlafend stellte, flüsterte Papa Sachen vor sich hin wie „Mei, Bua" oder „Kruzifixscheißescheiße" oder „Schschsch". Blinzelte ich ihn müde an, schwieg er.

Sein wellig behaarter Kopf kam mir in der Dunkelheit besonders imposant vor, ein bisschen wie Colt Seavers aus „Ein Colt für alle Fälle". Seine Motorradjacke glänzte in der Lichtpfütze, die aus dem Flur hereinfloss, sein Schnauzer ein schlummerndes Borstenvieh. Das Bild meines Vaters war von Nachtschatten gemalt. Tagsüber liefen wir uns kaum über den Weg, außer an den Wochenenden und in den Ferien. Wenn wir Glück hatten. Oder Pech.

Meine Mutter dagegen war immer da. Sie war zwar keine Jody, Colts umwerfende Assistentin, aber eine hübsche Anpackerin war Mama auch. Schlank und mit langen Beinen ausgestattet, die Haare kurz und dauergewellt. Sie hatte mal für den Quelle-Katalog gemodelt, Freizeitmode und Schuhe, da war sie zwanzig gewesen. „Als die Welt noch schwarz-weiß war", wie Charly bei Geschichten aus der Zeit vor seiner Zeit niemals müde wurde anzumerken. Papa kramte die telefonbuchdicken Kataloge gerne bei Gartenfesten heraus, wiederholte andauernd „Meine Renate, meine schöne Renate" und patschte ihr auf den Hintern. Mama war das peinlich, obwohl ich heute weiß, dass sie gerne Fotomodel war, sehr gerne. Aber dann kamen Charly, Nina und ich, und aus den schicken Stöckelschuhen wurden flache Sandalen, aus den Minikleidern Umstandsmode.

Gelernt hatte sie im einzigen Hotel im Nachbarort, wovon wir nachhaltig profitierten. Ihre Lasagne war zum Backformauslecken, ihre Kuchen süßes Glück. Zugegeben, ich hing öfter an ihrem Rockzipfel in der Küche als an Papas Blaumann in der Autogarage. Diese ölverschmierte Schrauberei interessierte mich nicht im Geringsten, zumal Mama mir all meine Fragen beantwortete, im Gegensatz zu Papa. Der setzte meinen Warums das Immergleiche entgegen: „Warumwarumwarum, weil's halt so ist. Schau zu und lern!"

Befriedigender waren die Auskünfte meiner Mutter. Ich verstand, warum beim Schnitzelpanieren nur die Reihenfolge Mehl, Ei und Semmelbrösel Sinn ergab. Weshalb erst kochend heißes Nudelwasser gesalzen werden sollte und wie man eine klümpchenfreie Bechamelsoße hinbekam (Geduld ist das Zauberwort). Währenddessen erfuhr ich Tratsch aus dem Ort (Zecke wurde beim Laternenkicken erwischt, Frau Niemeyer mag ihre roten Haare nicht, die Bürgermeisterin soll einen Neuen haben) und hörte aufmerksam den Gesprächen zu, die Nina hin und wieder mit Mama führte. „Frauengespräche" nannten sie das, was mich offenbar abschrecken sollte. Tat es aber nicht. So wusste ich bereits als Viertklässler, was der Unterschied zwischen Tampons und Binden, Blusen und Hemden, Ehe mit und ohne Vertrag war. Bei der Antibabypille und diesem neumodischen Aids stieg ich allerdings aus. Das würde es auch in zehn Jahren noch geben, redete ich mir ein.

All das schoss mir in jener stürmischen Nacht durch den Kopf, ungeordnet, bildhaft, im Schnelldurchlauf.

Als die Lichter nebenan erloschen waren, ein eindeutiges Zeichen dafür, dass ich am nächsten Morgen in HSK nicht wach genug sein würde, um die Endmoränenlandschaft im Landkreis erklären zu können, versuchte ich vergeblich, Verknüpfungen herzustellen. Zusammenhänge zwischen dem, was ich wusste, und dem, was ich vorhin aufgeschnappt hatte.

Rumfahren, was meinte Mama bloß mit Rumfahren? Den Nachbarn sagte sie bei jeder Gelegenheit, wie gern sie doch hier lebte. Ihr schönes Oberbayern, das Dorf am Wald, die Berge und der Föhn.

Viel wichtiger noch die Fragen, woran Papa mir die Schuld gab, und wieso er nicht auf seine Frau hören wollte? Würde er Mama verlassen? Verließen sie den Ort? Was würde dann aus uns? In mir expandierte ein Unwohlsein, das sich anfühlte wie zu viele Kirschen im Bauch. Kurz darauf musste ich schneller atmen als jemals zuvor in der Horizontalen. Eine schweißtreibende Angst brach über mich herein.

Meine Eltern auf das Belauschte anzusprechen, das traute ich mich nicht. Das würde ich mich nie trauen.

Den unterschwelligen Eindruck, im Weg zu sein, nicht erwünscht bei was auch immer, sollte ich ebenso lang mit mir herumtragen.

A

KEEP IT TOGETHER

Da fällt mir ein: Eigentlich wollte ich von meinen Geschwistern erzählen, von den Tücken des Spät- respektive Zuspätgeborenseins und wie sich das ausgewirkt hat auf meine Entwicklung.

Charly, der ewig Pubertierende, hieß eigentlich Valentin, so fängt es schon mal an. Aus Coolnessgründen, die einen Teenager antreiben wie Batterien den Duracellhasen, entschied er sich für die bayerische Version des Vornamens jenes über den Freistaat hinaus bekannten Valentin. Dabei war er weder lustig noch interessierte er sich für Filme, war weder Philosoph noch Aphoristiker (er wusste noch nicht einmal, was das sein sollte). Charly hatte andere Qualitäten. Zum Beispiel ließ er nichts anbrennen. Früh war er zur Freiwilligen Feuerwehr gegangen, noch früher entflammte er die Herzen der Dorfmädchen. Er fuhr Mofa, war groß gewachsen wie Papa und auch sein Bartwuchs setzte rasch und kraftvoll ein. Zu einem Zeitpunkt, als ich noch herzförmige

Flicken am Knie trug und mir nichts dabei dachte. Bis ich Accessoires wie diese als radikal unpassend für mich bewertete, hatte Charly bereits einen Vollbart beisammen. Wie gesagt, acht Jahre auseinander. Acht Jahre, zwei Monate und neun Tage, um genau zu sein.

Nina war da einfacher gestrickt, zumindest bei der Herleitung ihres Spitznamens. Getauft wurde sie als Christina. Mehr gibt es dazu nicht anzumerken.

Außer vielleicht, dass ich die Langform meines Rufnamens noch mehr hasste als die beiden ihre Langformen. Ich hasste sie wie sonst nur meine feisten Oberschenkel. Und Angeber. Und Völkerball. Und Mehlspeisen als Hauptgericht.

Eduard also.

So durfte mich nur Oma Elfie nennen. Wer Elfriede Ziegenfuß heißt, darf alles zu jedem sagen, wie ich finde.

Wie das nun war mit meinen älteren Geschwistern? Diplomatisch formuliert: Es war kompliziert. Wie neue Jeans, die plötzlich zwicken, die du aber tragen musst, weil du vor der Verkäuferin den Bauch eingezogen hast. Wie Klassenkameraden, die dich tagein tagaus nerven, deinen Lehrer aber das Bonusheft zücken lassen. Wie eine aus dem Ruder laufende Geburtstagsfeier, die du zwar hören und sehen, aber nicht besuchen darfst. So in etwa war das mit uns.

Natürlich hielt ich mich nicht daran, als mir Nina und Charly mal wieder Hobbyraumverbot verordneten, um Party mit den Großen zu machen. Als ich aber mitansehen musste, wie Mädchen, die schon Haare unter den Armen hatten, mit männlichen Zahnspangenträgern in ungelenken Kontakt gerieten, sich regelrecht ineinander verbissen, so als wollten sie durch die Metallfusion das elektrisierende Gefühl des Verknalltseins herbeiführen, gab ich mein Versteck hinter dem Eichenholzschrank schneller auf als Nina „Wake me up before you go-go“ singen konnte.

Leider nicht vorsichtig genug.

Nachdem ich über einen tückisch platzierten Kasten Spezi gestolpert war und der Chor der Pubertierenden „Echt peinlich, euer Bruder!" geschmettert hatte, sperrte mich meine Schwester in den Schrank ein.

Niemals würden meine Eltern meine Hilferufe und mein Klopfen hören, dachte ich in heranrollender Panik, zumal der Hobbyraum neben Papas Werkstatt im Keller, also sehr weit vom Wohnzimmer im Erdgeschoss entfernt lag. Es müffelte nach ausgemusterten Klamotten, ich hatte Zellophan im Gesicht und kauerte auf alten Wanderschuhen und Großpackungen von Feinstrumpfhosen. Als ich mich schweigend meiner Lage ergeben hatte, in der Hoffnung, Nina würde bestimmt bald ein schlechtes Gewissen bekommen, was tatsächlich erst nach einer gefühlten Stunde der Fall war, meinte ich, sogar von hier das Knirschen von Zahnspangen hören zu können.

Selbstverständlich gab es auch schöne Geschwistermomente. Schon deshalb wird es für immer ein Rätsel bleiben, welchen Anteil Charly und Nina an meinem Entschluss hatten, abzuhauen.

Dem Kleinkindalter entwachsen, durfte ich eine, wenn auch kurze, Phase der Bruderliebe erleben, oder besser: der Bruderakzeptanz. Die winzige Schnittmenge unserer Interessen waren Computerspiele. Winter Games, Summer Games, California Games. Katakis, Frogger, Giana Sisters. Last Ninja, Turrican, Maniac Mansion. Wem nichts davon ein Begriff ist, der stammt nicht aus meiner Zeit respektive: Er hatte Besseres zu tun.

Charly und ich konnten stundenlang den Joystick rütteln, so, als hinge unser Leben davon ab, im Zwei-Spieler-Modus eine Taktik gegen das Endmonster der Maschinenarmee zu entwickeln. Was es ja auch tat, irgendwie. Und wenn die Mädchen nicht gewesen wären sowie Charlys erstarkendes Interesse an Schieberpartys, Flaschendrehen und anderen Spielen, für die es weder Ladezeiten noch Platz für einen weiteren Mitspieler gab, dann hätte ich über die Frage, wie man seinen Bruder(stolz) innerhalb eines Jahres komplett verlieren konnte, wohl nicht so schnell nachdenken müssen.

Auch Nina war nur selten nett in dieser verschwommenen Zeit vor dem Gymnasium. Aber einmal, da hatte ich sie uneingeschränkt gern.

Als Vorschulkind ging es mir richtig schlecht. Ich musste sogar ins Krankenhaus nach München, wo sie mich ein paar Tage lang zur Beobachtung dabehielten. Nach etlichen Untersuchungen mit Blutbild und allem teilte man meinen Eltern die Diagnose mit: Wadlzwick. Was nach bayerischer Hundeschule oder alpenländischem Radsportverein klingt, war die wenig befriedigende, weil unprofessionelle Umschreibung dessen, was mir ein paar Wochen lang das Leben schwer machte. Von einem Tag auf den anderen hatte ich nicht mehr auftreten können.

An den stechenden Schmerz in meiner linken Wade kann ich mich kaum mehr erinnern. An das Gespräch meiner Eltern mit dem Arzt durchaus. Ich hätte das nicht hören sollen, aber ich glaube, er zog in Erwägung, mein Bein abzunehmen.

Ich werde nie den Duft von Ninas Shampoo vergessen (nach rotem Automatenkaugummi und irgendwas mit Mädchen), weil sie mich so oft in den Arm nahm und mit mir kuschelte.

Da meine Eltern in den folgenden Wochen, statt Panik auszustrahlen, die Art von Ruhe vorlebten, die unser Dorf am Wald so perfektioniert hat, eine trügerische Totalruhe, vergaß ich die Horrorsätze aus dem Krankenhaus schnell. Fast so schnell, wie der Wadlzwick wieder verschwand. Ich war ein medizinisches Mysterium. Und sollte eines bleiben.

Jahr für Jahr, wenn düstere Erinnerungsschübe durch meinen Kopf waberten, redete ich mir ein, mich damals schlichtweg verhört zu haben. So lange, bis ich mir glaubte.

A

RESCUE ME

Wie wird man, wer man ist, wieso spricht man, wie man spricht, weshalb denkt man, wie man denkt, woran glaubt man, wenn man glaubt zu glauben?

Wie ich die Gedanken auch drehe und wende, links- und rechtsherum, rückwärts wie vorwärts, laut oder leise, geschrieben, gesprochen, gesungen, gemalt, ich lande stets bei den Büchern.

Dieser bewusstseinserweiternden Welt aus Druckerschwärze und Wörtertanz, diesem Universum aus Trost, Flucht, Leid und Liebe, aus Realität, Fantasie, Kunst und Wissen, dieser in alle Ewigkeit verdammt guten Erfindung. Es ist der größte Witz meiner Geschichte, dass ich diesen Schatz der menschlichen Schätze ausgerechnet jenen Affen zu verdanken habe, die ich meine Kindheit lang verabscheute.

Es war ein nebelversunkener Herbsttag, als ich Pandoras Bücherbox öffnete. Wenn ich daran denke, habe ich augenblicklich den Geruch in der Nase, dieses Gemisch aus umgeblättertem Papier, Verwaltungsmief und Angstschweiß. Ich sehe die roten Backsteinmauern, die nach Genres und Autorennamen sortierten Regale, ich sehe die alte Frau Wozniak mit strengem Blick, strengem grauem Zopf und strengem Namen auf dem Schild. Einem Namen, der nur schwer auszusprechen war. Woschniak, Wosniak, Wozniak? Ich sollte sie später Agata nennen (obwohl mir Pandora lieber gewesen wäre).

Rückblickend war es bemerkenswert, dass mir diese überaus korrekte Autoritätsperson, die nur zu einem Lächeln fähig schien, wenn man ihr ein Buch ein paar Tage vor dem vereinbarten Rückgabedatum in die faltigen, dürren Hände drückte, dass mir diese Instanz der Ordnung in einer höchst kniffligen Lage zur Seite stand.

Ich muss einen sehr verzweifelten Eindruck auf sie gemacht haben, als ich, völlig verschwitzt und aus der Puste, in ihr stilles Reich im vierten Stock stolperte und, ohne zu grüßen oder sonst ein Wort zu verlieren, in die obere Etage und dort ganz nach hinten lief. Im ersten Jahr am Gymnasium war ich kein einziges Mal hier gewesen, obwohl sich die Bücherei direkt neben dem Schulgebäude befand, ein paar S-Bahn-Stationen und etliche Rapsfelder vom Dorf am Wald entfernt.

Ganz hinten angekommen, versteckte ich mich unter einem Tisch, der längs zwischen zwei Regalen stand, in denen sich verschlissene Romane stapelten. Ausschussware, das passte. Hier zog ich die Beine an meinen Oberkörper, den blau-gelben Amigo-Schulranzen neben mir, auf den die Affen in der Pause mit Edding „Heinz“ geschrieben hatten. Ich spürte meinen Herzschlag im Hals, Tränen kullerten mir über die Wangen. Meine einzige Hoffnung bestand darin, dass ich Tobi und Fischi irgendwo auf dem Weg vom Pausenhof zur Stadtverwaltung abgeschüttelt hatte.

Tobi und Fischi waren die größten Proleten, die frei herumliefen, keine Ahnung, wie es die beiden aufs Gymnasium geschafft hatten. Leider waren sie nicht nur beschränkt, sie waren auch groß wie Schränke. Wer sie im Team hatte, gewann beim Safttütenfußball jedes Spiel, und kickten sie gegeneinander, floss meistens Blut. Nur ein Grund, weshalb sie mich mehr einschüchterten als die Habergoaß bei den Perchten.

Als ich von unten Gepolter und Jungsstimmen hörte, begann ich zu zittern.

Doch dann kam der Auftritt von Frau Wozniak.

Obwohl wir uns ja noch nicht kannten, log sie für mich wie gedruckt. Ein Kleiner? Dicker? Hier? I wo! Ob man die jungen Männer stattdessen für Lesestoff interessieren könne.

Woraufhin sich die beiden rasch zurückzogen. Denn: Nein, ausleihen würden sie hier nichts wollen, meinte ich, verstanden zu haben. Lesen sei nur was für Streber.

Weil ich dem Frieden nicht traute, blieb ich noch eine Weile in meinem Versteck sitzen. Irgendwann griff ich zum erstbesten Buch aus dem Regal und fing an zu lesen.

Und las.

Und las.

Und las.

Ich vergaß die Beschimpfungen auf dem Schulhof, die mit meinem gestiegenen Interesse für Fremdwörter und Vokabeln, den übereifrigen Wortmeldungen und vielleicht auch mit meinem neuen, sehr bunten Fleece-Pulli zu tun hatten. Ich vergaß Papas schlechter werdende Laune, Charlys Liebeskummer wegen Tanja, der Pferdefrau, und meine jüngst entwickelte Sorge, aufgrund der Raubkopien Dutzender Computerspiele in den Knast zu wandern (ich hatte mir extra einen verschließbaren Koffer zugelegt, in dem ich die Fünfeinviertel-Zoll-Disketten lagerte, um sie schnell verstecken zu können, für den Fall, dass die Polizei an unserer Tür klingelte). All das war wie weggeblasen, während mich Zeile für Zeile, Satz für Satz, Seite für Seite, Kapitel für Kapitel die Geschichte verschlang.

Es war ja nicht so, dass ich vorher keine Bücher gelesen hätte. Aber dieser unwiderstehliche Sog, der Wandel vom Lesenmüssen zum Lesenwollen, vom Lesenwollen zum Weiterlesenmüssen, dieser belletristische Urknall, wenn man so möchte, war eine Offenbarung der besonderen Art.

Nach einem halben Dutzend Klassikern der amerikanischen Horror- und Thriller-Literatur, für die ich eigentlich viel zu jung war und die ebenfalls auf dem Stapel der zerfledderten Bücher gelandet waren, wechselte ich das Genre. Erst Jugendbücher, dann Abenteuerromane, dann Krimis, die Klassiker kamen später.

Meinem beschützten Leseort blieb ich treu, für den Fall, dass sich die Affen noch einmal an meine Fersen hefteten. Eine gute Entscheidung. Zwar blieb das Ärgern und Schikanieren (der Begriff Mobbing sollte sich erst viele Jahre später in die Albträume der Eltern schleichen) nicht aus, aber hinter die Schwingtüren der Bibliothek trauten sie sich nicht mehr. Vielleicht waren sie allergisch gegen Bücher oder Bücher allergisch gegen sie.

Agata jedenfalls hatte nichts dagegen, dass ich mir den Platz ganz hinten bei den Regalen, die, wenn überhaupt, nur Mitarbeiter der Bücherei interessierten, ein bisschen umgestaltete. Ich brachte Decken, Kissen und meine Garfield-Leselampe mit, kippte den Tisch längsseitig um und schob ihn als Begrenzung vor zum Gang, um es mir dahinter mit Chips und Cola gemütlich zu machen.

Die Stunden nach dem Unterricht sollten zur schönsten Zeit des Tages werden. Endlich hatte ich mein eigenes Lager. Die Freude darüber machte beinahe den nicht zu leugnenden Nachteil wett, dass ich es mit niemandem teilen konnte.

A

LIKE A VIRGIN

Eines Tages bekam ich Besuch. Mich fesselten gerade die Probleme von Bastian aus „Die unendliche Geschichte“, der wie ich die Magie von Büchern an einem besonderen Ort entdeckte, als es zaghaft an meine Tischplatte klopfte.

Drei Mal, dann Pause. Wieder drei Mal. Pause. Drei Mal. Pause.

Irgendwann wurde mir klar, dass es sich weder um Fuchurs Krallen noch um das SOS-Morsezeichen handelte und dass ich die untrügliche Aufforderung zu reagieren nicht länger würde ignorieren können. Also krabbelte ich nach vorne und reckte meinen Kopf seitlich an der Tischkante vorbei.

„Hallo“, sagte das Mädchen mit den lockigen schwarzen Haaren.

Mehr Haare auf einem Menschenkopf hatte ich noch nie gesehen. Nina hatte ebenfalls lange Haare, dunkelblond und leicht gewellt, aber dieser Haarberg war noch weit größer und in sich verdrehter. „Eine Verlockung“, würde Charly sagen, aber Charly war ein Depp.

„Hallo“, sagte ich, weil mir nichts Besseres einfiel. Und weil ich an eine Armee aus Korkenziehern denken musste und daran, sie in einem Computerspiel aufmarschieren zu lassen.

„Frau Wozniak meinte, du kannst mir helfen.“

„Eigentlich lese ich.“

„Du liest, während du mit mir sprichst? Interessant.“

Nun wurde ich ein bisschen neugierig. Wer war dieses Mädchen, das ich in der Schule noch nie gesehen hatte, und warum störte sie mich in meinen heiligen Stunden? Nur Agata durfte mich stören, zum gemeinsamen Tee mit Keksen, und sogar das nur einmal pro Woche.

Ich sah mir die Besucherin genauer an und stellte fest, dass sie das war, was man gemeinhin als hübsch bezeichnete. Sie war schlank, aber kein Grischperl, wie meine Mutter dürre Menschen nannte. Ihre Beine steckten in Karottenjeans, dazu trug sie weiße Turnschuhe mit neongelben Schnürsenkeln und ein rotes T-Shirt mit dem Konterfei einer Sängerin, die sich mir aufgrund geschlechtsreifer Entwicklungen in 3D entgegenreckte. Weil das Mädchen außerdem superfeine dunkle Härchen an den Armen hatte, kam ich zu der Überzeugung, dass sie schon in der Neunten, wenn nicht gar Zehnten, also mit Sicherheit älter als ich sein musste.

„Korrigiere, offenbar sprichst du doch nicht."

„Eigentlich schon", hörte ich mich sagen, während ich meinen inzwischen dunkelblond gereiften Seitenscheitel nachjustierte, obwohl meine Finger noch salzig von den Chips waren.

„Und uneigentlich?" Sie legte den Kopf schief. Um ihren Hals trug sie eine filigrane Silberkette mit einem Kreuz daran.

Da ich nicht wusste, wie ich darauf reagieren sollte, ging ich in Deckung, zog mich umständlich zurück und las weiter.

Eine heldenhafte Idee.

Die gerechte Strafe bestand darin, dass das Korkenziehermädchen in mein Lager eindrang. „Du bist komisch", sagte sie und sah sich um. „Aber schön hast du's hier."

„Danke", murmelte ich und lächelte sie zaghaft von meiner Decke aus an.

„Wir müssen auch nicht reden."

Wie bitte? Nach so einem Satz wurde meistens geknutscht, das wusste ich aus Filmen. Aber sollte man sich dafür nicht ein bisschen besser kennen? Sicherheitshalber sah ich auf den Boden und zog meine Beine näher an mich heran.

„Wir können auch einfach lesen", fuhr sie fort. „Aber dazu brauche ich deine Hilfe. Frau Wozniak meinte, hier ist irgendwo das Buch, das ich suche."

„Hier ist nur der Ausschuss", sagte ich so wissend und lässig wie möglich. In diesem Eck der Bücherei konnte mir keiner etwas vormachen.

„Ich weiß, aber die anderen Exemplare sind ausgeliehen. Es gibt nur noch das mit den Macken. Ich bin übrigens Marijana."

Sie reichte mir ihre linke Hand, was mich ebenso irritierte wie ihr sauberes Hochdeutsch. Ein völlig dialektfreies Hochdeutsch war selten zu hören im Dorf am Wald. Reflexartig griff ich mit der Rechten zu, was sich seltsam anfühlte und noch seltsamer aussah. Wie verkehrt herum im Auto sitzen oder Rückwärtslaufen bei Gegenwind. Wenn sich die Innenseiten nicht berühren, ist das dann überhaupt ein gültiger Handschlag, fragte ich mich beim Schütteln.

„Wenn sich die Innenseiten nicht berühren, ist es kein gültiger Handschlag“, protestierte Marijana. „Nun gib mir schon deine Linke oder hast du dir einen Splitter eingezogen?“

„Warum gibst du mir nicht deine Rechte?“, antwortete ich perplex, noch immer am Schütteln.

„Weil ich mir einen Splitter eingezogen habe, du Hirni.“

Ich gab ihr also meine Linke, und wie nun unsere falschen Hände richtig ineinanderrutschten, das war schon ein ganz besonderes Gefühl. Sie hatte weiche Haut und zarte Finger und war überhaupt nicht schwitzig, im Gegensatz zu mir.

„Damit kenn ich mich aus.“ Ich stand auf und sah ihr in die Augen. Inklusive Haarberg war sie etwas größer als ich. „Mein Vater arbeitet im Sägewerk. Mit Splittern bin ich groß geworden.“

„So groß bist du gar nicht.“

„Ich bin zwölfeinviertel, Tendenz steigend.“

„Vierzehneindrittel, Tendenz nicht witzig.“

Noch vor einem Jahr hätte mich die Tatsache, dass sie älter war als ich, ziemlich runtergezogen. Von der Tatsache, dass sie ein Mädchen war, ganz zu schweigen. Sehr wahrscheinlich hätte ich keinen vollständigen Satz herausgebracht. Die meisten Sätze hörten bei mir einfach irgendwann auf. Doch meine Zeit in der Welt der Bücher hatte auch in dieser Hinsicht Spuren hinterlassen. Ich hatte mich an das Jüngersein gewöhnt. Und nicht nur das. Wie beim Windschattenfahren verstand ich es immer besser, den scheinbaren Nachteil zu meinem Vorteil zu nutzen. In diesem lockigen Fall drehte ich den Spieß um und machte einen auf erfahren. „Setz dich“, sagte ich forsch und putzte meine Hände gründlich an der Jeans ab, bevor ich mein rotes Taschenmesser aus selbiger hervorfischte, das selbstverständlich auch eine Pinzette im Sortiment hatte.

„Was wird das?“, fragte sie mich, während sie im Schneidersitz auf der Decke Platz nahm.

Wortlos richtete ich die Garfield-Leselampe neu aus und griff nach ihrer rechten Hand. Auf der Zeigefingerkuppe war der Splitter deutlich zu sehen. Ich schnappte mir die Thermoskanne Pfefferminztee, die mir Agata hin und wieder in die Hände drückte, weil sie der Überzeugung war, ich würde zu viel Cola trinken. Um den Splitter durch heißen Dampf weiter an die Oberfläche zu locken, hielt ich ihren Finger in die Öffnung der aufgeschraubten und bis zum Rand gefüllten Kanne.

„Warum machst du das?“, wollte sie wissen, ließ es aber geschehen.

„Warumwarumwarum, weil's halt so ist.“

Wortlos wie mein Vater vor der geöffneten Motorhaube begann ich mit der Operation. Mit der Pinzette stupste ich den Splitter zunächst etwas an, um ihn nach mehreren Versuchen auf der anderen Seite zwicken zu können. Dann wieder stupsen. Und zwicken. Stupsen. Und zwicken. Bis er sich so weit aus seiner unterirdischen Deckung heraus bewegt hatte, dass ich ihn aus der Haut ziehen konnte. Meine Hände waren erstaunlich ruhig dabei.

Als ich Marijana den Eindringling präsentieren konnte, umarmte sie mich so schwungvoll, dass die Thermoskanne umfiel und Agatas Tee auf meine Lucky-Luke-Decke floss, auf Rantanplan, um genau zu sein.

„Ups“, machte das Korkenziehermädchen und beendete das Malheur. „Sorry!“

„Halb so wild. Nur Ausschussware“, log ich. In Wahrheit mochte ich meine Decke sehr. Ich hatte sie von Oma Elfie zum Geburtstag bekommen, zur Erinnerung an viele gemeinsame Stunden vor dem Fernseher.

„Welches Buch suchst du denn?“, fragte ich, während ich den Fleck ungeschickt verrieb und dabei Rantanplans Hundeschnauze zerknitterte.

Ich durfte mich jetzt nicht ablenken lassen. Ich hatte einen Lauf bei dem Korkenziehermädchen, da musste man dranbleiben. Das war wie bei Computerspielen. Niemals nachlassen, sonst scheiterst du am Endmonster.

„Kennst du ‚Lady Punk‘ von Dagmar Chidolue?“, sagte sie und rieb sich mit dem Daumen über den Operationsfinger.

Abermals erhob ich mich. „Tschidowas?“

„Chidolue, eine deutsche Autorin. Ich muss unbedingt ihr neues Buch lesen.“

„Worum geht's?“

„Um ein Mädchen, das ihre Mutter und ihren Freund auseinanderbringen will.“

Ich zuckte mit dem Kopf zurück. „Warum sollte sie das tun?“

„Weil sie an ihrem Vater hängt, glaube ich. Ihr Vater ist nicht der Freund, verstehst du?“

„Klingt kompliziert.“

„Ich mag komplizierte Geschichten. Hast du es da?“ Ihre braunen Augen sahen mich erwartungsvoll an.

Schlagartig fühlte ich mich wichtig. Das Korkenziehermädchen schien mich als Herr der aussortierten Bücher zu akzeptieren. Ich war eine Instanz, der Hausmeister der Ausschussware.

„Wollen wir doch mal sehen“, sagte ich und imitierte dabei Agata, die diese Worte immer vor sich hin murmelte, wenn sie die Regale nach bestimmten Büchern durchforstete. Gleiches tat ich. Beim dritten Stapel in zweiter Reihe auf der mittleren Ebene hatte ich Glück. „Bitteschön, einmal ‚Lady Punk‘“, sagte ich und gab ihr das Buch. „Macht acht fuffzig.“

Marijana verdrehte die Augen und setzte sich. Mit ihren Turnschuhen strampelte sie die nasse Decke zur Seite, mit dem Rücken lehnte sie sich gegen die Backsteinwand. Offensichtlich wollte sie noch bleiben, was mich so verwunderte, dass meine Reaktion allein im Glotzen bestand.

Zum Glück bekam sie das nicht mit, zum Glück fing sie augenblicklich an, mir aus ihrem Buch vorzulesen. „Lieschen behauptete, sie selber habe so entschieden, aber Terry wusste, dass das nicht stimmte. Lieschen hatte sich nur gefügt. Sie hatte gar nicht die Kraft, sich durchzusetzen. Entschieden hatte Terrys Mutter.“

Das Korkenziehermädchen hatte eine schöne Lesestimme. Laut, klar und deutlich, so wie es Herr Schmidbauer von uns in Deutsch immer einforderte. Sie war eine erfahrene Leserin, das merkte man. Es beeindruckte mich mehr als die ersten Sätze des Romans.

„Geht's da nur um Frauen?", unterbrach ich sie, während ich zu Boden ging und neben sie an die Wand rutschte.

„Nein, wieso?"

„Drei Frauen in vier Sätzen."

„Und wenn schon, ist doch stark. Willst du nicht wissen, wer Terry ist?"

„Ich weiß ja nicht mal, wer du bist", entgegnete ich. „Eigentlich sind es vier Frauen in vier Sätzen, wenn man dich als Vorleserin dazunimmt."

Nun drehte sie ihren Kopf nach links, die Korkenzieher schaukelten. Sie schenkte mir ein Lächeln, das ich nicht deuten konnte. „Du hast mir ja noch nicht einmal deinen Namen verraten", protestierte sie leise. „Außerdem wolltest du lesen, nicht reden, schon vergessen?"

Zwei zu null für sie. Ich wurde rot. Ich musste rot werden.

Man spürt das ja, wenn man rot wird, auch wenn man es selbst nicht sehen kann. Es fühlt sich an wie die kleine Schwester von Fieber, nur ohne Gliederschmerzen und Schüttelfrost. Es nimmt deinen Kopf schubweise in Beschlag. Wie eines von Papas Weißbiergläsern, das sich, schräg gehalten, langsam mit seinem „geliebten Gerstensaft" füllte, wie er das nannte. Nur purpur statt goldgelb.

„Eddie, ich heiße Eddie", brachte das Glas hervor. Ein Glas, das sich fühlte wie eine Flasche.

Den Rest des Nachmittags verbrachten wir lesend.

Ich lauschte noch eine Weile Marijana und dieser Terry, danach sie mir und Bastian. Das Leben konnte so schön sein, aufregend und schön, beides zusammen.

Noch am Abend zuhause konnte ich nur an das Korkenziehermädchen denken. Bei der Brotzeit mit Mama und Nina – Papa war im Sägewerk, Charly unterwegs – sprach ich kein Wort. Was ungewöhnlich war. Stattdessen fragte ich mich, woher sie kam, wonach sie roch, ob sie mich mochte.

Später legte Mama ihre Hand auf meine Stirn. „Also, Fieber hast du nicht", sagte sie, und nur ich wusste, dass sie damit nicht ganz richtig lag.

Am nächsten Tag, nachdem man mich im Nachmittagssport genötigt hatte, Dutzende Schlagbälle ins Nirgendwo zu schleudern, nur um sie hinterher wieder einsammeln zu müssen, sahen wir uns wieder.

Und auch am darauffolgenden Tag.

Und am nächsten.

Agata zwinkerte mir zur Begrüßung zu: „Sie ist schon oben. Ich hab euch Kekse gebacken." Ihre flinken Handbewegungen erweckten bei mir den Eindruck, als wolle sie mich regelrecht nach oben scheuchen.

Im Lager der ausrangierten Bücher brannte Licht, als ich mich am Tisch vorbei zu Marijana zwängte. Sie trug wieder das T-Shirt mit der Sängerin darauf.

„Wer ist das eigentlich?", fragte ich, während wir uns die Hand gaben. Obwohl ihre Rechte nicht mehr schmerzte, wie sie mir gestern versichert hatte, behielten wir unseren Links-zu-Links-Gruß bei.

„Sag bloß, du kennst Madonna nicht!" Ihr Blick. So, als würde uns ein Erwachsener ernsthaft versichern wollen, noch nie ein Buch bis zum Ende gelesen zu haben.

„Ach, stimmt, klar", stammelte ich und nahm mir einen Keks.

Musik hatte in meinem bisherigen Leben nur eine untergeordnete Rolle gespielt. Also Popmusik. Die dudelte größtenteils an mir vorbei respektive verbreitete ihren lauten Charme in den Zimmern meiner Geschwister und im Hobbykeller. Meine musikalische Sozialisation beschränkte sich auf die volkstümliche Welt von Bayern 1, Oma Elfies Schlagerparade und die Oberkrainer auf dem Akkordeon. Papa war ein großer Freund von Hausmusik, was ein bisschen seltsam war, weil er sich überall lieber aufzuhalten schien als zuhause. Trotzdem spielte er mit Leidenschaft Hackbrett, Zither, Gitarre und vor allem: Akkordeon.

Seit meinem siebten Lebensjahr schnallte auch ich mir die Quetschn um, diesen wundersamen Klangkasten mit Schnappatmung, um im Unterricht bei Frau Flick und an der Seite meines Vaters beidhändig zu dilettieren. Das Akkordeon verband uns mehr als alles andere, es war etwas, das nur Papa und ich hatten und nicht Papa und Charly und ich oder Papa und Charly oder Papa und alle anderen Kombinationen mit Nina.

Deshalb hatte ich sogar dann noch weitergemacht, als man mit uncoolen Hobbys höchste Gefahr lief, auf dem Pausenhof mit dem Hintern voran in den Mülleimer gestopft zu werden. Und hatte man einen Hintern, der nicht so überschaubar war wie der von Jody oder Cindy Crawford, dann kam man da zwar rein, aber ohne Hilfe nicht wieder heraus. Ich habe das drei Mal überprüfen können.

Marijana glaubte mir kein Wort. Ohne etwas zu sagen, setzte sie mir den Kopfhörer ihres Walkmans auf und drückte auf Play.

Man muss sich das in etwa so vorstellen: Ich hockte auf einer Decke auf dem Boden der Bücherei, im stumpfen Licht der Garfield-Lampe, in der Luft eine Mischung aus verheißungsvollem Papier- und buttrigem Kekskrümelduft und sah die schönsten Korkenzieher der Welt, als Madonna „Like a virgin“ sang.

Diesmal wurde ich schneller rot, als Papa jemals ein Weißbier würde einschenken können. „Touched for the very first time“, das verstand sogar ein Siebtklässler.

Um von meiner Purpurbirne abzulenken, wippte ich im Takt des Songs, der mir durchaus einging, um nicht zu sagen, ich hätte darauf abgehen können, wenn ich mich getraut hätte. Eine Vorstellung davon, wie das aussehen könnte, hatte ich durch meine Beobachtungen bei Ninas Kellerpartys gewonnen. Hände hoch und herumwirbeln, das konnte ja nicht so schwer sein.

Stattdessen beschränkte sich mein erstes Mal Pop auf Kopfnicken, Rumpfbiegen und Fingerschnippen.

Immerhin.

Marijana lachte, sie lachte ohne Stimme.

Als der Song vorbei war und ich den Kopfhörer zurückgab, fragte sie mich, ob ich es gut fand. „Ja", sagte ich, „die kann schon was."

„Madonna ist super", schwärmte Marijana, „sie macht, was sie will, sie sagt, was sie will, sie singt, was sie will. So wie sie will ich auch mal werden."

„Eine Jungfrau?"

„Quatsch, du Hirni! Eine Rebellin. Mein Vater meint zwar, ihre Musik ist nichts für mich. Schlechter Einfluss und so. Aber wen interessiert's."

„Magst du deinen Vater nicht?"

Sie zuckte mit den Schultern. „Mein Vater ist das Gegenteil von Terrys Problem."

Ich verstand nicht.

„Pass auf. Terrys Mutter hat doch nen Neuen, soweit klar?"

„Klar. Ich bin doch nicht doof."

„Mein Problem ist nicht meine Mutter. Es ist Dad, der eine Neue hat."

„Oh!"

„Schöner Mist, was?"

Arme Marijana. Gleichzeitig musste ich an Papa denken und sein geheimes Arbeitszimmer, an die vielen Überstunden im Sägewerk und den Zoff mit Mama. „Das kannst du laut sagen."

An diesem Nachmittag kamen wir nicht zum Lesen.

Was auch gar nicht weiter schlimm war, denn mehr noch als Terry und Bastian interessierte mich sowieso das Korkenziehermädchen. Ich hatte mich schon mehrmals gefragt, wo sie zur Schule ging, wo sie wohnte, woher sie kam und warum sie sprach, wie sie sprach. Nun sollte sich alles aufklären, also ein bisschen zumindest.

Sie erzählte mir von ihrem Vater, der mit einer großen Partei und dem Aufbau eines landesweiten Computernetzwerkes zu tun hatte, so genau verstand ich das nicht. Jedenfalls lebte ihre Familie bei Hannover, was ihr deutliches Hochdeutsch erklärte. Getrennt hatten sich ihre Eltern vor zwei Jahren. „Aus dem Gröbsten raus." Als ich diese Formulierung hörte, läuteten bei mir alle Alarmglocken. Seitdem lebte das Korkenziehermädchen bei ihrer Mutter, deren Eltern aus Jugoslawien stammten. Aber vor einem Monat musste Marijanas Mutter auf Kur, wegen der Nerven, also kam die Tochter zu ihrem Vater, der wiederum längst eine neue Frau an seiner Seite hatte, Silke.

„Ich hasse sie“, sagte Marijana. „Eine Tussi vor dem Herrn und dumm wie Brot.“

Das Wort „Tussi“ kannte ich von Nina. Meine Schwester entwickelte sich meiner Meinung nach ebenfalls in diese Richtung, also pinkfarbene Lippen, Stöckelschuhe und so Zeug.

Von ihrer Schule in Hannover war Marijana bis auf Weiteres freigestellt, weil sie ja bei ihrem Vater bleiben musste. („Das würde es in Bayern nicht geben“, hatte ich sofort die Worte meiner Mutter im Ohr.) Nach Bayern war ihr Dad von seiner Partei geschickt worden, vom Norden ganz in den Süden, wo es offenbar noch großen Nachholbedarf für was auch immer gab.

„Und jetzt wohnt ihr hier?“

„In dem Kaff neben deinem Kaff.“

„Wirst du hier zur Schule gehen?“

Sie zuckte mit den Schultern, woraufhin Madonna eine hässliche Grimasse schnitt. „Mal sehen.“

Wir schwiegen eine Weile und aßen Kekse. Walnusstaler, die etwas zu lang im Ofen gewesen waren, genau so, wie ich sie mochte.

„Ich geh nicht gern zur Schule“, sagte ich schließlich.

Es kostete mich mehr Überwindung, als mich in Sport umzuziehen, denn ich war es gewohnt, meine Probleme für mich zu behalten. Wer erzählt schon gern, dass er von Mitschülern als „Dicki“ beschimpft, mit Vorliebe in die Weitsprunganlage geschubst und vor sich hergetrieben wird wie ein Vieh beim Ochsenrennen?

Sie nickte. „Kann ich gut verstehen.“

„Echt?“

„Ja. Ich meine, Schule an sich ist schon okay. Das Problem sind die Leute, die meisten sind Schwachmaten. Und wenn du Freunde hättest, würdest du dich nicht in der Bücherei verstecken.“

Ich fühlte mich ertappt. Und verstanden. „Warum ist das eigentlich so?"

„Warum ist was so?"

„Warum sind einige verschiedener als andere?"

Das Korkenziehermädchen lachte ein kurzes, leises Lachen. Fast ein Kichern, nur herzlicher. „Ich mag jedenfalls die besonders Verschiedenen."

„Meine Mama sagt immer: Nur nicht aus der Reihe tanzen."

Marijana sah mich aus ihren großen Augen an. „Nichts gegen deine Mama, aber das ist Blödsinn! Wer tanzt, hat immer recht."

Sprach's und stand auf. Sie drückte erneut auf Play und drehte das Lautstärkerädchen ihres roten Sony bis zum Anschlag auf. Aus den Kopfhörern im Regal sang Madonna, gedämpft, aber stark genug, dass wir den nächsten Song von Marijanas Mixtape hören konnten, ohne die wenigen Büchereibesucher unten zu stören. „Material girl" war schneller als „Like a virgin" und es dauerte nur wenige Takte, bis sich das Korkenziehermädchen im Rhythmus der Musik bewegte. Ihre Beine, ihre Arme, ihre Haare sowieso, alles war im Einsatz und es sah gut aus.

Als sie mir die Hand reichte, um mich hochzuziehen, schüttelte ich den Kopf, doch ihr Blick verriet mir: Jeglicher Widerstand war zwecklos. Also bewegte auch ich mich, hauptsächlich von einem Fuß auf den anderen, und als ich mutiger wurde, sogar einmal im Kreis.

Ich glaube, ich habe dazu mit den Fingern geschnippt.

Das Beste aber war, dass mir nichts daran peinlich war, noch nicht einmal der Moment, als sich irgendwann unsere Hände fanden. Die Linke die Rechte, die Rechte die Linke, so, wie sich das eigentlich nicht gehört.

Danach kam Marijana nicht mehr.

Weder am Tag darauf noch in der Woche darauf.

Wenn ich gewusst hätte, dass mein erster Tanz mit ihr mein letzter sein würde, hätte ich darauf bestanden, ihr Mixtape bis zum unvermeidlichen Bandsalat rauf und runter zu hören.

Es gab keine Nachricht oder Spuren von ihr. „Lady Punk" lag im Regal der aussortierten Bücher und Agata ließ mich wissen, dass sich das Mädchen zu keiner Zeit bei ihr ordnungsgemäß angemeldet habe. Bis auf den Wohnort hatte ich also keinerlei Informationen von ihr, noch nicht einmal ihren Nachnamen.

Hatte ich etwas Falsches gesagt? Hatte sie die Schnauze voll von mir? War etwas mit ihrem Dad und dieser Silke oder, schlimmer noch, mit ihrer Mum auf Kur? Die Gedanken lähmten mich, ich konnte tagelang nicht lesen. Stattdessen fuhr ich mit meinem weißen Rennrad durch den Ort neben dem Dorf am Wald in der vagen Hoffnung, irgendwo ein rotes Madonna-T-Shirt zu entdecken, idealerweise samt Inhalt. In kurzer Zeit war Marijana zu meiner Verbündeten geworden und ich hatte gehofft, mit ihr durch den Herbst zu kommen. Man denkt ja in sehr kurzen Abschnitten, wenn man jung ist. Die Herausforderung, den Herbst zu überstehen, war eine große Sache für mich. Level vier ohne Cheat-Modus, ein Riesenberg im fünften Gang. Ich hatte mir fest vorgenommen, Marijana von meinen Eltern zu erzählen, von den dunklen Wolken und meinen womöglich hirnrissigen Theorien, was das „Rumfahren" betraf.

Ich war niedergeschlagen und enttäuscht, aber aus Scham und der Furcht davor, dass mir keiner die Existenz des Korkenziehermädchens glauben würde, sprach ich kein Wort darüber. Mit niemandem, noch nicht einmal mit Oma Elfie.

Meine Mutter wiederum machte mir Hühnersuppe, was sie immer dann machte, wenn sie nicht mehr weiter wusste. Sie war der festen Überzeugung, alle Probleme mit Zwiebel, Sellerie und Gelber Rübe, mit saftigem Fleisch und jeder Menge Ingwer sozusagen aus der Dorf-am-Wald-Welt kochen zu können.

Was natürlich nicht gelang.

Die Wahrheit war eine andere, das köchelte ich mir in Gedanken zusammen, unter meiner Decke in einer kalten Gewitternacht: Es war Großes passiert in den vergangenen zwei Jahren. Ich hatte die Welt der Bücher und ein besonderes Mädchen kennengelernt, und wenn ich ehrlich war, waren das schon gewaltige Veränderungen für einen Spätgeborenen ohne Lagerfreunde. Plötzlich fühlte ich mich stark wie Terry und Bastian zusammen. Ob Terry wohl Madonna hören würde, fragte ich mich zur Geisterstunde. Mein Atem beschleunigte, als wollte er sich dem Beat von „Material girl" anpassen.

Auf diese Weise angetrieben, fasste ich ein paar Entschlüsse: Ich wollte immer noch keiner dieser Affen werden, die für sie relevante Vokabeln wie „grenzsenil" oder „Quadratdepp" niemals würden buchstabieren können; ich wollte nicht wie Charly und Nina werden, ferngesteuert von der Allmacht der Hormone; auch nicht wie Mama und Papa wollte ich werden oder wie die anderen Erwachsenen in diesem Kaff der grunzenden Wildschweine. Ich wollte auf einer Gondel tanzend durch Venedig schippern wie Madonna, wollte mich ausdrücken, wie es meinem Wesen entsprach, und überhaupt wollte ich mir von anderen rein gar nichts mehr vorschreiben lassen.

Mir wurde ganz schwindelig, so viel wollte ich plötzlich, und eines wollte ich mir hinter die Ohren schreiben: Es lag ausschließlich an mir selbst, aus mir das zu machen, womit ich leben konnte.

A

INTO THE GROOVE

Der Schalldämpfer meines Schreis nach Selbstbestimmung präsentierte sich in Form eines Haufens Schnee.

Wie jedes Jahr fand in der Turnhalle die Weihnachtsfeier des örtlichen Fußballvereins statt. Ich selbst hatte damit ebenso wenig zu tun wie der Papst mit Mädchenturnen und vielleicht hätte ich besser abgelehnt, als mich Papa fragte, ob ich nicht mit dem Akkordeon etwas zum Amüsement der fröhlich angetrunkenen Sportsfreunde beitragen wolle. So hatte er es natürlich nicht formuliert. Seine Worte waren schlichter, daran erinnere ich mich genau: „Spuist hoid dann."

Da ich ihn nicht enttäuschen wollte, wissend, dass er als jahrelanger Libero der bis dato erfolgreichsten Kreisliga-Mannschaft in der Geschichte des ATSV noch immer Heldenstatus genoss, sagte ich zu und machte mich ans Üben.

Das Akkordeon war inzwischen ein enger Begleiter für mich geworden. Gerade in den Wochen nach Marijanas Verschwinden kam es zu einer Renaissance der Quetschn.Das Gefühl, wenn der linke Ringfinger suchend über die Bassknöpfe rutschte, um in der vertrauten Delle seinen Platz zu finden als Vorbereitung für ein sauberes C, gab mir Sicherheit und Halt.

C gefunden, alles bingo!

Wenn nur alles im Leben so einfach wäre.

Das Schönste am Akkordeon war, dass die Musik Leben atmete.

Ohne Luft kein Leben.

Ohne Blasebalg keine Melodie.

Ohne Vorurteil kein Depp.

Charly verpasste keine Gelegenheit, mir zu sagen, dass sogar eine Harfe cooler wäre als das Akkordeon, weshalb er lieber an der E-Gitarre scheiterte und uns damit verrückt machte.

Scheitern wollte ich beim Vorspielen auf keinen Fall, im Gegenteil, man sollte einen neuen, bleibenden Eindruck von mir bekommen.

Im Dorf am Wald gab es ja die inoffizielle Regel, dass jemand, der nicht ministrierte, nicht am Vereinsleben teilnahm und sich nicht einmal als rechte Hand vom Perchtenmasken-Putzer nützlich machte, dass so jemand als Sonderling, Großkotz und/ oder Asozialer zu betrachten und tunlichst zu ignorieren war. Also hatte ich mir die Fliege von meiner Kommunion umgebunden, das weiße Hemd aber aus Lässigkeitsgründen nicht in die Jeans gestopft. So saß ich auf der Bühne der Halle und blickte über mein Instrument, den Notenständer und das Mikrofon hinweg auf die trinkende, essende und lachende Meute. Es mussten an die zweihundert Leute sein, die Fußballabteilung umfasste Mannschaften von der F- bis zur A-Jugend, zweite Auswahl, erste Auswahl, Alte Herren (AH) und Uralte Herren (UAH), dazu jeweils die Begleitungen, wobei die UAH-Spielerfrauen noch keine fünfzig waren, da sollte man vielleicht die Benennungen überdenken.

Frauenmannschaften gab es nicht, da ist man heute weiter. Damals hätten allein Anregungen in diese Richtung für einen Eklat gesorgt, bei dem am Ende Goaßnmasskrüge gegen Dickschädel geflogen wären. Das Mischgetränk aus Weißbier, Cola und Kirschlikör kreiste auch an diesem Abend, meist musste derjenige die nächste Mass bezahlen, dessen nachfolgender Nebenmann das Glas geleert hatte. Taktieren war also Pflicht, nicht wenige taktierten hier besser als auf dem Platz.

Der Schankwirt, von allen nur „der ATSV-Jugo" genannt, hatte gerade seine legendären Ćevapčići auftischen lassen. Ein denkbar schlechter Zeitpunkt für mich und meinen Auftritt, aber ich richtete mich ganz nach Papa. Er und Mama saßen vorne rechts und ich war gespannt, wie sie auf mein einstudiertes Programm reagieren würden.

Denn anders als von meinem Vater erwartet, beinhaltete dieses nicht das „Trompetenecho", „Greensleeves" und den obligatorischen „Schneewalzer", sondern „Holiday", „Like a virgin" und „Papa don't preach". Die Noten hatte ich mir über Frau Flick besorgen lassen, die den Wunsch nach Madonna zwar eigenartig fand, aber zu Übungszwecken gar nicht mal so uninteressant. Ich hatte meine Lehrerin gebeten, meinen Eltern vorerst nichts davon zu erzählen, weil es sich um eine Überraschung handle.

Diese sollte mir gelingen.

„Meine Damen und Herren, liebe Fußballgemeinde, diese Musik geht in die Beine", hatte ich mir als Begrüßung zurechtgelegt. Ein paar lässige Worte, die weitaus weniger lässig rüberkamen als gedacht, und während einige schmatzende Zuhörer freundlich lachten, darunter auch meine Eltern, rief mir der Torwart der UAH schallend entgegen: „Red Boarisch!"

Es war wie ein Reflex. Ich fasste all meinen Mut zusammen, dachte in schneller Abfolge an Marijana, Terry und Herman Melville, dessen Erzählung „Bartleby der Schreiber" ich unlängst im Stapel der aussortierten Bücher entdeckt hatte, und antwortete, nah am Mikrofon: „Ich würde vorziehen, das nicht zu tun."

Obwohl mir bewusst war, dass wohl nur die wenigsten hier im Saal das bekannte Zitat der Weltliteratur zuordnen konnten, das im Original mit „I would prefer not to“ noch viel melodiöser klang, fühlte ich mich gut dabei. Ich hatte mich öffentlich dem autoritären Dorf-am-Wald-Konsens entzogen und sprach, wie es am besten zu mir passte. Zuletzt hatte ich Dialekt immer öfter vermieden, in der Schule sowieso, und auch zuhause gewöhnte ich ihn mir ab. Nicht, weil ich den runden Klang des Oberbairischen nicht mochte, ich liebte es, wenn Mama „Schee, dass d' do bist“ zu ihrer Freundin Trudi sagte. Sondern vielmehr deshalb, weil hochdeutsche Formulierungen meine Gedanken und Sätze, die mittlerweile größtenteils von Romanen und Filmen inspiriert waren, treffender widerspiegelten. Warum sollte man einer Eule das Bellen beibringen?

Gebellt wurde nicht, der Saal reagierte mit Unverständnis. Ein paar lachten, ein paar winkten ab, viele schwiegen oder aßen stoisch weiter. Papa schlug die Hände vors Gesicht, Mama gestikulierte mir, ich solle endlich anfangen zu spielen. Wahrscheinlich hatte sie Angst, ich würde sonst noch mehr Blödsinn reden.

Als ich die ersten Akkorde mit der rechten Hand drückte, jeweils drei Tasten bei gleichzeitigem Ziehen und Quetschen des Balgs, und mich dabei nicht verspielte, fiel mir ein Stein vom Herzen. Es waren Cis und Fis dabei, weil „Holiday“ in D-Dur geschrieben war, da gab es einfachere Stücke, keine Frage. Am Ende des achten Taktes kam der Bass, also die linke Hand ins Spiel, aber auch diese Hürde nahm ich bravourös.

So verpasste ich dem Dorf am Wald die wohl erste Madonna-Interpretation auf dem Akkordeon, und obwohl auch das Timing der Songauswahl vorzüglich war, weil ja die Weihnachtsferien nun begannen, setzten schon bald die ersten Buh-Rufe ein.

Was der Bauer nicht kennt, frisst er nicht, sagte Oma Elfie immer, aber ich ließ mich davon nicht beirren und spielte motiviert weiter. Bei „Like a virgin“ musste ich improvisieren, schon deshalb, weil ich den markanten Basslauf des Songs auf dem Akkordeon nicht adäquat umsetzen konnte. Statt der munteren Begleitmelodie legte ich langgezogene Grundtöne unter die von der rechten Hand gespielte Hauptmelodie. Das funktionierte ganz passabel und ich war der festen Überzeugung, ein jeder, der nur halbwegs Bayern 1 von Bayern 3 unterscheiden konnte, würde den Hit sofort erkennen. Tatsächlich hatte ich den Eindruck, dass einige der Mädchen, die ihre Freunde der Jugendmannschaften begleiteten, freudig zu tuscheln begannen. Eine klatschte sogar mit, zaghaft meinem Takt folgend.

Doch die Grundstimmung war gegen mich, das bekam ich spätestens in der Pause vor dem letzten Lied zu spüren, als mich Papas große Hand im Gesicht traf. Unerwartet.

Der Watschnbaum war umgefallen, wie man bei uns sagte, und so eine Watschn hatte ich nicht bekommen, seit ich als Kleinkind nahezu die gesamte Erde aus dem Gummibaum im Wohnzimmer herausgebaggert hatte. Papa war Linkshänder, also war es meine rechte Wange, die glühte wie die Gaskochfelder vom ATSV-Jugo.

Hinterher überlegte ich, wie sich eine falsch herum gegebene Watschn wohl anfühlen musste, also wenn die linke Hand rückseitig der linken Wange eine verpasst. Galt so eine Watschn überhaupt als Watschn?

Im Moment selber dachte ich an gar nichts. Ich spürte, wie mich mein Vater am Ohr von der Bühne zerrte, weshalb nicht nur die Last der umgeschnallten Quetschn an mir zog, sondern auch die von Wut getriebene Sägewerkskraft meines Erzeugers. Notenständer und Mikrofon fielen um, die Fußballgemeinde schwieg betreten. Doch es dauerte nicht lange, bis die Ruhe von der herkömmlichen Geräuschkulisse feierfreudiger Trinkbolde wieder geschluckt wurde.

Nun könnte man vielleicht denken, bei einer glühenden rechten Wange samt glühendem rechten Ohr sei eine Abkühlung im Schnee eine willkommene Sache. Dem war nur sehr kurz so.

Es geschah etwa eine Stunde später, der Handabdruck in Korallenrot war schon Geschichte, das Glühen aber weiter angefacht von verletztem Stolz und heiligem Furor, als mich der übermäßig konsumierte Spezi auf die Toilette trieb. Als hätten sie dort auf mich gewartet, passten mich ein paar mir nicht näher bekannte Nachwuchsspieler ab und schleppten mich nach draußen, hinter die Turnhalle, wo sich der mit Schnee überzogene Fußballplatz erstreckte. Eine Wiederholung meiner Formulierung „Ich würde vorziehen, das nicht zu tun“ verkniff ich mir aus Gründen des Selbstschutzes. Geholfen hat mir das ebenso wenig wie die zaghaft geäußerte Frage nach dem Warum.

Ich hörte die Jungs stimmbruchartig grunzen und während mich zwei von ihnen festhielten, biselten, pardon, urinierten die anderen beiden in den riesigen Schneehaufen, den der Platzwart beim Räumen des Gehwegs fabriziert haben musste. Es plätscherte, es dampfte, es war ekelhaft. Noch ahnte ich nicht, was genau sie mit mir vorhatten. Ich wusste nur eins in diesem Moment, da von drinnen der dumpfe Beat der „Roten Sonne von Barbados“ herauspumpte und sich mit den Krähenstimmen der Tölpel zu einem Gemisch der Abscheu vermengte.

Ich hasste das Dorf am Wald.

Ich hasste seine schlichten Gemüter.

Ich hasste das Primitive pubertierender Jungs.

Und während ich so vor mich hin hasste, schubsten mich die ach so großen Fußballhoffnungen des Vereins in den markierten Haufen.

Kalt. Nass.

Die seit einem halben Jahrzehnt nicht erfüllte Drohung der Zeckenbande im Sinne von „I gfrier di ei“ kam mir in den Sinn – eine langweilige Einlage beim Kindergeburtstag angesichts des unbedingten Willens zur Erniedrigung, den die pubertären Affen an mir vorexerzierten.

Sie packten mich am Nacken und am Hinterkopf und drückten mich in den Schnee, begleitet von der hundsgemeinen Einladung, selbigen zu fressen. Als ich mich weigerte, indem ich den nassen Kopf im Schnee heftig schüttelte, verpassten sie mir Tritte in den Hintern. Als ich um mich schlug, packten sie zu viert zu. Als ich um Hilfe rief, nannten sie mich „Virgin“. Erst als sie den Schnee in meinem Mund sahen, ließen sie von mir ab und verzogen sich.

Ich lag noch eine Weile auf dem Boden, mit vollständig durchnässtem Hemd, zitternd, nach Luft ringend.

Die Spezialisten hier sagen, ich hätte eine gute Kindheit gehabt, summa summarum und in Relation. Ich sage: Nicht einmal die beste Kindheit der Welt schützt dich vor der größten Demütigung deines Lebens.

A

EXPRESS YOURSELF

Man ist und bleibt immer derselbe, also vom Geist her gesehen, von der Art zu denken oder auch nicht zu denken, gedankenlos, das soll es ja auch geben. Selbst wenn die Haut schrumpelt wie ein vormals saftiger Pfirsich, wenn Gelenke blockieren und Muskeln erschlaffen – die Art, wie man in Gedanken ist, wie man den inneren Monolog führt, sich brillant dabei anstellt oder stolpert, abstumpft, sich verheddert, dieser wundersame Grübelprozess im Universum jedes Individuums, all das ist schon im kleinen Menschen angelegt.

Es ist da. Es war immer da. Da kommst du nicht so einfach heraus, außer Gott steckt dir die Demenzkarte zu, die Parkinson- oder Alzheimerkarte. Dann verändert sich die Innenschau und die Stimmen deiner selbst wechseln ihr Timbre.

Warum ich das erzähle?

Ganz einfach. Weil mir noch heute, wenn ich allein und lange auf den nächsten Level warten muss, sehr genau bewusst ist, wie ich mich damals gefühlt habe.

Als wäre ich der bald Dreizehnjährige. Und irgendwie bin ich das noch.

Für immer dreizehn.

Für immer dreiundzwanzig.

Für immer dreiunddreißig.

Für immer dreiundvierzig.

Für immer ich.

Der Sinn eines Hausarrests besteht ja darin, dass man, isoliert von der Welt, sein Handeln reflektiert, das in der Regel nicht den

Erwartungen der für dich zuständigen Autorität entsprochen hat.

Man hatte mir die gesamten Weihnachtsferien aufgebrummt, was sich angesichts meiner Schmach im Schnee wie eine weitere Demütigung anfühlte. Papa ließ da nicht mit sich reden. Seiner Meinung nach hatte ich ihn mit meinem „Pop-Gedudel" bis auf die Knochen blamiert und mit einem neuen Spitznamen hatte er sich fortan auch herumzuärgern. In ATSV-Kreisen nannte man ihn nur noch Diego Madonna in Anspielung auf Diego Maradona, den Superfußballer aus Argentinien, dessen Tricksereien viele im Verein an jene meines Vaters erinnerten, als er noch aktiv im Mittelfeld herumgewirbelt war. Dass ich die Kombination aus Maradona und Madonna als eine doppelte Wertschätzung betrachtete, behielt ich besser für mich. Ich war gestraft genug.

So saß ich in der schulfreien Zeit in meinem Zimmer fest und hatte arge Schwierigkeiten damit, mein Handeln auf der Weihnachtsfeier kritisch zu reflektieren. So sehr ich mich auch anstrengte, mir wollte kein grobes Vergehen einfallen, außer vielleicht der Fehlgriff mit der rechten Hand bei „Touched for the very first time".

Das Gefühl aus dem Heizungskeller des Herzens, etwas Richtiges zu tun, konnte nie und nimmer falsch sein.

Der Glaube daran hat sich in seiner Intensität bis heute erhalten. Damals nutzte mir das exakt so viel: nichts.

Damals war einfach alles doof. Doof waren meine Eltern, die zwar die Eltern der Schneebisler zur Rede gestellt hatten, worauf es auch dort heftig gescheppert haben musste, Hausarreste in jeder Straße, eine schöne Bescherung. Ungerecht behandelt fühlte ich mich von ihnen trotzdem. Doof waren auch Nina und Charly, die beide noch zuhause wohnten, sich aber nullkommanull um mich kümmerten. Die eine, weil sie die Führerscheinprüfung wiederholen und deshalb noch mehr büffeln musste. Der andere, weil er seit der Trennung von Tanja, der Pferdefrau, zum Obermacho mutiert war und sich nicht einmal mehr die Mühe machte, mich eines bösen Blickes zu würdigen. Doof war auch Marijana, so weit war ich inzwischen in meiner

Selbsttherapie, weil sie noch immer nichts von sich hatte hören lassen. Doof waren sogar Colt und Jody, weil sie sich aus dem Fernsehen zurückgezogen hatten. Doof war Stephen King, schon deshalb, weil mir der deutsche Titel „Sie“ als Pendant zum Original „Misery“ überhaupt nicht gefiel. Doof war außerdem World Games auf dem C64, weil ich beim Baumstammwerfen in einer Tour versagte und generell immer weniger Lust verspürte, allein am Joystick zu rütteln.

Doof war ich schließlich selbst, weil sich meine frühe Stimmbruchstimme anhörte, als wollte Pumuckl Shakespeare an der Oper vorsprechen. Im großen Saal, ohne Mikrofon.

Nur eine war nicht doof in dieser Zeit, und das war meine neue Freundin. Sie war sogar schon bei mir eingezogen, und niemand würde uns je wieder trennen können, sonst setzte es einen Warnschuss aus ihrer Knarre.

Madonna hielt die Waffe, wie sie alles hielt, mit Würde und Überzeugung. Als wollte sie mich beschützen, blickte sie aus dunkel umrandeten Augen in Richtung Tür. Dabei trug sie einen roten Rock und eine Lederjacke mit Nieten, dazu fingerlose Handschuhe. Zunächst hatte ich ein bisschen gezögert, das Plakat aufzuhängen, weil mir ihre schwarzen Netzstrümpfe die Schamesröte ins Gesicht trieben. Dann aber dachte ich, dass sie zwar kurze, aber sehr schöne Beine hatte, die konnte man ruhig in Szene setzen beziehungsweise sich öfter anschauen. Also hing das Poster, das sie in ihrer Rolle als Nikki Finn aus dem Film „Who's that girl“ zeigte, seit Kurzem direkt neben dem Frank-Zappa-Zitat „Don't eat the yellow snow“.

Charly hatte mir die Single zu Weihnachten geschenkt, worüber sogar Papa und Mama lachen mussten.

Das schönste Geschenk aber machte ich mir selbst. Da ich in der Woche nach Weihnachten viel Zeit im Haus am Wald statt im Wald am Haus verbrachte, während sich die Erwachsenen auf Langlaufskiern vergnügten, saß ich vor der Glotze und schnitt auf MTV Madonna-Videos mit.

MTV und VHS, damit lockt man heute keinen Teenager mehr vom Retina-Display ihrer iPhones weg. In etwa so, als hätte man uns damals mit „Musik ist Trumpf“ und Super 8 zu begeistern versucht. In meiner Zeit waren Musikvideos eine heiße Sache, offline wohlgemerkt, und je größer meine Sammlung auf Band wurde, desto größer wurden meine Augen. Bald hatte ich an die fünfzehn Clips beisammen, von „Lucky Star“ bis „La Isla Bonita“, und je öfter ich mir die Kurzfilme ansah, desto mehr wurde mir bewusst, dass es bei meiner Freundin nicht nur um Musik und Gesang, sondern auch ums Tanzen ging. Madonna war eine Universalkünstlerin!

Und so geschah es, dass ich anfing, es ihr gleich zu tun.

Kurzum: Ich tanzte.

In gewisser Weise knüpfte ich bei meinen Imitationen an die letzte Begegnung mit Marijana an. Das schöne Gefühl, wie sich Scham und Hemmung in der Musik auflösten, wie einem nichts mehr peinlich war, all das kehrte tatsächlich zurück. Zunächst im Wohnzimmer meiner Eltern, wo sich der Fernseher mit dem Videorekorder befand, später auch in meinem Zimmer, wo mir die Songs auf MC als Übungsmittel zur Verfügung standen. Klar, mir fehlte die Berührung der Hände, richtig oder falsch herum, das wäre mir egal gewesen. Aber in Gedanken berührte ich Madonna, und damit konnte auch Marijana mit ihren feinen Härchen an den Unterarmen nicht mithalten.

Mein Ziel war es, so zu tanzen wie der Superstar, mal tippelnd und kopfwippend wie in „True Blue“, mal lässig wie ein Breakdancer in „Borderline“.

Manchmal, das sei hier nicht verschwiegen, fühlte ich mich wie der Junge im Video zu „Open your heart“, der sich angesichts der Sängerin, die seltsame Unterwäsche trug, abwechselnd das linke und das rechte Auge zuhielt, sich aber zu keiner Zeit vollständig lösen konnte von dem sich rekelnden Liza-Minnelli-Lookalike.

Die Experten erörtern mit mir regelmäßig, ob ich es für möglich halte, dass diese Phase in irgendeiner Weise prägend für meine sexuelle Orientierung gewesen sein könnte, worauf ich ihnen antworte, dass mir das herzlich egal ist und war. Dem Dorf am

Wald freilich nicht, da gab es klare Regeln, wer wie zu sein, wer sich wie anzuziehen und wer wem näherkommen durfte. Warum ich diesbezüglich ausscherte, weiß ich nicht. Vielleicht, weil alle um mich herum so klar definiert und für mich keinerlei Vorbilder waren? Weil sie gefangen waren in ihren Rollenbildern? Weil ich die Rahmen dieser Bilder aufbrechen, sprengen, pulverisieren wollte? Weil ich generell zum Trotz neigte, seit ich mich im Zeckenlager hatte vorbeugen müssen?

Wenn ich das Personal hier komplett verwirren möchte, erzähle ich ihnen von dem Zen-Buch, das ich einst gelesen habe, und davon, wie ich mich seitdem immer wieder selbst mit der darin gestellten Frage konfrontiere: Wer bist du, wenn keiner zusieht?

Sie lachen dann. Wenn keiner zusieht!

Dann ziehen sie weiter.

Aber unter uns, es gab noch eine andere Motivation bei der Sache mit dem Tanzen. In einer deutschen Filmkomödie hatte ich kürzlich die Theorie aufgeschnappt, wer gut tanzen kann, sei auch gut im Bett. Wegen des Körpergefühls, den geschmeidigen Bewegungen, dem Führen und Führenlassen. Ich hatte damals nur eine vage Vorstellung davon, was das alles bedeuten sollte. Aber ich wusste sehr wohl, wie positiv aufgeregt junge Frauen werden konnten, wenn sie sich mit anderen positiv aufgeregten jungen Frauen über Männer unterhielten, die „gut im Bett" waren, oder eben das Gegenteil, also negativ gelassen, bei „schlecht im Bett". Nina sprach darüber gern mit Caro, der jüngeren Halbschwester von Tanja, der Pferdefrau, weshalb es auf vielen Ebenen mehr zu erzählen gab, als mich interessieren sollte.

Jedenfalls erkannte ich den Mehrwert im Tanzen. Und der Mehrwert im Tanzen erkannte mich. Denn wie ich mich so drehte und dabei immer wieder Nikki Finns verruchte Beine vor meinen Augen aufblitzten, spürte ich ein freudiges Irgendwas jenseits des Bauchgebirges, das mich dazu verleitete, ihr am Ende der Übung einen dicken Schmatzer auf die angemalten Lippen zu drücken.

Auf die Sache, die mich noch nicht interessieren sollte, wollte ich vorbereitet sein. Um ganz sicher zu gehen, borgte ich mir ein paar Bravo-Hefte aus Ninas Geheimschrank.

A

OPEN YOUR HEART

Oma Elfie war Madonna lange kein Begriff, und wenn, dann nicht im Sinne einer singenden Amerikanerin mit italienischen Wurzeln, sondern lediglich als Gottesmutter. Madonna mia!

Oma Elfie war sehr gläubig, natürlich katholisch, so wie der Großteil des Dorfes katholisch war, einige bestimmt nur deshalb, um über „die paar Evangelen" hinwegsehen zu können. Mir kam der scheinheilige Wettstreit vor wie die Wahl des richtigen oder falschen Fußballvereins. Da gab es ebenfalls Götter und konkurrierende Ikonen und vom heiligen Rasen war öfter die Rede als von bemerkenswerten Toren.

Oma Elfie war mir nie hochnäsig erschienen, für sie waren alle Menschen gleich, ein paar vielleicht ein bisschen gleicher als die anderen, aber theoretisch alle gleich.

Nur den einen, den himmelte sie noch mehr an als Karl-Heinz Rummenigge im engen Nationaldress: Karel Gott.

Bei jedem meiner Besuche, bei jedem einzelnen meiner Besuche, und ich besuchte Oma Elfie zwei Mal pro Woche, manchmal sogar öfter, jedes Mal also, wenn ich ihr von der mit dem Kreidegekrakel „C+M+B" verzierten Holztür ins surreal überheizte Wohnzimmer folgte, schmetterte dieser Gott, als wäre es sein letztes Mal. Die „goldene Stimme aus Prag", wie er ebenso genannt wurde wie „Sinatra des Ostens", sang „Einmal um die ganze Welt", „Die Biene Maja" und natürlich „Babička". Das hörte Oma Elfie am liebsten.

„Singen, kochen, tanzen, lachen, glücklich machen, das war Baaaaabičkaaa." Eine so rhythmisch wie melodisch eingehende Zeile, die ich fehlerfrei aufsagen, ach was, vorsingen könnte, weckte man mich nachts um vier aus einem Traum mit

Madonna beim Splitterherausziehen in der Gemeindebücherei. Für mich war Oma Elfie diese Babička und für Oma Elfie war ihre Oma diese Babička (ihr Name war Emilie gewesen, eine Kunstschullehrerin aus Böhmen). Jeder sollte eine Babička haben. „Pferde stehlen, Äpfel schälen und erzählen, das war Baaaaabičkaaa."

Ich werde dieses Bild nie vergessen, wie Oma Elfie in ihrem abgewetzten Stoffsessel mit dem elektrisch verstellbaren Fußteil saß und im Takt der Musik mit ihrer faltigen rechten Hand auf die Seitenlehne patschte. Sie trug diesen gepunkteten Kittel und roch nach Kölnisch Wasser 4711. Ihre Haare waren grau, im Übergang zu einem strahlenden Weiß, der Schwung ihrer Dauerwellen war dynamisch wie eh und je. Aber das Schönste war ihr beseeltes Lächeln im altersfleckigen Gesicht, wenn Karel Gott „Babička" sang. So voller Güte und Schelmerei, und im Glanz ihrer Augen meinte man verschwommen erkennen zu können, wie sie dieses Lächeln bereits als junges Mädchen herbeigezaubert hatte. Es war eines dieser Naturereignisse im weitflächigen Land der Mimik, die die Welt ein Stückchen fröhlicher machten.

Über meine Babička gäbe es mehr zu erzählen als ich Zeit dafür habe. Hier nur ein paar Beispiele.

Oma Elfie war es, die für uns da war, als Oma Petra starb. Ich war fünf, als ich lernen musste, dass das Wort „Krebs" nicht nur den Krabbler am Strand beinhaltete.

Oma Elfie war es, die sich weigerte, mit der Familie ihrer Tochter in das neue Holzhaus ein paar Straßen weiter zu ziehen, mit der Begründung, sich nicht aufdrängen zu wollen.

Oma Elfie war es, die mich vor den Perchten beschützte, während Papa sich aus meiner Angst einen Spaß machte.

Oma Elfie war es, die mir die staubigen Karlsbader Oblaten schmackhaft machte und mir zeigte, wie man Böhmische Knödel und Liwanzen zubereitet.

Oma Elfie war es, die mich öfter im Krankenhaus besuchte als meine Geschwister.

Oma Elfie war es, die mir eine Eselsbrücke baute, damit ich mir das Vater Unser auch an jener Stelle merken konnte, wenn von

„unsern Schuldigern" die Rede ist, was ja wohl ein selten dämlicher Begriff ist. Wer ist schon gern schuldig, sagte sie, und es half.

Oma Elfie war es, die mir das Fahrradfahren ohne Stützräder, das Schwimmen ohne Schwimmflügel und das Schnürsenkelbinden ohne Kooperationspartner wie Maria aus der Kindergartengruppe der kleinen Füchse beibrachte.

Oma Elfie war es, die mir heimlich Entschuldigungen für die Schule schrieb und mir dabei half, den Verweis zu vertuschen, den ich wegen „Unterrichtsboykotts" eingefahren hatte. („Ich würde vorziehen, das nicht zu tun." Selbst Lehrer, wenngleich im zweifelhaften Unterrichtsfach Sport angesiedelt, schienen keinen Sinn für Weltliteratur zu haben.)

All das war Oma Elfie, und obendrauf noch ganz viel mehr.

Sie war, wenn es so etwas gibt, meine Lieblingsverwandte. Zu ihr konnte ich immer fliehen, vielleicht auch deshalb, weil sie wusste, was es bedeutete, als Geflohener mit Herzlichkeit aufgenommen zu werden. Oma Elfie war nach dem Krieg aus ihrer Heimat, einem kleinen Dorf im Sudetenland, vertrieben worden. Ohne ihren geliebten Willi, dessen letzter Brief aus Minsk mit der optimistischen Zeile schloss: „Bald küss ich deine Stirn, Muttili." Die Stirn blieb bis heute ungeküsst, also zumindest von Opa Willi, ich selbst habe das oft für ihn übernommen, seit sie mir den vergilbten Brief das erste Mal vorgelesen hat.

Oma Elfie war 1946 in Oberbayern angekommen, der neuen Heimat, die auch nur deshalb meine Heimat werden konnte. Sie hatte ein Jahr zuvor ihre einzige Tochter Renate zur Welt gebracht, noch in dem kleinen Dorf bei Marienbad, am Tag der Befreiung. Grund zur Freude war das für Oma Elfie nur bedingt, denn Opa Willi bekam das gemeinsame Kind, meine Mutter, nie zu Gesicht. Zuletzt hatten sie sich im Sommer 1944 gesehen, drei Tage lang, bevor man ihn zurück an die Ostfront schickte. Seine Spuren verlieren sich im Sumpf der Geschichte, irgendwo zwischen Slowakischem Nationalaufstand und russischer Gefangenschaft.

Die Uhr in der Küche kuckuckte vier Mal an diesem Nachmittag, als Oma Elfie auf das Damals zu sprechen kam. „Für Schneeguttis braucht man haufenweise Schnee, früher gab es haufenweise Schnee. Haushoch war der, kannst du dir das vorstellen?"

Sie saß in ihrem Sessel, nebenan saß Karel Gott, in dem flachen Kassettenrekorder mit dem eingebauten Lautsprecher, und tat, was er immer tat, er sang. Ich musste sehr genau hinhören, was sie sagte, denn Gott durfte nie leiser gedreht werden.

Es war ein eiskalter Januartag, der erste Winter nach dem Mauerfall, weshalb ich mir zur Begrüßung einen ihrer liebgewonnenen Dauervorwürfe hatte anhören müssen: „Und wieder nix am Kopf!"

Worauf Oma Elfie uns zwei Schnapsgläser mit Eierlikör befüllte, Widerrede zwecklos.

„Aber Oma, vor der Tür liegt mehr Schnee als jemals zuvor", sagte ich mit meiner vom Stimmbruch inzwischen deutlich tiefer gelegten Stimme.

„Geh, Eduard, du Schmarrenbeni, das sind doch nur ein paar Flocken."

Spontan zog ich die Jalousie weiter nach oben als Oma Elfie das an einem vorangeschrittenen Nachmittag duldete. Ihr kurzer Protest verpuffte augenblicklich, abgelöst von der Verblüffung darüber, wie weiß draußen doch alles war. Der gesamte Garten ihres in die Jahre gekommenen Reihenhauses, das sie in der unteren Etage und Frau Jelinek mit ihrem Mann in der oberen Etage bewohnten, war Schnee geworden. Eine menschengroße, wie mit dem riesigen Lineal für die Schultafel glatt gezogene Masse Schnee. So viel Winter war zwar keine Sensation im Dorf am Wald, aber ungewöhnlich war das schon.

„Hat der Willi wieder nicht geräumt", schimpfte Oma Elfie. „Komm, Bub, wir machen jetzt Schneeguttis."

Ich freute mich kindisch. Schneeguttis gehörten für mich zum Winter wie Schlittenfahren und Kachelofenwärme. Eigentlich hießen die Dinger Eisschokolade, aber für Oma Elfie waren es Schneeguttis. Sie schickte mich in ihren Vorratskeller, der gleich neben dem Atomschutzbunker lag, wie sie den mir nicht zugänglichen Raum hinter der schweren Eisentür bezeichnete. Die Zeiten waren seltsam damals.

Der Vorratskeller glich einem Tante-Emma-Laden, nur ohne Emma. Die Regale waren voller Konserven, am Boden standen Getränkekisten und in einer Art Holzkäfig mit Eingriff reiften pfundweise Kartoffeln. „Wenn die große Not kommt", sagte Oma Elfie immer. Ich schnappte mir das Palmin, um das sie mich gebeten hatte, blieb aber noch ein paar Minuten länger im Keller. Meine Familie konnte das nicht verstehen, aber ich mochte den Duft hier unten. Es schien paradox: Diese Mischung aus frischer Erde und kalter Luft zwischen Bunker und dicken Mauern wirkte auf mich wie ein Versprechen auf die große Freiheit.

Die restlichen Zutaten hatte Oma Elfie oben in der Küche bereitgelegt, wo wir uns sogleich an die Arbeit machten, die heiße Schokoladenmasse anzurühren. Zum geschmolzenen Palmin gaben wir Puderzucker und Kakaopulver, Rum-Aroma und Kokosflocken. Dann kam der schönste Arbeitsschritt. Während Oma Elfie die Förmchen mit der heißen Schokolade befüllte, stapfte ich vor die Haustür, um eine Plastikwanne Schnee zu schöpfen. Kurz hielt ich inne, als ich nahe dem Gartentor eine gelbe Spur im grellen Weiß erkannte. Reflexartig spuckte ich aus.

Als ich die Wanne mit einwandfreiem Schnee befüllt und diese zurück in die Küche befördert hatte, saß Oma Elfie auf der Eckbank und hielt sich die Hände vors Gesicht.

Irgendetwas war geschehen. Womöglich einer ihrer Angstzustände, die sie schon seit Jahren, zuletzt in kürzerer Frequenz erschütterten. Manchmal war sie wie gelähmt, manchmal lief sie einfach los. Neulich hatten wir sie beim Viehgitter am Forstrand einfangen müssen, wir, das waren Frau Jelinek und ich. Sie habe den Willi suchen wollen, betonte Oma Elfie immer wieder, dieser habe sich im Wald vor den russischen Soldaten versteckt. Sie hatte nur ihren Kittel an, obwohl sich der Herbst bereits als Winter verkleidete.

Aber heute war anders. Heute schluchzte sie und rieb sich die Handrücken, ihre Finger zitterten. „Jessasmariaundjosef", murmelte sie und sah mich mit ihren glasigen, tiefblauen Augen an. „So viele Menschen ohne Zuhause, das ist doch nicht richtig."

Zunächst verstand ich nicht, was sie meinte. Doch dann erspähte ich die Zeitung auf dem Tisch, aufgeschlagen auf einer Doppelseite, die ein großes Dossier über DDR-Übersiedler und die damit verbundenen Bevölkerungsverschiebungen abbildete.

„Die suchen ihr Glück im Westen", sagte ich, während ich die Wanne auf den Boden stellte und mich zu Oma Elfie setzte. „Neue Freiheit schlägt alte Heimat, klingt logisch für mich, für dich nicht?"

Ich griff nach ihren Händen. Sie waren kalt und schwach.

Ich hielt ihre Hände noch etwas fester, strich immer wieder darüber, um sie zu wärmen. Im Herbst würde Oma Elfie siebzig werden, eine Zahl, die mir größere Furcht einflößte, je näher sie rückte. Ehrlich gesagt, machte mir ihr Zustand mehr Sorgen als die Schwierigkeiten beim Zusammenwachsen von Ost und West. Es durfte ihr nicht schlecht gehen, das durfte einfach nicht sein.

Oma Elfie hing ihren Gedanken nach, das war offensichtlich. Sie blickte aus dem Fenster in die Dämmerung, die am Waldrand schneller daherkam als auf dem Land mit Weitblick. „Wir hatten keine Wahl", sagte sie plötzlich. „Wir wurden einfach fortgetrieben, der Willi und ich. Heute gehen sie freiwillig."

„Aber Oma ..."

„Pscht!"

„Wird der Nebel etwa dichter?"

„Ah geh, der Nebel!"

„Oma, der Willi ..."

„Pscht pscht!" Sie patschte mir auf die Hand. „Gib mal lieber die Guttis in den Schnee, Bub. Der schmilzt uns sonst vor der Nase weg."

Sie hatte recht. Ich schmunzelte und tat, wie mir geheißen.

Während ich Stück für Stück die Förmchen in die Schneemasse drückte, dachte ich darüber nach, warum um mich herum alle auf der Flucht waren, ob sie mussten oder wollten. Früher wie heute. Oma Elfie, die DDR-Genossen, Marijana und irgendwie auch meine Eltern.

Zwar hatte ich sie schon länger nicht mehr über das Rumfahren streiten hören, aber das Gefühl, das sie etwas ausheckten, bei dem ich ihnen im Weg stand, war keineswegs verschwunden. Im Gegenteil. Papa zum Beispiel kam nachts so gut wie überhaupt nicht mehr zu mir und Mama las seit Kurzem auffällig viele Magazine und Bücher über Kalabrien und die Abruzzen.

„Aber du hast recht, manchmal ist Woanders besser", brach Oma Elfie die Stille. Ihr Zittern hatte sich beruhigt. „Als wir nach dem Krieg hierher kamen, hatten wir noch lange Heimweh. Dabei hatten wir so ein Glück mit Oberbayern. Es hat gedauert, das zu verstehen."

„Ich kenne Woanders gar nicht."

„Das wirst du schon noch kennenlernen. Du bist ein guter Junge, du wirst deinen Weg finden."

„Danke, Oma, die meisten sehen das anders."

„Die meisten haben selten recht, merk dir das."

„Ja, Oma, merk ich mir." Ich schmiss mich an sie und umarmte sie, versuchte, die Geborgenheit abzuspeichern wie einen Highscore auf Diskette. Nebenan sang Karel Gott „Dort, wo die weißen Birken steh'n". Als ich mich von ihr gelöst hatte und meine Nase wieder frei war von 4711, sah ich sie an und sagte: „Ich hab ein Mädchen kennengelernt."

„Na, schau mal einer an!"

„Weiß aber keiner, außer dir jetzt."

„Wie heißt sie denn, ist sie katholisch?" Oma Elfie war augenblicklich hochkonzentriert.

„Sie heißt Marijana, sie hat die meisten Haare, die ich je gesehen habe, und ja, sie ist katholisch, zumindest trägt sie ein Kreuz an ihrer Kette."

„Hast du sie sehr gern?"

Mein Gesicht wurde zum Feuermelder. „Ich würde vorziehen, das nicht zu sagen."

„Geh, Bub, wie redest du denn? Erst Hochdeutsch und jetzt geschwollen!"

„Ich rede druckreif, das hat mir der Herr Schmidbauer bescheinigt."

„Geh, du Schmarrer! Und warum sitzt du jetzt bei mir und nicht bei deiner Marijana?"

Ich senkte meinen Blick. „Lange Geschichte, Oma."

„Wenn der Herrgott mir noch eines vergönnt im Leben, dann ist es Zeit mit meinen Liebsten. Nun erzähl schon."

Lächelnd fischte ich den Brief aus der Tasche meiner türkisfarbenen Trainingsjacke.

Es war nämlich so.

An Weihnachten hatte mir Marijana geschrieben. Ein Jahr und einen Herbst, nachdem wir uns im Lager der ausrangierten Bücher begegnet waren. Agata überreichte mir den an die Bücherei, aber zu meinen Händen adressierten Brief, der in einem hellblauen Kuvert steckte. „Hier ist noch nie etwas abhandengekommen", sagte Agata bei der Übergabe.

Marijana hatte eine Handschrift wie eine Künstlerin. Nicht so ein Gekrakel wie meines, bei dem sich die Leute fragten, ob das unter Elektroschock oder während einer Fahrt mit dem Kettcar den Spannleitenberg hinunter entstanden war. Bei ihr war jedes Wort ein ästhetisches Manifest. Deshalb und aus Gründen meiner Nervosität, das natürlich auch, immerhin war ich enttäuscht, wütend und am Ende ratlos zurückgeblieben, betrachtete ich die drei doppelt beschriebenen DIN-A4-Seiten zunächst wie hieroglyphische Exponate, einfach nur die Schönheit des Schriftbildes bewundernd. Selbstverständlich hatte ich Angst vor dem, was sie zu sagen hatte, aber neugierig war ich mindestens ebenso sehr.

Mein Herz schlug schneller, während ich mich ins Lager der ausrangierten Bücher verzog und zu lesen begann.

Was ich las, ließ mich stutzen.

Ich hatte mir alles Mögliche ausgemalt, in schlaflosen Stunden in meinem Stockbett. Zum Beispiel, dass sie einen Freund hatte, der neben sich keine männlichen Konkurrenten duldete, wobei Papa immer sagte, Konkurrenz belebe das Geschäft. Ich hatte mir ausgemalt, dass Marijana meinen Bauch zu dick, mein Gesicht zu rund, meine Erscheinung im Gesamten zu hässlich gefunden und deshalb die Notbremse gezogen hatte. Dummes Zeug hatte ich mir ausgemalt, auch dass ihr Dad versetzt worden war, oder die krude Theorie, dass er gar nicht im Dienst irgendeiner Partei unterwegs war, sondern als Geheimagent, und diese Silke war sein Bond-Girl. Ich hätte es sogar aufregend gefunden, Teil einer internationalen Verwicklung zu sein, und ich hätte Marijana gerettet und zum Meer getragen, am anderen Ende der Welt, weit weg von dem Kaff hier.

Was ich las, hatte mit all dem nichts zu tun. Es war viel komplizierter als ein James-Bond-Film, das konnte man schütteln, wie man wollte. Oder rühren.

Ich fasse das mal zusammen.

An jenem Tag, als wir gemeinsam zu Madonna tanzten, Marijana und ich, stand abends ihre Mutter vor der Tür ihres Vaters. Tereza sagte, sie habe die Kur vorzeitig beendet und bestehe nun darauf, mit ihrer Tochter Zeit zu verbringen. Marijana war überfordert. Sie freute sich, ihre Mutter zu sehen, die einen etwas fahrigen, aber insgesamt stabilen Eindruck auf sie machte. Allerdings war ihr Vater zu diesem Zeitpunkt fort, arbeiten, nur Silke war da, aber die durfte sich nicht einmischen, andernfalls wurde Tereza laut, das lag an ihrem kroatischen Temperament. Marijana schrieb auch, dass ihre Mutter geweint und sie mit Küssen überschüttet hatte, sodass sie schließlich zu ihr ins Auto gestiegen war, ein bisschen reden und gemeinsam etwas unternehmen, das hatte sie gedacht. Doch dann wurde aus dem Ausflug eine Fahrt zurück nach Hannover und noch nicht einmal die Madonna-Kassetten, die sie währenddessen hören durfte, konnten ihr das komische Gefühl nehmen, dass hier etwas ziemlich schieflief.

Tereza hätte das nicht tun dürfen.

Hinterher gab es viel Streit, am Telefon, von Angesicht zu Angesicht, mit der Krankenkasse und vor dem Gericht. Infolgedessen ließ sich Marijanas Dad wieder nach Niedersachsen versetzen, Silke brannte mit irgendeinem Fußballer durch und alle in der Familie waren noch schlechter drauf, als sie es ohnehin schon gewesen waren. Terezas Krankheit verschlimmerte sich, eine weitere Kur verweigerte sie und seitdem war das Leben für Marijana „nur noch die Hölle“. Sie war inzwischen Fünfzehnzweidrittel, „Tendenz nicht wichtig“, und sie hatte Angst wie noch nie zuvor in ihrem Leben. Sie setzte sich einen unsichtbaren Schutzhelm auf, wie sie es formulierte, ließ keinen an sich heran, auch nicht Freundinnen, die es in der alten und neuen Schule noch gut mit ihr meinten.

„Ich habe oft an dich gedacht“, das hat sie wörtlich so geschrieben. Das Schreibschrift-„t“ hatte ein langes, kringeliges Schwänzchen. Wenn dieses Schwänzchen die Zeit darstellen sollte, die sie an mich gedacht hatte, dann war das, im Vergleich zu einem gewöhnlichen Schreibschrift-„t“, so lang wie eine Abkürzung zur Milchstraße.

Anschließend entschuldigte sie sich dafür, sich bis heute nicht gemeldet zu haben. Sie war dabei sehr ehrlich. Zunächst hatten ihr das Familienchaos und die Wut auf alles und jeden im Weg gestanden, später die Sorgen um ihre Mutter, die sie noch immer hatte, und schließlich verblasste ich in ihrer Erinnerung – „Kurzzeitig!!!“, mit drei Ausrufezeichen.

Nach dem ersten Schock musste ich ein bisschen schmunzeln, auch deshalb, weil ich die Anhäufung von Satzzeichen zur Betonung des in diesen Fällen meist nicht klar formulierten Inhalts verabscheute wie die Hörspiele der „Drei Fragezeichen“. Ich war immer mehr der TKKG-Typ. Und wenn ich ehrlich war, hatte ich auch nicht jeden Tag an das Korkenziehermädchen gedacht. Je mehr Monate vergangen waren, desto kleiner war mir das Große erschienen, das wir an wenigen Tagen geteilt hatten. Ich denke, das ist normal.

Nun aber diesen Brief zu lesen, in ihrer korkenziehergeschwungenen Handschrift, das änderte natürlich alles. Marijana war wieder auf meinem Gefühlsradar. Auch deshalb, weil sie mit folgenden Worten schloss: „Was liest du gerade? Brauchst du auch einen Schutzhelm? Hast du die neue Single von Madonna gehört? Was macht die Schule? Ich wär so gern bei dir und dem Ausschuss. Schreib mir! Ich mag dich. PS: Fröhliche Weihnachten, und iss nicht so viele Kekse!“

Mein Herzschlag war plötzlich in meinem Hals zu spüren.

Was bedeutete das alles? Fand sie mich gut, obwohl ich zu dick war? Hatte ich nun eine Brieffreundin? Und wenn ja, zählte eine Brieffreundin als echte Freundin, also als erste echte Freundin?

Ich fand es wichtig, das zu klären, damals. So etwas hatte doch eine Bedeutung.

All das erzählte ich Oma Elfie. Sie strich mir über die Wange, während sie mich ansah und sagte: „Du hast es gern kompliziert, gell?"

Ich deutete das als Zustimmung.

Im Dorf am Wald, also auch in meiner Familie, herrschte ja die Unsitte, zu allem Neuen erst einmal „Naa!" zu sagen, wahlweise auch „Naaa!" oder ein scharfes „Na!", also „Nein". So hätten meine Eltern reagiert (Mama mit drei „a", Papa die Kurzversion), todsicher, wenn ich ihnen von Marijana erzählt hätte. Habe ich aber nicht. Oma Elfie verlor zwar ebenfalls nicht viele Worte über meine ausführliche Geschichte, aber sie ließ ihre Skepsis ausdrücklich nicht die Oberhand gewinnen. Das rechnete ich ihr hoch an.

Wir saßen noch eine Weile zusammen, tranken Limo und sahen den Schneeguttis beim Erkalten zu. „I gfrier di ei", schoss es mir durch den Kopf.

Oma Elfie wollte, dass ich ihr von unserem Lager in der Bücherei und unseren gemeinsamen Erlebnissen erzählte. Anschließend packte sie zum hundertsten Mal die Geschichte aus, wie sie der Willi in dem Gasthaus im kleinen Dorf bei Marienbad zum Tanzen aufgefordert hatte. Wie er ihr auf die Füße getreten war und gleichzeitig gesagt haben soll: „Dich lass ich nimmer los." Ein Versprechen, ohne das ich heute nicht mit Oma Elfie über Marijanas Locken hätte reden können.

Als es plötzlich still wurde um uns herum, reagierte Oma Elfie sofort: „Geh, Bub, sei bitte so lieb. Dreh doch mal den Karel um."

Ich sprang auf und ging ins Wohnzimmer. Einen Moment lang spielte ich mit dem Gedanken, statt ihre Kassette andersherum in den Rekorder zu stecken, mein Best-of-Madonna-Tape einzulegen.

Nachdem ich mich gegen den Streich entschieden hatte, schossen mir zwei Dinge durch den Kopf.

Erstens: Oma Elfie war die Beste.

Zweitens: Was dem einen seine Madonna, ist der anderen ihr Gott. Jeder braucht jemanden zum Anhimmeln.

A

LIKE A PRAYER

Während ich das hier schreibe, ist Karel Gott gestorben.

Ich meine das ernst, er ist wirklich gestorben, nicht nur in meiner Geschichte, in einem Traum oder einer fiktiven Spinnerei, sondern da draußen, in der echten Welt. Die Nachrichten überschlugen sich auf allen Kanälen, das blieb auch uns hier nicht verborgen.

Tod mit achtzig.

Krebs.

Manchmal weiß man, was der liebe Gott vorhat. So geht eine Liedzeile in einem seiner letzten Videos, in dem Karel Gott mit seiner kleinen Tochter gemeinsam singt, auf Tschechisch, das selbstverständlich in alle möglichen Sprachen übersetzt wurde. Ich habe mir das Video, das im Netz längst ein Hit ist, Dutzende Male angeschaut. Ist das wirklich so? Kann man wissen, was der liebe Gott vorhat? Ich kann es nicht, mich lässt er hier hängen.

Karel, der Namensvetter, scheint eine Vorahnung gehabt zu haben, das ist bei Krebs ja oft ein sehr spezieller Fall, das kenne ich von Oma Petra. Die hat am Ende Worte genuschelt, die wir als „Was recht ist, kommt wieder“ verstanden und seitdem in alle möglichen Richtungen interpretiert haben. Was wir damals mit absoluter Sicherheit sagen konnten: Wir wussten, dass sie wusste, dass wir wussten, dass es für sie bald nichts mehr zu wissen gab.

Dass nun auch Karel Gott gestorben ist, macht mich traurig. Allmählich gehen sie alle. Bilder der Erinnerung überfluten mich. Er wird immer in meinem Herzen bleiben, allein schon, weil es ihm gelungen ist, Oma Elfies schweres Herz mit seiner Musik zu öffnen.

Die unheimliche Kraft der Musik. Stärker noch als Worte und Bilder und andere Spielarten der Kunst vermögen geschickte Kombinationen von Tönen, erzeugt von geschickt ausgesuchten Instrumenten, beflügelt von Stimmen der betörendsten Farben, all diese magischen Verbindungen vermögen den Zuhörer in wenigen Takten emotional so zu packen, dass Gänsehäute expandieren und Glückstränen kullern.

Der Weg vom Ohr ins Herz scheint kürzer zu sein als der vom Auge zum selben Ziel.

Was Karel Gott bei Oma Elfie auszulösen vermochte, gelang Madonna bei mir ebenso spielend. Mit dem Unterschied, dass ich pubertierte, als ich zum Fan wurde, infolgedessen mir die Musik allein bald nicht mehr reichte. Ich fragte mich, wie es wohl wäre, mit ihr zu tanzen, ob ihre Zahnlücke beim Küssen einen zusätzlichen Reiz darstellte, um nicht zu sagen: ein Special feature, und wie sich ihre kurzen Beine in Netzstrümpfen anfühlten.

Einmal, da habe ich mich in Ninas Zimmer geschlichen, die wieder eingezogen war, nachdem sich die Geschichte mit ihrem Zahnarzt erledigt hatte. Denn wie sich nach mehreren Monaten des großen Glücks und der noch größeren Absichten herausgestellt hatte, war Dr. Mertens nicht nur ein Zugezogener, sondern darüber hinaus fremd liiert, also zweigleisig unterwegs. Nina, inzwischen Anfang zwanzig und als Verwaltungsangestellte endgültig nach Spießerhausen abgebogen, hatte schwer darunter gelitten, träumte sie doch bereits von Dr. Mertens junior beziehungsweise von kleinen Zahnarzttöchterchen.

Jedenfalls wohnte sie jetzt wieder neben mir, war aber, wie Charly, meist unterwegs, in Discos, Kneipen, auf Konzerten, zuletzt bei Herbert Grönemeyer in der Rudi-Sedlmayr-Halle. Und so huschte ich eines samstagnachmittags – meine Eltern waren angeblich in den Bergen, ich hatte aufgehört, genauer nachzufragen – in Ninas Zimmer und stöberte in ihren Sachen. Ich wusste, dass sie Netzstrümpfe besaß, weil sie im Fasching als sexy Jura-Studentin gegangen war. Sie hatte keine Gelegenheit ausgelassen, das „sexy" selber dazuzusagen.

Als ich in ihren Schubladen wühlte, beschlich mich ein Gefühlsmix aus Scham und Erregung und die frühkindlichen Erinnerungen an die Vater-Mutter-Kind-Spiele verwirrten mich im Nachhinein mehr als damals. Ich haderte, zog mir dann aber doch ein Bein der Netzstrumpfhose über den Arm, um mit der anderen Hand darüberzustreichen. Es war aufregend, rau, ein Muster, das man spüren konnte. Ich bewegte meine Fingerkuppen sanft und suchend wie beim Ertasten der C-Mulde im Bassfeld des Akkordeons. Mein Atem ging schnell, als ich mir vorstellte, wie sich Madonna Strümpfe wie diese anzog, und zwar nicht an den Armen, sondern dort, wo sie hingehörten, an den Beinen.

Mir wurde heiß.

Ebenso schnell wurde mir kalt.

Denn was ich entdeckte, nachdem ich das Kleidungsstück möglichst unauffällig und wieder zum Knäuel verknotet in die Schublade zurückgelegt hatte, raubte mir den Atem auf eine ganz andere Weise. In der Schublade darunter, nicht vollständig kaschiert von Ninas Unterwäsche, lag ein Schwangerschaftstest. Ich kannte das Aussehen der Verpackung aus der Werbung. Daran gab es keinen Zweifel.

Meine Gedanken rasten. Was, wenn Nina von dem Hallodri von Arzt schwanger war? Gab es genau dafür respektive dagegen nicht Kondome? War Liebe automatisch kompliziert? Ich fand zu keiner Klarheit an jenem Herbsttag im Jahr des Zweiten Golfkriegs, aber eines schwor ich mir bei Karel Gott: Die Sache mit dem S, die musste warten. Auch wenn die Idee davon meine Gedankenwelt benebelte wie früher neue Computerspiele.

Was ich dennoch nicht im Zaum halten konnte, war meine Begeisterung für Madonna. Ihre Musik richtete mich auf, wenn auf Klassenfahrt keiner mit mir reden wollte. Und wenn mir langweilig war, spielte ich ihre Lieder auf dem Akkordeon nach oder feilte an Tanzschritten, die meiner Meinung nach immer komplizierter wurden, je länger Madonna sich die Pop-Krone zurechtrückte.

Ich begann, mich über ihr Leben schlau zu machen, kaufte mir Musikzeitschriften, ließ mir von Ray Cokes auf MTV Details aus ihren Videos erklären und im Lager der ausrangierten Bücher las ich Fachliteratur über Madonna Louise Veronica Ciccone, wie die Tochter eines Automechanikers mit italienischen Wurzeln und einer frankokanadischen Röntgenassistentin bürgerlich hieß. Ihre einfache Herkunft, wurzelnd in den Sechzigerjahren in Michigan, imponierte mir ebenso wie die Anekdoten zu ihrer Schulzeit (offenbar eine sehr gute Schülerin), zu ihrer Toleranz (in Schwulendiscos vorgelebt) oder zu ihrem Berufswunsch (ursprünglich Tänzerin). Mit ein paar Dollar in der Tasche, hieß es, habe sie sich als junge Frau nach New York aufgemacht.

Als ich Dinge wie diese las, begann ich, groß zu denken. Was sollte mich eigentlich davon abhalten, das Dorf am Wald irgendwann hinter mir zu lassen? Das Dorf am Wald mochte wie ein Gefängnis mit klaren Regeln und unverrückbaren Autoritätsstufen auf mich gewirkt haben, nur: Es war kein Gefängnis. Das Dorf am Wald war auch nur ein Dorf.

Und dem Dorf war ich egal.

Ich war ihm so egal wie ein kaum spür- und sichtbarer Pickel am Allerwertesten.

Auch wenn mir Rituale wie das Abklappern der Sperrmüllhaufen vor den Holzhäusern oder die Ausstellungen des Kunstvereins im Rathausfoyer ans Herz gewachsen waren – das Dorf am Wald in seiner erdrückenden Gänze konnte ich nicht mehr ertragen. Ich hatte sogar einen Buchclub gestartet, um meine Freude am Lesen zu teilen. Doch meinem Aufruf, den ich in der Schülerzeitung womöglich etwas zu blumig formuliert hatte, war niemand nachgekommen. Stattdessen nannten mich meine Mitschüler nicht mehr nur Dicki (nicht zu verwechseln mit Diggie oder Digger aus dem Sprachgebrauch der späten Zehnerjahre, was ja doch sehr positiv besetzt und allzeit als Kompliment zu verstehen war), sie nannten mich fortan auch Strebowski.

Oma Elfie hallte nach.

Ich würde Woanders schon noch kennenlernen.

Marijana schrieb ich von alledem nichts. Ich hatte mit mir vereinbart, in gar nicht mal so zähen Verhandlungen, das Korkenziehermädchen in den schönen, gleichwohl diskreten Status der Brieffreundin zu erheben. Sie war ja nicht da. Für mehr.

Ein bisschen belog ich mich dabei selbst, denn Madonna war ja ebenfalls nicht da, und wenn ich ehrlich bin, war ich damals einfach nur feige.

Unehrlich betrachtet, war ich der größte Frauenheld der Welt. Madonna hier, Marijana da, warum sollten mich die Mädchen in der Schule interessieren? Die waren zwar – pardon, das tippt man heute nicht mehr gedankenlos in sein Endgerät – in greifbarer Nähe, aber eben auch viel langweiliger als meine Auserwählten. Dass ich wiederum die Mädchen nicht im Geringsten interessiert haben könnte, diese Möglichkeit zog ich nicht in Betracht.

Dabei war ich mit fünfzehn nach wie vor ein unfertiges Irgendwas. Zu der Erkenntnis kam ich vor Ninas Spiegel, der mir das ganze Elend meiner selbst in Körpergröße vor Augen führte. Weder groß noch klein, weder dick noch dünn, noch nicht einmal die Haare konnten sich entscheiden, ob sie lockig oder glatt sein wollten. Früher, als ich noch mit klar zu identifizierenden glatten, hellblonden Haaren hätte arbeiten können, war ich zu klein gewesen, um mir über Frisuren einen Kopf zu machen. Aber ich erinnere mich an das gute Gefühl, wenn ich den Scheitel mit den Fingern spielend nach links zog (bis zehn nach links, danach nach rechts). Inzwischen wellten sich die Haare, weshalb an einen Scheitel nicht zu denken war, geschweige denn an so etwas wie eine richtige Frisur. Auf der Nase saß seit Kurzem eine Brille, Diagnose: Kurzsichtigkeit, weshalb meine wasserfarbenblauen Augen nur noch hinter Glas zu begutachten waren.

Ein Schönling würde aus mir sowieso nie werden, dafür war mein Kopf zu rund, waren Wangenknochen und Kinn irgendwo verborgen in freundlicher Nachbarschaft zu meinen Grübchen. Marijana hatte einmal gesagt, dass sie meine Lachdellen besonders mochte.

Wie weit ich dennoch vom gängigen Schönheitsideal entfernt war, zeigte mir Ninas Spiegel an. Im oberen Eck klebte der makellose Patrick Swayze. Nina hatte dessen Partnerin aus „Dirty Dancing“ abgeschnitten, wodurch sie den legendären Satz aus dem Film wortwörtlich, wenngleich unbewusst umsetzte: „Nobody puts baby in a corner.“ Ich versuchte, mich von den kräftigen Oberarmen so wenig wie möglich beeindrucken zu lassen und wellige Haare hatte ich schließlich auch.

Während ich mir neidvoll die Spannkraft unter dem Muscleshirt vorstellte, rezitierte ich, warum auch immer, fehlerfrei den Anfang von Marcel Proust: „Lange Zeit bin ich früh schlafen gegangen. Manchmal fielen mir die Augen, wenn kaum die Kerze ausgelöscht war, so schnell zu, dass ich keine Zeit mehr hatte zu denken: Jetzt schlafe ich ein.“

Nimm das, Johnny!

Ein Ziel hatte ich also erreicht: Einer dieser Affen wurde aus mir nicht. Wobei ich da jetzt nicht Patrick Swayze meine, sondern die mir leidvoll bekannten Gesichter mit ihren blitzenden Klingen und verdreckten Fußballstollen, ihren Banden, Lagern und Aufreißer-Cliquen.

Der Preis dafür war hoch. Manchmal denke ich, es wäre leichter gewesen, mich meinem Umfeld anzupassen. Eine Lehre machen und bei der Feuerwehr abhängen wie Charly. Einen Beamtenjob finden und mir die Haare strähnen wie Nina. Bei den Perchten mitlaufen wie Caro, die Halbschwester von Tanja, der Pferdefrau. Eine Geheimtür haben und viel Bier im Bauch wie Papa. Eine Italiensehnsucht und gute Freundinnen wie Mama.

Aber ich hatte mir geschworen, alles anders zu machen. Ich wusste nur noch nicht was. Und wie.

Eine Ahnung davon erhielt ich kurz nachdem ich mich beim Organisationskomitee des Sommerfests am Gymnasium mit der Idee gemeldet hatte, Madonna-Texte zu übersetzen und sie als deutsche Gedichte vorzutragen. Ursprünglich wollte ich singen und vielleicht dazu tanzen, aber davon riet mir sogar Oma Elfie ab.

Marijana wiederum half mir bei den Übersetzungen, dafür hatten wir den Sprung vom Schreiben zum Telefonieren gewagt. Ihre Stimme zu hören, war bezaubernd. Das leicht gerollte kroatische R im klaren Hochdeutsch. Wie ein Lockruf nach Niedersachsen, Telefonsex ohne Sex, Knutschen mit Wörtern.

Beim Auftritt hätte ich mir gewünscht, sie wäre dabei gewesen. Dann hätte wenigstens eine richtig zugehört.

Sonne und Aufregung ließen mich schwitzen, als ich Zeilen wie diese ins Mikrofon sprach: „Wenn du meinen Namen rufst, ist es wie ein kleines Gebet / Ich bin auf meinen Knien und führ' dich da hin / Mitternacht ist's, deine Kraft so konkret / Wie ein Gebet, du weißt, ich führ' dich da hin."

Auf das „Mitternacht ist's, deine Kraft so konkret" waren Marijana und ich besonders stolz. Im Original reimte sich Power nicht auf Prayer, sondern auf Midnight Hour – bei uns konkret auf Gebet, weshalb wir den Satz auch rhythmisch und formal umbauen mussten. Aber linguistische Feinheiten wie diese waren an Fischi und seinen neuen Gehilfen Joe verschwendet. Nach ein paar Versen hatten sie sich vor den riesigen Boxen platziert. „Hey, Strebowski, geile Lyrik!", rief der eine. „Konkrete Kraft", äffte mich der andere nach. „Ja, bitte, führ mich ein." Und so weiter und so fort.

In mir begann es zu brodeln.

Noch vor einem Jahr hätte ich den Rückzug angetreten. Heute blieb ich stehen. Und las weiter, immerhin waren außer den beiden Rabauken auch noch ein paar Lehrer anwesend, wenngleich wohl nur aus Höflichkeit.

Als Joe, ein eigentlich recht sympathisch aussehender Blondschopf aus der Elften, schrie: „Auf die Knie mit dir, du Schwuchtel!", platzte mir der Kragen. Ich startete den Madonna-Song vom Band, was ich eigentlich erst für meinen Abgang geplant hatte, und zog den Lautstärkeregler nicht nur einen Zentimeter nach oben, wie es mir der Typ von der Technik AG erklärt hatte, sondern ganz. Bis zum Anschlag.

Madonna war eine Explosion.

Noch nie hatte ich sie so laut erlebt. Man musste sie bis ins Lager der ausrangierten Bücher gehört haben. Die Lehrer hielten sich spontan die Ohren zu, Herr Schmidbauer sprang ungelenk auf die Bühne, fand aber den Regler nicht auf Anhieb, stattdessen verpasste er „Like a prayer“ unfreiwillig erst mehr Bässe, dann Höhen.

Meine Ohren schmerzten ebenfalls, aber meine Freude war größer. Wie Fischi und Joe der unfassbare Schreck in die Gesichter geschrieben stand, wie sie erstarrten und sich dann instinktiv aus der Gefahrenzone trollten wie zwei angeschossene Hunde, würde mir Motivation auf ewig sein. Niemand musste sich jemals demütigen lassen. Man konnte sich immer wehren.

Marijana wäre stolz auf mich gewesen.

Madonna vielleicht auch.

Nur nicht meine Eltern. Der Watschnbaum fiel heftiger als jemals zuvor und auch das Maß des Hausarrests nahm bis dato unerreichte Dimensionen an. Papa und Mama erwogen sogar, mit mir zum Schulpsychologen zu gehen. „Dem Bub fehlt die Mitte“, sagte mein Vater. „Das verwächst sich schon“, sagte meine Mutter. Zunächst aber schickten sie mich zum Beichten. Das war weniger beschämend, falls es sich im Dorf am Wald herumsprach, und es sprach sich alles herum im Dorf am Wald.

„Meine letzte Beichte war vor drei Monaten, in Demut und Reue bekenne ich meine Sünden.“

Ich begann meine Beichte also mit einer Lüge, wie so oft. Denn bereuenswert fand ich maximal die erzwungene kniende Nähe zum verrosteten Sichtschutz. Aber weil ich schon mal da war in der muffigen Kabine der Gemeindekirche Sanktirgendwas, packte ich auf das die Verletzung und Verstörung zweier Mitschüler eiskalt in Kauf nehmende Abspielen des gotteslästerlichen Songs „Like a prayer“ noch das Stöbern in Ninas Wäscheschublade obendrauf. Was den Herrn Pfarrer zu einer Reihe detaillierter Nachfragen animierte. Nach dem Hinweis auf mehrere Playboy- und Playgirl-Hefte, die ich bei Charly und Nina gefunden und aus Recherchegründen auf ihre Inhalte geprüft hatte, endete ich mit den selbstbewussten Worten: „Sexuelle Freiheit für alle. Atomkraft, nein danke. Peace und Amen!“

Dann ging ich hin in Frieden.

O Gott, der Karel, der Schock sitzt noch immer tief. Er war einer der letzten Entertainer von Weltformat. Lange wusste ich das nicht, aber dieser Mann war John Lennon persönlich begegnet, Duke Ellington auch. Er hat sowohl in den USA gesungen als auch in der UdSSR, in Südamerika, Japan, Israel und auf Kreuzfahrtschiffen. Er war in Filmen zu sehen, auf Theaterbühnen, in Fernsehshows sowieso. Er war so viel mehr als der harmonieschwangere Schlagergott, zu dem er vor allem hier in Deutschland gemacht wurde.

Ach, wie traurig ist das.

Ich denke, ich mache eine Schreibpause und sammle meine Gedanken. Vielleicht bete ich auch für ihn, ganz ohne Ironie und Sarkasmus, so wie es mir Oma Elfie beigebracht hat.

Wobei sich Beten hier irgendwie komisch anfühlt.

Überflüssig.

A

VOICES

Schreiben ist Aufräumen im Kopf. Das hat Frank Goosen eine seiner Romanfiguren sagen lassen. Schreiben ist wie mit der Vergangenheit zu telefonieren und sie in die Gegenwart zu holen. Das wiederum stammt von Doris Dörrie, deren jüngsten Ratgeber ich ebenfalls erst hier entdeckt habe. Marcel Proust, J.D. Salinger und John Fante, Wolf Haas, Heinrich Steinfest und Saša Stanišić, Benedict Wells, Vea Kaiser und Joachim Lottmann, sie alle haben mich inspiriert, meine Geschichte so zu erzählen, wie ich sie erzähle.

Tom Robbins sowieso am allermeisten. Robbins ist der wildeste Gedankenflugpilot von allen. Seine Romane gewähren den saftigsten Sätzen Unterschlupf, sind Spielwiesen für die verrücktesten Ideen. Seine Bücher sind Weichbodenmatten für die waghalsigsten Purzelbäume, zu denen Wörter sich aufschwingen können, wenn man sie nicht im Floskelkeller verkümmern lässt. Ich gehe noch einen Ausfallschritt weiter: Tom Robbins hat aus mir einen Menschen gemacht, der sich neugierig, offen und verschmitzt durch den Zauberwald namens Lebens trollt, ohne sich dabei wichtiger zu nehmen als den Regenwurm in der Erde unter den eigenen Füßen.

Leider etwas spät.

Aber Erleuchtung gibt es nicht nach Fahrplan.

Die Erinnerungen kommen in Schüben, tauchen auf und verschwinden wieder. Ich muss sie ordnen und collagieren, das ist meine Aufgabe. Erstaunlich ist, welche Details im Netz der Rückschau hängen bleiben wie der Kellergeruch bei Oma Elfie, Patrick Swayzes Muscleshirt (es war schwarz) oder dieser eine Glückskeks des Fremden. Und welche Brocken zunächst durchrutschen. Klar, ich könnte das ändern, könnte umbauen, copyandpasten. Aber ich habe mir vorgenommen, den Erinnerungsrausch nicht grob zu manipulieren.

Was bisher unerwähnt blieb: Charly hatte die von ihm anvisierte Stelle in der Spedition bekommen und trainierte nebenher die zweite Frauenmannschaft im Volleyball. Er war mit Bine zusammen, der Sekretärin seines Chefs, die wiederum Nina nicht leiden konnte, weil sie mit ihr auf der Realschule gewesen war, wo die beiden in rivalisierenden Cliquen teilweise denselben Männern schöne Augen gemacht hatten. Ausgezogen war er auch, weshalb ich nun in seinem Zimmer wohnte. Das hatte den Vorteil, dass ich endlich ein richtiges Bett bekam, aus dem ich durch das Schrägfenster aufs Dach klettern konnte, um den Mond anzuheulen. So nannte ich das melancholische Grübeln, dem ich mich regelmäßig hingab, seit mir bewusst geworden war, dass meine Jugend ereignislos an mir vorbeiziehen würde, wenn ich nicht bald etwas unternahm.

Aber zunächst waren es andere, die etwas unternahmen.

Irgendetwas stimmte nicht mit meinen Eltern. Wie lange mir das schon geschwant hatte! Aber jetzt war es offensichtlicher denn je. Mama büffelte tagein tagaus italienische Vokabeln, wenn sie nicht ohnehin im VHS-Kurs in der Volksschule saß, um „conversazione“ zu machen, wie sie das nannte. Sie schminkte sich auch werktags und war seit einigen Wochen viel besser gelaunt. Papa bekam ich kaum mehr zu Gesicht. Die Arbeit im Sägewerk schien so gut zu laufen, dass er mir ein Mountainbike in Aussicht stellte, falls ich endlich den Quatsch mit dieser Sängerin sein ließe. Als ich Mama auf die Veränderungen ansprach, erklärte sie mir, dass Papa bald ganz in den Außendienst des Sägewerks wechseln würde. Dies würde zwar bedeuten, dass er öfter unterwegs wäre, aber eben auch mehr Verantwortung haben und ein höheres Gehalt bekommen würde. Sie küsste mich auf die Wange und fügte hinzu, wie sehr sie sich auf den Tag freue, wenn er sie auch mal mitnähme.

„Heißt das, wir fahren nach Italien?“

„Das wäre schön“, sagte sie nach einer kleinen Pause, „aber du musst doch in die Schule.“ Sie kniff sanft in meine Wange. „Außerdem würden dich Gespräche mit Sägeblattherstellern doch nur langweilen.“

Ich konnte spüren, dass sie ein schlechtes Gewissen bekam. Ich konnte es hören und sehen und riechen konnte ich es auch. „Hauptsache, dich langweilt der Kram nicht“, konterte ich und setzte noch einen drauf: „Bella Italia, das Land, wo die goldenen Sägeblätter blühen.“

„Geh, Eddie.“ Sie drehte sich weg und begann zu summen.

Mein Vater war auch in den Jahren zuvor regelmäßig auf Dienstreisen gewesen, und immer, wenn er mit seinem Pickup früh morgens losgefahren war, erinnerte ich mich daran, wie laut er in der unvergesslichen Nacht Mama angekeift hatte: „Dann fahr ich halt allein.“

Trotzdem: Diesmal zogen sie es durch.

Zunächst war Papa alleine weg, dann beide, erst für zwei Tage, dann drei, schließlich eine Woche. Stets brachten sie Geschenke mit, oft Baci-Schokolade oder diesen trockenen Kuchen, Panettone. Mehr Panettone je länger die Reisen dauerten, von denen meine Eltern stets behaupteten, sie wären so ungeheuer wichtig für die Zukunft des väterlichen Arbeitsplatzes.

Das war die Phase, in der die Wut in mein Leben kam.

Meine Mutter gab sich größte Mühe, das Gegenteil zu bewirken. Sie schrieb Zettel, auf denen stand, wo ich Essen fand und frische Wäsche, Notfallnummern und Pipapo. Sie kochte so viel vor und fror es in bunten Tupperdosen ein, dass es für zwei Eddies und einen Halben gereicht hätte. Um Nina und Charly musste sie sich keine Sorgen machen, die lebten ihr eigenes Erwachsenenleben. Aber trotz der Fürsorge, der vielen Gespräche und meiner reifen fünfzehndreiviertel war ich sauer. Und ja, ich hatte Angst.

Pardon, ich hatte eine Scheißangst.

Schlimm genug, dass ich zu einer Generation gehörte, deren Väter nie da waren. Aber dass nun weder Vater noch Mutter Präsenz zeigten, weder Bruder noch Schwester, lediglich die unter Angstzuständen und beginnender Demenz leidende, letzte verbliebene Oma, all das machte mich traurig. Furchtsam und wütend.

Die Nächte allein im Haus, wo das Holz knarzte und arbeitete, wie Papa es formulierte, hatte ich mir nicht auf diese Art aufregend vorgestellt.

Sturmfrei, das klang nach großer Freiheit, und ich hatte schließlich zugestimmt, als Mama mich vor der ersten Reise fragte, ob es auch wirklich in Ordnung sei für mich. Es sei ja nur für eine Nacht, hatte sie betont. Und dass ich nur ein Wort sagen müsse, und schon würde sie hierbleiben.

Mutterkram. Emotionale Erpressung.

Selbstverständlich wollte ich nicht als Hosenscheißer dastehen, vor allem nicht vor meinem Vater, also machte ich auf cool, indem ich die Herausforderung zur Bagatelle herunterspielte.

Als es dann so weit war und die Freuden über Pizza vom Lieferservice und Filme bis weit nach Mitternacht verblassten, blieben nur die Leere und die Angst. Ein Sturm in der sturmfreien Nacht machte mir das Alleinsein zur Hölle, es quietschte, es pfiff, weshalb ich nicht nur einmal nach Nina rief, die offiziell noch nebenan wohnte, aber die meisten Nächte bei ihrem neuen Freund oder Freundinnen in der Stadt schlief. Keine Antwort auf meine Rufe, mit mir kommunizierten nur die Holzbalken und Ritzen und manchmal auch der Spalt unter der Tür.

Ich schlug mit meinen Fäusten gegen das Holz, gegen das verdammte Holz, bis ich müde wurde und mich in den Schlaf weinte. Der letzte Gedanke, der mir durch den Kopf schoss, war forsch wie ein Ausrufezeichen: Wenn in dieser Familie ohnehin jeder machte, was er wollte, würden für mich fortan auch keine Regeln mehr gelten.

Marijana hatte mir kürzlich ähnliche Gedanken geschrieben. Auch sie war oft allein. Ihre Mutter war in eine mittelschwere Depression geschlittert, hatte infolgedessen den Widerstand aufgegeben und sich unter Panikattacken und Heulkrämpfen einweisen lassen. Um nicht mehr Zeit als nötig mit ihrem Vater zu verbringen, der schon wieder eine neue Frau am Start hatte, hing Marijana oft im Jugendzentrum ab, schrieb sich zum Studieren in Amerikanistik und Psychologie ein und jobbte als Kellnerin in einem Museumscafé. Sie war ja inzwischen achtzehn.

Achtzehnohneirgendwas. „Ab achtzehn spielen Drittel oder Viertel keine Rolle mehr", dozierte sie.

Ich fand das ein bisschen arrogant.

Vor allem aber machte ich mir Sorgen. Was, wenn ihr unsichtbarer Schutzhelm nicht mehr funktionierte? Ich nahm mir vor, sie bald in Hannover zu besuchen. Dann würde ich hier endlich einmal rauskommen.

Der Tag, an dem Papas Geheimnis zu platzen drohte, war ein sonnensatter Samstag, der zunächst überhaupt nicht zu meiner aktuellen Madonna-Lieblingsnummer „Rain" passen wollte, die ich mir immer wieder auf meinem Walkman zurechtspulte. Es war November, doch der Herbst schien unpässlich zu sein. Seit Tagen ließ er sich vom Spätsommer vertreten.

Entsprechend guter Laune fuhr die ganze Familie nach Asien, also dorthin, wo man uns die fernöstliche Illusion als Authentizität verkaufte: zum Chinesen im Nachbarort. Was insofern außergewöhnlich war, als wir fast nie auswärts essen gingen. Papa hielt das für Geldverschwendung, er ließ lieber Mama kochen. Warum er an diesem Tag eine Ausnahme machte, hat er uns nicht verraten. Womöglich, um ein bisschen gegen sein schlechtes Gewissen anzugehen, das ihn schlichtweg plagen musste, seit er noch seltener zu Hause war als ohnehin schon. Jedenfalls saßen wir nun an einem Rundtisch aus Walnussholz, wie Mama unter dem anerkennenden Nicken von Papa feststellte, und übten uns verblüffend harmonisch darin, mit Stäbchen zu essen, derweil wir das Drehrad auf dem Tisch ruckartig wie ein DJ hin- und herbewegten, um auch von den anderen Speisen kosten zu können. Im Hintergrund flirtete eine hohe Frauenstimme mit den quirligen Klängen mehrerer Lauten.

Die Bedienungen lächelten, nur Nina war mies aufgelegt. Das lag vor allem daran, dass ihre beste Freundin den Skiurlaub mit ihrem neuen Lover plante und nicht mit ihr. Den Frust darüber ließ sie an mir aus. „Halt die Klappe", maulte sie mich an, als ich mir die Bemerkung erlaubt hatte, dass sie mit ihren Augenringen aussehe wie ein Waschbär.

Normalerweise konterte sie spitze Kommentare wie diesen oder lachte über sich selbst. Heute nicht. Heute war sie auf Krawall gebürstet.

„Bitte nicht füttern, dieser Waschbär ist bissig. Er hat gestern zu lang Party gemacht", entgegnete ich.

„Jetzt pass mal auf, du Zwerg." Sie ließ ihre Stäbchen auf den Tisch knallen. „Tust immer so brav, dabei bist du es, der's faustdick hinter den Ohren hat."

Papa blickte zackig auf.

„Was denn?", fuhr Nina fort. „Frag ihn ruhig, ob er schon mal was von Privatsphäre gehört hat? Der scheinheilige Eddie, das kotzt mich echt an!" Ihre Blicke waren Giftpfeile.

Ich lief rot an und schwieg. Ob sie gemerkt hatte, dass ich an ihren Sachen gewesen war?

Zum Nachdenken blieb keine Zeit, Papa schlug mit seiner großen Sägewerkhand auf den Tisch. Nicht nur die Reisschüsselchen mit den asiatischen Symbolen darauf erzitterten. „Schluss damit", donnerte er in Richtung seiner Tochter, „nicht mal beim Essen hat man seine Ruhe."

Meine Schwester schien die Zurückweisung noch mehr zu verärgern. „Jetzt reicht's mir aber", rief sie und warf ihre Serviette auf den Teller, auf dem sie etliche Maiskölbchen aussortiert hatte. „Eddie war in deinem Arbeitszimmer. So! Jetzt ist es raus!" Sie atmete hastig und verschränkte ihre Arme.

Verdammt, damit hatte ich nicht gerechnet.

Papa stand ruckartig auf, der schwere Holzstuhl kratzte über den Boden. „Erwarwas?"

Sofort eilten die Bedienungen herbei. Mir persönlich waren sie keine Hilfe, im Gegenteil. Als sie die Dessertkarten verteilen wollten, noch unterwürfiger als zur Begrüßung, lehnte mein Vater mit winkender Hand ab. „Der kriegt überhaupt nix mehr. Niemand kriegt hier noch irgendwas", schnaubte er und stützte sich auf dem Tisch ab. Er schien um Atem zu ringen.

Die Luft in Bayerisch-China war mit einem Mal aufs Ärgste verpestet. Der Smog in Peking war Wellness dagegen.

Es war nämlich so. Nina hatte recht und ich war, wie sich später herausstellen sollte, schlicht zu unvorsichtig gewesen.

Der Schlüssel zu Papas Arbeitszimmer, das wir nie und nimmer betreten durften, hing an dem Schlüsselbund, den Papa stets bei sich trug. Bei seiner jüngsten Reise aber hatte er ihn zu Hause vergessen. Mama war auch dabei, weshalb er ihn nicht vermisst haben dürfte, zumal er den Autoschlüssel separat aufbewahrte. Als ich das braune Etui bei der Obstschale in der Küche entdeckte, zögerte ich keine Sekunde. Angetrieben von der gefährlichen Mischung aus Langeweile, Neugier und der Lust am Verbotenen, betrat ich sein Büro.

Mein Herz klopfte schneller. Ich sah mich um.

Zunächst war ich etwas enttäuscht von der kleinen Kammer. Auf dem Sekretär im Landhausstil stapelten sich Briefe und Rechnungen, die Schubladen waren vollgestopft mit Prospekten über Farben und Lasuren, Schnitztechniken und Werkzeuge. Im Regal an der Wand verstaubten aussortierte Geräte wie Tintenstrahldrucker oder Scanner, dazu Fachliteratur über Steuersoftware oder Wald- und Holzkunde. Warum Papa ein Geheimnis um so viel Ödnis machte, war mir ein Rätsel. Wollte er hier wirklich nur seine Ruhe haben?

Ich musste an mein Lager der ausrangierten Bücher denken, wo ich zugegebenermaßen schon lange nicht mehr gewesen war. Das gute Gefühl beim Gedanken daran war geblieben. Jeder sollte so einen Ort haben.

Ich war kurz davor, mich zurückzuziehen, als mir etwas auffiel. Im obersten Regalfach, bei den Landkarten und Reiseführern, fehlte ein Exemplar, und dahinter, wo man eigentlich die weiße Wand hätte durchblitzen sehen müssen, steckte etwas quer. Ich balancierte auf dem blauen Drehstuhl, meine Tanzübungen hatten mein Körpergefühl deutlich verbessert. Mit gestrecktem Arm und ruhiger Hand nahm ich die benachbarten Bücher heraus und griff in den Spalt.

So legte ich das braune Kuvert frei. Ich fühlte mich schlecht, aber die Neugier war stärker.

Als ich den großen Umschlag öffnete, er war nur mit Tesafilm verschlossen, fand ich darin D-Mark-Scheine und Postkarten. Stapelweise Fünfziger und Hunderter, so viel Geld hatte ich noch nie gesehen. Meine Hände begannen zu zittern. Ich wühlte in den Scheinen, die ausschließlich mit seltsamen Männern mit Hüten bedruckt waren. Ein paar Tausender waren auch dabei, darauf der Typ mit der Nichtfrisur und dem Zauselbart. Warum es so einer auf eine so wertvolle Note geschafft hatte, verstand kein Mensch, zumal auf dem Schein kein Hinweis zu finden war, wer er war und was er bitteschön geleistet hatte.

Interessanter waren die Postkarten. Sie waren knallbunt, mit vielen Bildchen darauf, alle aus Italien. Ich schämte mich sehr, die handschriftlich geschriebenen Grüße zu lesen, also begnügte ich mich mit flüchtigen Blicken. Claudia, Rita, Antonia, *saluti* hier, *bacio* da. Meine Gedanken kreisten, meine Schläfen pochten. Was würde Mama sagen, wenn sie erführe, dass Papa weibliche Fans in Italien hatte? Soweit ich das erkennen konnte, waren die Postkarten an das Sägewerk adressiert, zu Händen „Signore Wolfi".

Mir wurde flau im Magen. Ich packte die Karten zurück zu den Scheinen und schloss das Kuvert. In dem Moment hörte ich, wie jemand die Haustür aufschloss, schnell und ungeduldig. Nina! Normalerweise kam sie erst viel später nach Hause, wenn überhaupt. Aber meine Schwester blieb unberechenbar.

Schnell verräumte ich den Umschlag, huschte aus dem Zimmer, schloss ab und legte Papas Schlüsselbund zurück an seinen Platz.

Papa sackte zurück in den Holzstuhl mit der massiven Lehne, bevor er einen weiteren Schluck Bier zu sich nahm.

Er sah mich an und fragte: „Stimmt das?" Seine Stirn war rot wie die Elefanten auf dem Tischläufer.

Ich wusste nicht, was ich sagen sollte, warf Nina einen vorwurfsvollen Blick zu, dann entschied ich mich für ein Ablenkungsmanöver. „Nina ist schwanger!"

Sofort sprang meine Schwester auf und stürzte sich auf mich. „Du kleine Ratte!" Mit beiden Händen schlug sie auf mich ein und zog an meinen Haaren. Schützend hob ich meine Arme, wie ich es auf dem Pausenhof gelernt hatte. Gegen den brennenden Schmerz half das nur wenig.

„Um Gottes willen, naa!" Mama hielt sich eine Hand vor den Mund und schüttelte den Kopf. Charly lachte aus voller Kehle, wie sonst nur bei Gerhard Polt. Dabei kippte er mit dem Stuhl nach hinten und fiel um. Eine leere Reisschale zerbrach klirrend auf dem Boden. Mitten im Tohuwabohu: das Getuschel der Bedienungen. Das Lachen war ihnen vergangen, so viel konnte ich erkennen.

Dann ein weiterer Schlag.

Der Knall von Papas flacher Hand auf dem Walnussholz war so laut, dass es augenblicklich still wurde im Restaurant. Nina ließ von mir ab und setzte sich. Charly blieb gleich am Boden sitzen. Alle am Tisch erwarteten das unvermeidliche Donnerwetter, da war ich mir sicher.

„Noch ein Bier, Fräulein", sagte Papa in Richtung der Bedienungen, die dicht zusammenstanden wie eine Herde bei Gefahr. Gleich mehrere nickten. Ein flüchtiger Blickwechsel mit Mama. „Du", er deutete auf mich. „Warst du in meinem Büro oder nicht? Das Büro ist tabu."

„Weiß ich doch", brachte ich mit brüchiger Stimme hervor.

„Ob du drin warst, will ich wissen."

Ich räusperte mich. „Nein, wozu auch?"

Nina schnellte hoch. „Ich hab dich doch gehört. Gib's wenigstens zu, du Feigling!"

„Nein, das war ich nicht."

„Und das Licht war schon vorher an, oder wie?" Nina grinste siegessicher.

Mist, das Licht. Ich musste vergessen haben, es auszuschalten.

„Das ... war schon so", stammelte ich.

Charly, der sich aufgerafft hatte und seinen Arm rieb, schien das Kammerspiel zu genießen.

„Das war schon so", äffte mich Nina nach. „Du warst auch schon so. Verlogen und bescheuert."

„Und du?" Papa konzentrierte sich nun auf sie. „Bist du schwanger?"

Nina setzte sich.

Im Hintergrund lief inzwischen irgendein Radiosender. Womöglich war man im Restaurant zu der Überzeugung gelangt, die Situation eher mit vertrauter Musik entschärfen zu können als mit chinesischer Folklore.

„Nein, ich bin nicht schwanger", stellte Nina klar. Ihre Stimme war leiser, aber nicht weniger scharf als zuvor. Sie rieb den Anhänger ihrer Silberkette, einen unfassbar hässlichen Engel, den sie über alles liebte. „Selbstverständlich nicht. Ich habe keine Ahnung, wie der Zwerg darauf kommt."

Mama atmete erleichtert auf, Charly gab weiterhin den Beobachter, Papa schnappte sich einen der eingeschweißten

Zahnstocher. Ein großer Redner war er nie gewesen, ein Diplomat auch nicht, und ich fragte mich, wie er die Ritas und Antonias um den von der Holzarbeit zerschürften Finger hatte wickeln können.

In diesem Augenblick passierte etwas Merkwürdiges. Mein Blick schweifte von Gesicht zu Gesicht zu Gesicht zu Gesicht, als säße eine Miniaturversion meiner selbst auf der Drehscheibe, meinen engsten Verwandten zum Fraß vorgeworfen. Meine Gedanken jagten sich, machten sich übereinander her. Konnte es sein, dass hier jeder jeden hinterging? Das, was ich am Dorf am Wald so hasste, hatte sich in meiner Familie ausgebreitet, ein Geschwür aus Heuchelei und Lügen, und ich selbst war Teil davon.

Ich schwieg.

Im Nachhinein verachtete ich mich dafür, dass ich nicht zugegeben hatte, in Papas Zimmer gewesen zu sein; dass ich nicht zugegeben hatte, die Postkarten und das Geld gefunden zu haben; dass ich nicht zugegeben hatte, Ninas Schwangerschaftstest entdeckt zu haben; dass ich nicht aufgehört hatte, Konflikten aus dem Weg zu gehen.

Alle würden weitermachen wie bisher, nichts war geklärt, und keinen schien das zu stören. Ich hatte versagt und fühlte mich erbärmlich.

Immerhin ließ ich mich zu einem Abgang hinreißen, von dem ich, durchaus ein bisschen stolz, später auch Marijana berichtete.

Wir hatten noch nicht bezahlt, nur viel geschwiegen, als im Radio plötzlich Madonna lief. Ich erkannte „Deeper and deeper" nach wenigen Takten, es war die erste Single vom neuen Album „Erotica", auf dem auch der Song „Rain" zu finden war, den ich so mochte. Im Vergleich dazu hatte „Deeper and deeper" einen unwiderstehlichen Dance-Beat, mit klackernden Kastagnetten im Mittelteil. Ich weiß nicht, ob es der Rhythmus war oder Madonnas vertraute Stimme, dieser Lockruf zum Glück, oder ob ich meine Familie einfach nur satthatte. Jedenfalls sprang ich wie vom Donner gerührt auf, hob den Arm im Stil eines

Flamenco-Künstlers und begann zu tanzen. Hüftkreisend und im Trippelschritt bewegte ich mich in Richtung Ausgang.

Kurz dachte ich an das Mountainbike, das mir Papa in Aussicht gestellt hatte, das ich aber mit dieser Aktion vergessen konnte. Es war mir egal.

Bei der Garderobe schnappte ich mir meinen Anorak, die Griffbewegung zum Haken baute ich in meine Choreografie ein.

Olé!

„Madonna! Ist gut“, hörte ich die Bedienung sagen, die gerade Charlys Scherben aufkehrte. „Macht er gut. Guter Junge.“

Ich verbeugte mich und verschwand tänzelnd in die Nacht.

A

TRUST NO BITCH

Während ich warte und warte, der Blick müde von der weißen Weite, gibt es eine wiederkehrende Frage, die mir vor allem Frauen stellen, die sich für meine Geschichte interessieren.

Zeit haben wir hier genug, also erzählen wir uns gegenseitig aus unserem Leben. Digitale Ablenkungsmanöver, wie sie die Gesellschaft im 21. Jahrhundert vor ungeahnte Herausforderungen stellen, Hass und Hetze, Isolation und Burn-out, Stress und Informationsoverflow gibt es nicht. Man muss sich mit guten Argumenten um einen Zugang bemühen, wie ich es gelegentlich aus Recherchegründen tue. An der Technik liegt es keineswegs, dass hier nicht ständig jeder mit Surfen beschäftigt ist. WLAN war gestern, das Netz hier ist besser als in der Welt da draußen.

Dass das Geschichtenerzählen wieder in Mode ist, gefällt mir sehr. Das macht vieles erträglicher. Hier gibt es Lebensläufe zu hören, dafür würden Autoren großer Streamingdienste viel Geld bezahlen, mit Wendungen, die glaubt man kaum. Klar, die meisten Geschichten gehen schlecht aus, das liegt in der Natur der Sache. Und es hat sich so eine Art Wettkampf unter uns herausgebildet, wer beim Zuhören am schnellsten die entscheidenden Fehler findet, die Brüche und verpassten Chancen, den Weg hierher.

Warum ich Marijana damals nicht besucht habe?

Nun, es ist etwas Schlimmes passiert. Ob das für den weiteren Verlauf meiner Vita eine wesentliche Rolle gespielt haben mag, wie es einige meiner Zuhörerinnen und Zuhörer mutmaßen, vermag ich nicht zu beurteilen. Ich weiß nur eins: Das Abenteuer meines Lebens begann mit dem Streit mit dem Korkenziehermädchen.

Es muss ein paar Monate nach dem Familienessen beim Chinesen gewesen sein, als mir Marijana mitteilte, dass sie einen Freund habe. Er hieß Kris, spielte Gitarre in einer Grunge-Band und kam aus List, dem Stadtteil von Hannover, nicht der Gemeinde auf Sylt. Sie hatten sich im Jugendzentrum kennengelernt, wo er und seine Jungs ein paar „umjubelte" Auftritte hingelegt hatten. Kris stand auf Nirvana und Pearl Jam und hatte immer ein Buch dabei, meist Douglas Adams oder Armistead Maupin – im Original, natürlich. Wörtlich schrieb sie: „Ihr würdet euch prima verstehen."

Ein Satz wie ein Schnitt ins Herz.

Ich kletterte mit Marijanas Brief auf das Dach vor meinem Fenster, blickte hinüber zum Wald, den die Frühlingssonne in ein kitschiges Feierabendlicht tauchte. Der frische Wind trug ein paar Tränen fort.

Liebestränen halten länger.

Natürlich war mir klar, dass so etwas früher oder später passieren musste. Marijana war das umwerfendste Mädchen, das ich kannte, sie war klug, hübsch und rebellisch, sie hatte Humor und Korkenzieherhaare. Natürlich würde irgendwann irgendwo irgendwer irgendeine Initiative ergreifen, und wenn es ein Kris aus List war. Wahrscheinlich hieß er Christopher und hatte Pickel, malte ich mir aus, und von Nirvana wäre seine Band so weit entfernt wie das Akkordeon von Groupies. Oh ja, wir würden uns prima verstehen.

Mein Zynismus half mir nicht weiter. Ich blickte auf das Loch in meinem linken Socken und ärgerte mich. War ich es nicht selbst, der Marijana in den Status der Brieffreundin gehievt hatte? Und überhaupt: Wie konnte eine Handschrift so zauberhaft sein, der Inhalt, den sie produzierte in ihrer geschwungenen Kraft, gleichzeitig so verletzend?

Auf der dritten Seite folgte der nächste Hammer. Da erklärte mir Marijana umständlich, warum sie bis auf Weiteres keine Briefe mehr schreiben würde. „Meine Mutter ist wieder in der Psychiatrie, in der Uni fehle ich schon viel zu oft, das Kellnern frisst mich auf und ab und an will ich halt auch Kris sehen. Das verstehst du doch, oder? Am besten, du suchst dir auch eine Freundin. Es wird Zeit, die Welt der Bücher zu verlassen und richtig zu leben."

Was bildete sie sich eigentlich ein?

Ich wollte sie mir nicht nur einbilden, ich wollte ihr Splitter herausziehen, wollte mit ihr tanzen.

Ich war verzweifelt und heulte hemmungslos.

Beim Versuch, mit dem Ärmel die Tränen aus den Augenwinkeln zu wischen, entglitt mir eine Seite des Briefs und flatterte davon. Sofort stand ich auf, um das Blatt einzufangen, doch der Dorf-am-Wald-Wind war stärker. Er war immer stärker als wir. Ich balancierte auf dem Schrägdach, suchte Halt mit meinen Händen. Das Papier hatte sich in der Regenrinne verfangen, das sollte doch zu schaffen sein. Auf Knien krabbelte ich Schindel für Schindel zunächst seitwärts, dann abwärts. Als ich bereits die Handschrift erkennen konnte und das verdreckte Blatt zu greifen versuchte, spürte ich, wie ich ins Rutschen geriet. An den Moment, als mir klar wurde, dass ich fallen würde, kann ich mich deutlich erinnern.

Ich schrie.

Laut.

Dann verloren meine rot-blauen Socken den Halt.

Meine Hände griffen nach irgendwas, zum Glück bekamen sie die Dachrinne zu fassen.

Jetzt muss man wissen, dass ich damals zwar nicht mehr so viel Übergewicht hatte wie als Kind, aber schlank war ich auch nicht, sportlich schon gar nicht, was zur Folge hatte, dass ich mich nicht lange halten konnte.

Ich fiel.

Aber ich landete auf den Füßen.

Dann kippte ich um und saß auf meinem Hintern.

Der Schmerz kam nach dem Schock. Mein Fuß tat weh, nachdrücklich, pochend, an Auftreten war nicht zu denken. Ich lag auf der kalten Wiese im Vorgarten unseres Hauses, blickte die paar Meter nach oben und sah ein flatterndes Stück Papier in der Dachrinne.

Das war der Moment, von dem an mir Marijana gestohlen bleiben konnte.

A

CRY BABY

„Der moderne Kram kann mir gestohlen bleiben", sagte Oma Elfie, als ich ihr einen CD-Player als Alternative zu ihrem Kassettenrekorder ans Herz legte.

Sie stand in Kittel, Wollstrümpfen und Pantoffeln in ihrem Wohnzimmer und fingerte mit zittriger Hand an dem alten Gerät herum, während ich auf der Couch saß, den einbandagierten Fuß hochgelegt, und ihr dabei zusah. Oma Elfie hatte etwas Schwierigkeiten, Karel Gott umzudrehen, zumal sie zunächst einen mittelgroßen Bandsalat in Ordnung bringen musste. „Herrgott noch mal, das klemmt", brabbelte sie vor sich hin. Zu mir sagte sie: „Untersteh dich, mir zu helfen! Ich krieg das schon hin."

Als schließlich „Fang das Licht" erklang, ließ sich Oma Elfie glücklich lächelnd neben mir in die weichen Polster sinken und sang ein paar Zeilen mit. „Und wenn du einmal traurig bist / Dann vergiss nicht / Dass irgendwo noch Sonne ist." Sie hatte eine angenehme Singstimme, so sanft und doch so aussagekräftig.

Oma Elfie hatte uns Karlsbader Oblaten und Eierlikör bereitgestellt, wie schon gestern und vorgestern auch. „Gegen einen Egerländer Schwips ist nichts einzuwenden", sagte sie und nippte an ihrem Glas. „Der Willi, der verträgt was. Das kannst du dir nicht vorstellen, Bub. Früher, da hat der ganze Kompagnien unter den Tisch gesoffen. Mein lieber Schwan!“

Ich lächelte gezwungen und stieß mit ihr an. „Auf Opa Willi!“ Es tat gut, sie in dieser Zeit um mich zu haben.

Oma Elfie hatte nicht lange gefackelt, als ich vor drei Tagen humpelnd zu ihr kam. Mein lädierter Fuß, links im Übrigen wie beim Wadlzwick, war schwarzblau gefärbt. Das musste in ihr Bilder von Erfrierungen und anderen Fürchterlichkeiten aus der großen Not wachgerufen haben, jedenfalls wiederholte sie permanent „Stalingrad, Stalingrad!“, obwohl sie ja gar nicht dort gewesen war, jedenfalls nicht persönlich. Als sie sich meine Verletzung näher ansah, korrigierte sie sich. „So schlimm ist das auch nicht, ein Indianer kennt keinen Schmerz.“ Und schickte mich sofort zum Arzt. Meine Eltern konnte ich bezüglich einer Zweit- und Drittmeinung nicht fragen, die waren mit Rumfahren beschäftigt. Charly und Nina wiederum wollte ich nicht um Hilfe bitten.

Seit dem China-Eklat waren wir uns aus dem Weg gegangen, alle. Papa sprach noch weniger als zuvor, Mama sah mich seltsam an. So, als wolle sie mit mir über Papas Büro reden, könne sich aber nicht überwinden. Echte Konsequenzen hatte die Aktion nicht, alles blieb im Vagen. Sogar Nina schien sich mit dem Stillschweigen arrangiert zu haben. Nur einmal, beim Punschtrinken auf dem Christkindlmarkt, nahm sie mich zur Seite. „Ich weiß es“, sagte meine Schwester kühl, ihr Blick unter der Bommelmütze war ernst wie selten. „Papas Büro und meine Wäsche. Ich weiß es, du verlogener Perversling. Bist du eigentlich schwul oder so was? Kannst du mir ruhig sagen.“

Ich würdigte das keiner Antwort und entzog mich dem Griff ihrer Fäustlinge. Sollte sie doch denken, was sie wollte. Viel wichtiger war mir immer gewesen, was Oma Elfie von mir hielt.

Selbstverständlich war ich ihrem Rat gefolgt und zum Arzt gegangen. Sie selbst hätte man auf eine Schubkarre fesseln müssen, um sie jemals durch die Tür einer Praxis zu bringen. Aber hier ging es um mich. Wie sich im Behandlungszimmer herausstellte, musste ich nicht ins Krankenhaus, immerhin. Seit dem Wadlzwick verband ich Krankenhäuser ohne Umschweife mit Amputationen, weshalb mir eine zwar stärkere, aber noch stationär bei Dr. Korn zu behandelnde Verstauchung samt „Bluterguss wie im Bilderbuch", wie er sich ausdrückte, ein akzeptables Leiden zu sein schien.

„Oma Elfie?", sprach ich sie nach dem dritten Eierlikör an. Ich mochte das Zeug, es war süß wie Kuchen und brannte wie Schnaps. Oma Elfie war der festen Überzeugung, es wirke wie Medizin.

„Was denn, Eduard?" Ihre Hand rutschte auf meine.

„Wann fängt eigentlich das Leben an? Ich meine, so richtig."

Oma Elfie sah mich an, ihr Blick war an diesem Tag verhältnismäßig klar. Auch das Zittern hatte ich schon schlimmer erlebt.

„Geh, Bub, was stellst du denn für Fragen." Sie patschte mit ihrer Hand mehrmals auf meine.

„Ich frag mich das halt. Ich fühl mich wie in einer Warteschleife, eigentlich schon immer."

Sie betrachtete das Kreuz mit dem hängenden Jesus. „Wann es anfängt ...", begann sie. „Ich weiß nur, dass es schnell wieder aufhört. Schneller, als du denkst."

„Sag doch so was nicht!"

„Na freilich, da gibt es nichts zu beschönigen." Sie hielt kurz inne, ihre schmalen, rissigen Lippen vibrierten. „Trink jeden Likör, den du kriegen kannst, Bub, spiel jede Kassette, so lange sie sich dreht, und vor allem: Fahr endlich zu deiner Marijana und küss sie! So wie der Willi mich gepackt hat."

„Aber Oma!"

Ich musste lächeln, als sich der Glanz der Erinnerung auf ihre Augen legte wie Feenstaub bei Vollmond.

Gleichzeitig war mir zum Heulen zumute. Ich drehte mich nach links und umarmte meine Großmutter. Schluchzend erzählte ich, was passiert war. Ich berichtete ihr von dem letzten Brief von Marijana, den ich bei der Geschichte meines Absturzes noch unerwähnt gelassen hatte, von dem Zoff mit meiner ansonsten absenten Familie und dem Gefühl, jedem nur im Weg zu stehen.

Oma Elfie tröstete mich und bot mir an, mit meinen Eltern zu sprechen. Aber das wollte ich nicht. Über Marijana sagte sie, ich solle ihr einen weiteren Brief schreiben, einen, in dem ich betonen würde, dass eine Pause eine sehr gute Idee wäre. „Zeig dem Fräulein, dass du nicht von ihr abhängig bist. Sei mal Manns genug, Eduard!“

„Aber ich bin abhängig von ihr, irgendwie.“

„Ein Schmarrer bist, sonst nix.“

Während wir Oblaten knabberten und schwiegen, derweil Karel Gott leiernd sein Bestes gab, fiel mein Blick auf meinen verletzten Fuß. Ich seufzte.

„Das wird schon wieder“, sagte Oma Elfie, die immer dann meine Gedanken zu lesen schien, wenn es sorgenvolle, trübe waren. „Bald fegst du wieder umher wie ein Derwisch. Tanzt du mir dann wieder was vor? Ich seh dir doch so gern dabei zu.“

Ich lächelte sie an und versprach es.

„Hörst du eigentlich noch diese Frau mit dem gotteslästernden Namen?“, wollte sie von mir wissen. Seit ich ihr meine Moves zu „Express yourself“ auf ihrem Flokati vorgeführt hatte, war sie ganz begeistert von meiner Vorliebe für Madonna. Nur mit deren Namen war sie nicht einverstanden. Blasphemie und Höllenfeuer.

„Schon, ja“, antwortete ich knapp.

„Mei, wenn der Willi nicht wär, den Karel tät ich mir schon mal aus der Nähe anschauen wollen.“

„Oma, der Willi …“

„Pscht pscht!“ Sie patschte mir auf die Hand.

„Was meinst du damit, aus der Nähe anschauen?“

„Bist du denn nicht neugierig, wie diese Frau so ist, die dich so fasziniert?“

„Du meinst Madonna?“

Wieder ein Klapps auf meinen Handrücken. „Sag nicht ihren Namen!“

„Schon gut, schon gut, ich werde vorziehen, ihren Namen nicht mehr laut auszusprechen, obwohl es sich, genau genommen, um einen sehr christlichen handelt.“ Oma Elfie zuliebe zügelte ich den ironischen Unterton. „Aber klar doch, natürlich bin ich neugierig, sehr sogar. Sie hat eine total spannende Biografie. Ich vergöttere sie, pardon, ich verehre sie.“

Oma Elfie stand auf, fasste sich vom Schmerz gezeichnet an die Hüften und holte eine neue Flasche Eierlikör. Während sie die Holzklappe des Wandschranks herabsenkte, um ihre Hausbar freizulegen, fragte sie: „Und warum fährst du dann nicht zu ihr?“

Ich musste lachen, lange und laut.

Bis mir irgendwann keine Gründe mehr dagegen einfielen.

B SEITE

Vor wenigen Tagen stellte ich in der Gruppe eine These auf, die Gesprächsstoff für zwei Stunden bot. Zwei Stunden, in denen wir keine Tests machen oder an unseren Memoiren schreiben mussten. Jeder Mensch, so behauptete ich selbstbewusst bei einem Glas Paganiro im Gemeinschaftsraum der Fortgeschrittenen, treffe in seinen jungen Jahren mindestens eine Entscheidung, die sein Leben auf den Kopf stellt. Eine tollkühne, radikale, übermütige Entscheidung, die andere als verrückt bezeichnen und ablehnen würden. Der Drang, sogenannte Schnapsideen in die Tat umzusetzen, verliere im Laufe des Erwachsenwerdens an Kraft. Das Korsett aus Job, Ehe, Kinder, Familie und Gesundheitssorgen raube einem nicht selten die Luft zum Atmen, da wäre für Spinnereien kein Platz, so befreiend sie auch sein mögen.

Ich warf die These vor allem deshalb in den Raum, weil ich bei meinem Bericht an jener Stelle angekommen war, wo die Weichen in Richtung Abenteuer gestellt wurden; wo ich meiner Lebenslinie ihren steilsten Knick verpasste; wo endlich jener Kick geschah, dieser schöne Feind der Langeweile.

Meine Entscheidung, Madonna in Amerika zu besuchen, fiel an einem Sonntagabend beim größten Sperrmüllhaufen, den das Dorf am Wald in diesem Frühjahr zu bieten hatte.

Viele Erinnerungen verblassen in der Rückschau, aber ein paar Dinge vergisst man nie. So auch den gut erhaltenen Bildband, den ich zwischen abgewetzten Sesseln, einem Kicker-Tisch und einer Stehlampe ohne Schirm aus dem riesigen Berg vor der ATSV-Turnhalle herausgezogen hatte. Normalerweise lief eine Sperrmülltour so ab, dass ich – wie viele andere Dorf-am-Wald-Pubertierende auch – am Vorabend der Abholung mit dem Fahrrad von Geröllhaufen zu Geröllhaufen fuhr, in der Hoffnung, etwas Brauchbares, Interessantes oder aufregend

Intimes zu entdecken. Meistens blieben am Ende nur die Hoffnung und das Abenteuer, das kleine Glück des Schatzsuchers.

Diesmal nicht. Diesmal blieb so viel mehr.

Zu meiner Überraschung handelte es sich bei dem Fundstück um ein Exemplar von Madonnas Sex-Buch. Das Buch hieß wirklich so, also „SEX". Ich wusste, dass es den Ruf eines Skandalbuchs hatte, mit Fotos an der Grenze zur Pornografie, wie man bei MTV sagte. In einigen Ländern war der Verkauf verboten worden, in den USA entwickelte sich „SEX" zum Bestseller. Es war ein sogenanntes Coffee Table Book, war vor einem Jahr herausgekommen und sollte ihr fünftes Album „Erotica" flankieren. Vor allem aber war es sauteuer. Ich konnte mir weder vorstellen, warum man es wegwarf, noch, warum man dafür einen Sperrmüllhaufen gewählt hatte. Aber die Menschen sind komisch.

Mit zittrigen Händen strich ich über den kalten Aluminiumeinband und die Spiralbindung des LP-großen Buches. Mein Puls beschleunigte. Zur Sicherheit schirmte ich mein Fundstück, dem lediglich die beigelegte CD fehlte, mit meinem Anorak ab. Das stumpfe Licht der untergehenden Sonne reichte gerade noch aus, um einige der Seiten zu überfliegen. Ich sah Peitschen, Messer, Lack und Leder, Tiere, Zungen, hohe Stiefel, nackte Haut und Sonnencreme. Berühmte Models wie Naomi Campbell waren zu erkennen, jeder schien hier mit jedem rumzumachen. Frauen mit Frauen, nackte Männer unter sich, Schambehaarung war damals noch nicht verpönt. Ich war verwirrt und doch erregt. Als gäbe es keine Geschlechterrollen, als wäre Sex eine Art Fasching. Immer wieder blickte ich mich um, und obwohl außer mir kein Mensch zu sehen war, von ein paar Jungs auf dem Fußballplatz einmal abgesehen, stieg mir die Schamesröte ins Gesicht.

Wie sehr mich die Schwarz-Weiß-Fotografien auch irritierten, eine Erkenntnis schoss in mich wie eine göttliche Eingebung (heute weiß ich, es war eine göttliche Eingebung): Diese Frau war der Hammer, obwohl sie schon Anfang dreißig war.

Ich musste sie treffen.

Ich hatte so viele Fragen.

Ich wollte sie löchern, wie ihre Kindheit und ihre Beziehung zu ihren Geschwistern und Halbgeschwistern war, welches Verhältnis sie zu Italien und Kanada hatte, ihren Wurzeln, und wie sie den frühen Tod ihrer Mutter verarbeitete, wann genau sie wusste, was sie machen wollte, und woher sie den Mut dazu nahm, wie sie mit Kritikern und Andersdenkenden umging und was sie nur immer mit diesem Sex-Thema hatte. Ich wollte mir den Bildband signieren lassen, an einer Stelle, die ich keinem sonst verraten würde, ich wollte Madonna mit meinen neuesten Tanzschritten beeindrucken und wenn es sich irgendwie ergeben sollte, dann wollte ich ihr meinen ersten Kuss schenken.

All das dachte ich mit schwitzigen Händen beim Sperrmüllhaufen im Dorf am Wald, tausende Kilometer entfernt von der Westküste der USA, wo sich diese starke Frau auf ihre kommende Tournee vorbereitete.

Schon klar, so ziemlich jedem fielen auf Anhieb Dutzende Gründe ein, wieso das eine bescheuerte Idee war. Von der gigantomanischen Chance des Scheiterns einmal ganz abgesehen. Wahrscheinlicher, als einen Superstar wie sie in einer Stadt wie Los Angeles zu treffen, dürfte der Tod eines Teenagers durch eine Köpfung im Wald sein. Ich wusste das damals schon, aber war entschlossen wie nie. Überdreht und mutig, im besten Sinne übermütig. Ich wollte endlich etwas wagen, etwas unternehmen, das Dorf Dorf sein lassen und meine Eltern mit ihren eigenen Waffen schlagen. Auch ich konnte rumfahren.

Ein bisschen wollte ich es auch Marijana zeigen. Hatte sie nicht geschrieben, ich sollte endlich leben und mir eine Freundin suchen? Das echte Leben, blablabla.

Ich steigerte mich derart in die Idee hinein, dass ich mich Tag und Nacht mit nichts weiter als meinem Geheimprojekt beschäftigte. Es war Frühling 1993, eine aufregende Zeit. Amerika hatte einen neuen Präsidenten, der Bill Clinton hieß, und auch ich spürte meinen persönlichen Wind of Change (obwohl ich den Song hasste, wahrscheinlich, weil ich nicht so gut pfeifen konnte). Die elfte Klasse fiel mir leicht, Freunde hatte ich nach wie vor nicht und auch sonst konnte mich nichts von meinem

Vorhaben ablenken. Auch nicht die Oberstufe und das nahende Abitur. Ich war gut in der Schule, das genügte, ein glänzender Abschluss war mir nicht sonderlich wichtig. Zuletzt hatte sich in mir der Wunsch ausgebreitet, nach dem Abitur vorrangig einen Fehler zu vermeiden: irgendwo hineinzuschlittern und dann ein Leben lang festzustecken wie Papa im Werk, Charly in der Spedition und Nina im Amt. Ich wusste zwar nicht, was ich beruflich wollte, aber immerhin wusste ich, was nicht. Darauf würde sich aufbauen lassen.

Als denkbar idealen Zeitpunkt der Reise wählte ich die Sommerferien. Der Sommer war das Blumenmeer der Möglichkeiten, der Sandstrand der Seelenlandschaften, die Open-Air-Bühne der liebestollen Lebenskünstler. Da sollte es passieren.

Bis dahin war noch Zeit. Das hatte den Vorteil, dass ich mir durch Zeitungsaustragen und Nachhilfestunden noch etwas dazuverdienen und zur Seite legen konnte. Das Geld für die Flugtickets hatte mir Oma Elfie vorgeschossen, die zwar wusste, dass ich „zu dieser Sängerin" reisen wollte, nicht aber, dass „diese" in Amerika lebte. Ich glaube, sie schloss aus dem unaussprechlichen bürgerlichen Namen auf Italien. Um unnötiges Gerede im Ort zu vermeiden, radelte ich zu einem Reisebüro drei Dörfer weiter.

Auf dem Weg dorthin kam ich am Steinbruch vorbei, wo Abiturienten neongelbe Techno-Partys feierten und Goth-Teens in den Höhlen bei den Bauwägen abhingen. Ich erinnerte mich an meinen schon vor einiger Zeit gefassten Schwur, erst dann zu diesem magischen Ort zurückzukehren, wenn ich gemeinsam mit einem Mädchen kommen würde. Der Gedanke daran ließ mich schneller strampeln.

Das Reisebüro, das ich bald erreichte, erwies sich als gute Wahl. Ich ergatterte einen Schnäppchenpreis. Zwar nicht für einen Start vom neuen Münchner Flughafen im Erdinger Moos aus, sondern von Frankfurt – in meiner Euphorie dämpfte mich das aber wenig.

Meinem Fuß ging es von Woche zu Woche besser, es war mir sogar gelungen, die Verstauchung vor meinen rumfahrenden Eltern geheim zu halten. Bis mich Mama einmal, beim Zähneputzen, auf den Bluterguss angesprochen hatte, war der schon in erste Grünschattierungen übergegangen. Sie fragte nicht weiter nach. Dabei hätte ihr auffallen müssen, dass ich grundsätzlich nicht am Safttütenfußball an der Schule teilnahm. Ihr hatte meine Lüge als Erklärung gereicht.

Auch die Sache mit der Mofaprüfbescheinigung blieb mein Geheimnis. Sechs Doppelstunden Theorie und eine Doppelstunde praktischer Unterricht absolvierte ich bei einer Fahrschule, die neu eröffnet hatte. Und ich hielt mich an die Regel: drei Dörfer weiter.

Ich hatte mir alles genau überlegt, steckte all meine Energie in diesen Trip, und je näher die Sommerferien rückten, desto besser war ich vorbereitet.

Es war ja so: Mama und Papa hätten die ganze Unternehmung nie erlaubt. Zwar wusste ich von Siebzehnjährigen an meiner Schule, die ohne ihre Eltern verreisten, aber meist nur ein paar Tage oder gemeinsam mit Freunden in der Gruppe. Für meine sogenannten Erziehungsberechtigten war ich immer noch der kleine Eddie. Groß genug, um allein gelassen zu werden, niemals groß genug, um allein fortzugehen.

Eddie am Arsch.

Es hatte sich ausgeeddiet.

Natürlich hätte ich gern jemanden gehabt, um Fragen wie diese gemeinsam zu erörtern: Ab wann durfte man allein fliegen? Wie stand der US-Dollar und würde ich mit meiner Girocard der Kreissparkasse auch in Kalifornien Geld abheben können? Wo fand ich in Los Angeles eine Jugendherberge und musste ich vorher telefonisch reservieren? Wo genau befand sich Madonnas neue Villa in Hollywood und wo ihr kürzlich gegründetes eigenes Label? Würde mein Schulenglisch ausreichen, wenn ich da unangemeldet antanzte und und und. Ich machte das alles mit mir selbst aus, jeder Eingeweihte wäre einer zu viel gewesen.

Anfang August war es so weit.

Da saß ich tatsächlich auf Papas ausrangiertem Mofa und fuhr los.

Ich erinnere mich genau an das Gefühl, als ich das Ortsschild passierte und das Dorf am Wald hinter mir ließ. So lebendig hatte ich mich zuletzt am Abend nach dem Kennenlernen von Marijana gefühlt. Nun kam die eingebildete Willensstärke eines noch nicht ganz fertigen Erwachsenen dazu.

Ich grinste irr und hupte in den Morgendunst. Die Erdbeerfelder, in denen wir so oft knieend gepflückt und viele der Früchte an Ort und Stelle verdrückt hatten, kamen mir unfassbar langweilig vor. Ein beinahe deprimierender Anblick, und ich dachte: Tiramisu, Erdbeertiramisu!

Dass hinter der Euphorie ein mulmiges Gefühl lauerte, war mir durchaus bewusst, gerade auf den ersten Kilometern. Würden meine im Eiltempo erworbenen Fahrkünste ausreichen? Würde die alte Kiste durchhalten, deren Funktionsfähigkeit ich zwar mehrfach im Geheimen überprüft hatte, aber war ich Mechaniker? War ich nicht viel zu schwer für das klapprige Teil und nicht zuletzt: Würde ich selbst durchhalten? Der vollgestopfte Rucksack mit all den Dingen, die ich glaubte, auf der Reise zu brauchen, schmerzte schon kurz hinterm Mäckie. Reflexartig bekam ich Hunger. Doch das gute Gefühl war stärker als Striemen, Zweifel und Appetit.

Ich spürte den Fahrtwind, fühlte mich frei und selbstbestimmt und ging in Gedanken zum zehnten Mal meine Routenpläne durch. Vom Dorf am Wald nach Frankfurt waren es ungefähr vierhundert Kilometer. Mein Mofa schaffte fünfundzwanzig Kilometer pro Stunde. Mein Flug von Frankfurt nach Los Angeles würde in fünf Tagen gehen. Sechzehn Stunden Fahrtzeit, verteilt auf fünf Tage, das sollte locker zu schaffen sein, selbst bei langsamer Geschwindigkeit, Pannen und ungewöhnlich langen Pausen.

Unter meinem Helm trug ich die Ohrstöpsel zu meinem Walkman, für die Fahrt hatte ich mir gestern noch einen Madonna-Mix zusammengestellt, den ich „Highway to heaven" nannte. Ich fand das damals originell.

Hinter München atmete ich durch. Wer je auf einem Mofa die Metropole vom einen Ende zum anderen durchquert hat, weiß, warum. Doch der wuselige Verkehr am Morgen hatte auch sein Gutes. Er machte mich wach und sicher. Easy Rider aus dem Dorf am Wald.

Auch die Gedanken gaben Gas. Es muss irgendwo im Westen der Stadt gewesen sein, ich knatterte gerade an einem besonders scheußlichen Gebäudeschlauch aus Supermarkt, Disco und Videothek vorbei, als ich mir eigentümliche Parallelen zusammenreimte. Madonna war um die zwanzig, als sie gegen den Willen ihres Vaters von Ann Arbor, wo sie studierte, nach New York, wo sie viel lieber studieren wollte, aufbrach. Ich war siebzehn, als ich nach Amerika aufbrach. Denn war nicht Amerika der größte Kontrast zum Dorf am Wald, den man sich vorstellen konnte?

Meine Eltern hatten überhaupt nichts kapiert in den vergangenen Wochen und Monaten. Jetzt war meine Zeit. Eine Zeit, in der sich Wegweisendes anbahnen konnte. Oder auch nicht. Falls aber doch, dann bestimmt nicht Aug' in Aug' mit Wildschweinen.

Meine Eltern! Ein schlechtes Gewissen hatte ich ihnen gegenüber nicht. Damit sie sich nicht allzu große Sorgen machten, hatte ich ihnen einen Zettel hinterlassen. Ich wollte nicht sehr ins Detail gehen, also schrieb ich lediglich: „Ciao bellos, ich würde vorziehen, meine großen Ferien ohne euch zu verbringen. Soll doch jeder rumfahren, wie er will. Macht euch keine Sorgen, zum Schulstart bin ich wieder da. Und viel Spaß in Italien! PS: Ich hab mir deine alte Bonanza geliehen, Papa, und auch ein bisschen Geld. Du scheinst ja genug davon zu haben ..."

Die Anspielung auf seine Geheimnisse hatte ich mir nicht verkneifen können. Sollte er ruhig ins Grübeln kommen, mein alter Herr. Tatsächlich hatte ich mir ein paar Scheine aus dem Kuvert aus Papas Büro geborgt, vorzugsweise Hunderter, aber auch den Typ mit der Nichtfrisur und dem Zauselbart. Das sollte reichen. Zunächst war ich ein wenig überrascht gewesen, das Kuvert nicht mehr hinter den Büchern im obersten Regalfach zu finden. Papa musste sich nach dem China-Eklat neu organisiert und diverse Sicherheitsmaßnahmen ergriffen haben.

Aber da hatte er seine Rechnung ohne mich gemacht. Nur fünfzehn Minuten hatte ich gebraucht, um das Kuvert erneut aufzustöbern. Den Büroschlüssel hatte ich ein paar Tage zuvor in Papas Werkstatt im Keller entdeckt. Es gab nun mal nicht viele Orte, wo sich der Hausherr gern aufhielt, wenn er mal zuhause war. Der Schlüssel lag unter einer leeren, umgedrehten Farbdose. Ich war fast enttäuscht, wie leicht er zu finden war.

Ist es eigentlich normal, dass Eltern ihre Kinder stets unterschätzen? Noch so eine Frage für die Spezialisten.

Ob Mama von dem Versteckspiel wusste, konnte ich nicht sagen. Womöglich hatte sie auch von dem Mofa keine Ahnung, das offensichtlich seit etlichen Jahren im Gartenschuppen unter einer Plane vor sich hin rostete. Eine Garelli Bonanza 25. Nicht, dass ich mich mit Motorrädern auskennen würde, das war eher Charlys Spezialgebiet, aber ich hatte natürlich recherchiert, seit ich das Fundstück für mich und meinen Trip in Betracht gezogen hatte.

Den Fuchsschwanz, der hinten am hochkantigen Gepäckträger baumelte, sowie die zwei staubigen Stoffwürfel, die vorne am Lenker hingen, behielt ich. Zunächst dachte ich, wie peinlich, als wäre ich ein schnauzbärtiger Aushilfsschausteller auf dem Weg zum Oktoberfest. Dann aber konnte ich mich des Gedankens nicht entledigen, dass es Accessoires wie diese waren, die das Leben bunt und interessant machten. Und ich fragte mich, wo und wann Papa den Fuchsschwanz gewonnen, erstanden oder auf dem Rummel geschossen hatte und ob Mama da schon auf seinem Radar gewesen war.

Sollte man sich mehr für die Vergangenheit seiner Eltern interessieren?

Der Fuchsschwanz wehte stramm im Wind, als ich an scheinbar unendlichen Rapsfeldern vorbei in Richtung Amerika fuhr. Mit jedem weiteren bayerischen Dorf, das ich passierte, näherte ich mich dem Atlantik und damit dem dahinter wartenden Abenteuer. Dabei fühlte es sich gar nicht so an. Es fühlte sich eher nach Norden als nach Westen an, da half auch Madonnas Stimme im Ohr nicht.

Es ist ja so. Jeder hat diesen inneren Kompass in sich, der bei dem einen besser, bei dem anderen schlechter funktioniert. Bei mir eher schlechter, davon war ich ebenso überzeugt wie von der Theorie an sich.

Mitten im Gedanken erinnerte ich mich an meinen achten Geburtstag. Es war also noch vor meiner Köpfung, als meine Familie für mich eine Schnitzeljagd durch den Wald organisiert hatte. Ich musste leichte Fragen beantworten, die mit den Waldbewohnern zu tun hatten, weil ich mich in jener Phase sehr für Vögel und ihren Gesang interessierte. Charly begleitete mich, während Mama zuhause den Geburtstagskuchen und die Geschenke vorbereitete. Charly, das spürte ich, hatte überhaupt keinen Bock auf die Aktion. Bei der vorletzten Station am Bolzplatz bei der Lichtung ließ er mich allein. Wie sich später herausstellte, wollte er deshalb früher weg, um es mit seinem Kumpel Ignaz rechtzeitig zum Tag der offenen Tür eines neu eröffneten Billardsaloons zu schaffen. Im Wald griff er zu einer List, indem er mir zu verstehen gab, ich müsse von hier aus auf dem Kiesweg lediglich immer in den Norden radeln, dann würde ich in kurzer Zeit den Abenteuerspielplatz erreichen, wo Nina mit einer Überraschung auf mich wartete. Also fuhr ich los, allein. Ich kannte den Weg nicht, weil jener Spielplatz, ein besonders großer mit Kletterburg und Kinderseilbahn, außerhalb unseres Alltagsradius' lag. Als sich der Kiesweg nach wenigen Minuten gabelte und beide Möglichkeiten in den Norden zu führen schienen, bekam ich es mit der Angst zu tun. Ich rief nach Charly, aber der hatte sich längst aus dem Staub gemacht. Umdrehen wollte ich nicht, also entschied ich mich aus dem Bauch heraus für die linke Abzweigung, weil diese mir ein Stück weit mehr „nach Norden" vorkam. Ich radelte schneller, um zügig von Nina in Empfang genommen zu werden. Dabei verlor ich das Gefühl für Zeit, für Orientierung sowieso.

Während ich immer tiefer in den Wald fuhr, kam ich stark ins Schwitzen. Ich dachte damals, das müsse an dem übertrieben hastigen Strampeln in der drückenden Juniluft liegen; heute denke ich, dass mein Körper eine Art Panik zum Ausdruck brachte. Die Angst wurde immer größer, je länger ich mir vergeblich einredete, noch eine Biegung, in der nächsten Lichtung, hinter dem nächsten Baumstammhaufen, dann wäre alles wieder gut. Mit Tränen in den Augen drehte ich irgendwann doch um, dorthin zurück, von wo ich hergekommen war. Und noch weiter, nach Hause, ganz ohne Abenteuerspielplatz.

Obwohl ich nichts dafür konnte und mich Mama ausgiebig und mit heißer Schokolade tröstete, ging das Gefühl, ein Versager zu sein, sozusagen das Gegenteil von Pfadfinder und Indiana Jones, lange nicht weg. Ironie des Schicksals: Ich bekam einen Kompass zum Geburtstag geschenkt, so einen, den man aufklappen und sich umhängen konnte. Er war schwarz, das Stoffband dick, ich mochte ihn sehr.

Um zu meiner Ausgangsfrage bei den Rapsfeldern zurückzukommen: Beides stimmte. Das Gefühl, in den Norden zu fahren, sich aber gleichzeitig dem Atlantik im Westen zu nähern. Aus dem Diercke Weltatlas wusste ich, dass die Landstraßenroute vom Dorf im Wald zum Flughafen nach Frankfurt steil nach links oben führte, ungefähr so wie der Stundenzeiger bei zehn Uhr. Der Minutenzeiger deutete auf die Ostsee, der Stundenzeiger nach Frankfurt und weiter dahinter auf die Nordsee. So rückte man mit jedem abgerissenen Kilometer auch Amerika ein winziges Stück weiter auf die Pelle, weil es eben auch in den Westen ging.

An dieser Stelle wünschte ich mir meinen Kompass von damals zurück. Es war ein kurzes Vergnügen mit ihm gewesen. Schon im Herbst nach dem tränenreichen Geburtstag hatte ich ihn beim Wandern im Sudelfeld verloren.

Meine Gedanken sprangen zu dem grauen, ausgebeulten Filzrucksack, den Papa stets trug, wenn er mit uns in die Berge fuhr. Zu Mamas Salamibroten mit viel Butter und feingeschnittenen Essiggurken, zu Papas Fingerfertigkeit, die Äpfel mit seinem Taschenmesser in formvollendete Schnitze zu teilen. Das waren seltene, wirklich schöne Familienmomente, schoss es mir auf dem stotternden Mofa durch den Kopf, ich hatte lange nicht an sie gedacht. Und während Madonna „Stay" sang und die Sonne am Rand meines Blickfelds ihren Untergang für den Ausreißer namens Eddie vorbereitete, nahmen die Zweifel in mir einen neuen Anlauf.

Hatte ich es wirklich im Kreuz, allein nach Amerika zu reisen? Schön, ich war in letzter Zeit verhältnismäßig oft allein in München gewesen, mit der S-Bahn, für ein paar Stunden, die ich in der riesigen Bibliothek am Gasteig oder in dem alten Kino am Sendlinger Tor verbrachte. Andererseits hatte ich mich beim Schüleraustausch in der Mittelstufe mit der fadenscheinigen Ausrede vor der Tour nach Frankreich gedrückt, ich sei den Anforderungen, die so eine komplexe Sprache mit sich bringe, noch nicht gewachsen. Die Wahrheit war: Ich war immer gut in Französisch; und: Ich hatte Schiss. Ich war ein mieser kleiner Schisser, der es vorziehen wollen würde, nicht teilzunehmen. So einer war ich. Und dann meine Eltern. Waren die beiden wirklich so schlimm? Und schließlich: War das Dorf am Wald wirklich so schwer zu ertragen?

Der Bauer auf dem Schwerlasttraktor, der soeben von einem Mofa mit Fuchsschwanz überholt worden war, musste den Jungen mit Helm, Brille und Rucksack für verrückt erklären, als er diesen mit lauter Stimme und weit aufgerissenem Mund schreien hörte: „Ja, ja, verdammt noch mal ja!"

B

WHERE'S THE PARTY

Meine erste Nacht fern von zuhause sollte ich in Schwaben verbringen, genauer gesagt in Donauwörth. Das klang zwar nicht im Entferntesten amerikanisch oder abenteuerlich, aber im Vergleich zum Dorf am Wald kam mir die Stadt, in der ich in kurzer Zeit auf zwei unterschiedliche Flüsse stieß, geradezu mondän vor. „Perle an der Romantischen Straße" stand auf einem Plakat, das auch ein Aufkleber mit dem Post-Slogan „Fünf ist Trümpf!" zierte. Ich mochte die hübschen, bunten Häuser und den mittelalterlichen Kern.

In der bergigen Reichsstraße, nach der mich mehrere Touristen gefragt hatten, während ich zu Fuß durch den Ort schlenderte, saßen sonnenbebrillte Frauen beim Cappuccino und Familien beim Schnitzel.

Nach sechs Stunden auf der Bonanza fühlte ich mich wie ein Cowboy nach dem wildesten Rodeoritt seines Lebens, zumindest stellte ich mir das so vor. Mein Hintern tat mir so sehr weh, dass mein Gang aussehen musste wie bei einem dieser Supermachos. Im Gegensatz zu diesen konnte ich meine breitbeinige Haltung aber nicht einfach so korrigieren und ein bisschen fand ich das sogar gut, irgendwie verwegen.

Nach einer Stunde bekam ich Hunger und Durst und setzte mich in den Außenbereich eines Eiscafés in der Innenstadt, wo ich mein Mofa vor dem Spaziergang abgestellt hatte. Bis auf eine Butterbreze und einen Apfel kurz vor Augsburg hatte ich seit dem hastigen Frühstück daheim nichts zu mir genommen. Oma Elfie hätte mich mit den Worten geschimpft: „Du bist ja nicht recht gscheit!"

Es war später Nachmittag, die Sonne brannte auf meiner Kopfhaut, dennoch war ich froh, den Helm für heute nicht mehr tragen zu müssen. Der Schweiß floss und ich bestellte mir bei der netten Kellnerin mit Schürze einen Früchtebecher mit Sahne und dazu einen großen Spezi, den ich in einem Zug leerte, was mir ein Lächeln der schon etwas älteren Dame einbrachte.

Nach einer Weile wurde ich von der Seite angesprochen. „Irres Teil! Wo willst du denn damit hin?"

Ich sah nach rechts, wo sich ein paar Jungs um mein Mofa versammelt hatten; auf dem Sitz hatte ich meinen Rucksack deponiert. Sie trugen Anzüge und schmale Krawatten, ihre Lackschuhe glänzten wie neu. Sie sahen viel zu seriös aus für ihr Alter, das meinem Alter entsprechen durfte.

„Nach L.A.", sagte ich reflexartig und auch ein bisschen stolz, weshalb ich das A viel zu lange betonte und etwas vernuschelte, weil ich noch Himbeereis im Mund hatte. Dass ich das Mofa am Flughafen zurücklassen würde, war eine Selbstverständlichkeit, die ich nicht für erwähnenswert erachtete.

Die Gruppe, es waren vier, kicherte.

„Los Angeles, Kalifornien?", fragte der Größte von ihnen, worauf der Kleinste kommentierte: „Quatsch, du Idiot, da könnte er wohl kaum mit dem Mofa vorfahren." Während der Große die Augen verdrehte, mischte sich der Dritte von ihnen ein, der Zweitgrößte: „Genau, dort fährt man mindestens eine Harley." Darauf der Vierte: „Du musst es ja wissen, du fährst noch immer BMX!"

Irgendwie kamen mir die vier wie die Daltons vor. Doch im Unterschied zu den Gangsterbrüdern aus Lucky Luke schien diese Bande brav wie ein Knabenchor zu sein. Dennoch fühlte ich mich etwas unwohl, das weiß ich noch genau.

Angesprochen zu werden, trieb mir einen feinen Schweißfilm auf die Stirn und ich kämpfte gegen den Impuls an, das Gespräch direkt wieder zu beenden, um mich aus der unangenehmen Situation herauszumogeln. Unter Leuten zu sein, war für mich eine große Herausforderung. Ich wusste nicht, wie lange ich wem in die Augen schauen und was ich sagen sollte, um nicht uninteressant, als Freak oder Besserwisser dazustehen. Also sagte ich erst einmal gar nichts und löffelte weiter mein Eis.

„Wir waren letztes Jahr in La Rochelle", erzählte der Größte. „Das ist in Frankreich, an der Atlantikküste", ergänzte der Kleinste. „Weiter sind wir nicht gekommen", sagte der Dritte.

„Was habt ihr da gemacht?", fragte ich.

„Na, das, was wir immer machen", antwortete der Vierte, „singen und beten."

„Und Wein trinken", ergänzte der Kleinste und klatschte sich mit seinen mittelgroßen Nebenmännern ab. Die Gruppe kicherte und zupfte an ihren Krawatten.

„Seid ihr Ministranten oder so was?", wollte ich wissen und blickte genauer in die Gesichter der Jungs.

„Was hat uns verraten, du Experte? Das Beten oder das Weintrinken?"

Ich sah dem Kleinsten in die braunen Augen. „Eure ausgebeulten Knie."

„Uuuuuuuh." Ein Raunen ging durch die Gruppe.

„Kennst dich wohl aus, wie?“, sagte der Dritte. „Durch ihn und mit ihm und in ihm“, murmelte der Vierte. „Geheimnis des Glaubens“, stieg der Große darauf ein und kicherte.

Obwohl ich die Formulierungen aus der Kirche kannte, verstand ich die Anspielungen nicht. Möglichst lässig sagte ich: „Bei einer meiner letzten Beichten bekam ich siebzehn Vater Unser und dreizehn Gegrüßet seist du, Maria aufgebrummt.“

Die Jungs sahen sich an, teilweise mit offenen Mündern. „Was hast du angestellt? Ein Mofa geklaut?“

Inzwischen hatten sich die vier an meinen runden Cafétisch gesetzt, was die freundliche Bedienung mit einem Lächeln zur Kenntnis nahm. Ich dagegen war mir noch nicht sicher, ob das ein Grund zur Freude war.

„Ich würde vorziehen, das nicht zu erzählen“, machte ich auf geheimnisvoll, was die Neugier der Ministranten nur noch mehr befeuerte.

„Redest du immer so?“, fragte der Große. „Ist doch egal jetzt“, fuhr ihm der Kleine ins Wort. „Spannender ist, was er auf dem Kerbholz hat. Was hast du auf dem Kerbholz, Amerika-Flüchtling?“

Da ich keine Lust hatte, den Ministranten die Wahrheit zu erzählen, faselte ich allgemeines Zeug, das mir zum Thema Kerbholz und Schuld einfiel. „Ich stimme mit der Institution Kirche und ihren dogmatischen Ansichten auf das Leben, die Sexualität und die Kunst nicht im Geringsten überein. Wie schrieb schon Nietzsche: Gott ist tot, Gott bleibt tot. Amen!“

Bildete ich mir ein, dass alle vier komplett synchron von mir abrückten? Ballettreif.

Aber noch schien sie die Neugier bei der Stange zu halten. „Hört, hört“, sprach der Kleine, und auch ich war überrascht, wie flüssig mir ein komplexer Gedanke wie dieser über die Lippen gegangen war. Es sind ja völlig unterschiedliche menschliche Attraktionen, ob man Gedanken nur denkt oder laut ausspricht (oder in seinen Memoiren verschriftlicht).

„Ist er Protestant?“, fragte der Dritte den Großen, seine Stirn lag in Falten. „Gott bleibt tot“, murmelte der Zweite mechanisch.

„Und an was glaubst dann du?“, richtete der Kleine eine Frage an mich.

„Sagen wir so, ich geh nicht so gern in die Knie.“

Ein Killersatz, wie sich herausstellte.

Ich kannte diesen Moment von misslungenen Gesprächsversuchen im Pausenhof. Aus der vormals quirligen Gruppe wurden Jungs, die ihre Arme verschränkten.

„Lieber knien als im Abseits stehen“, konterte der Kleine. „Kommt, wir gehen, Amerika ist eh scheiße“, sagte der Dritte. – „Mit dem Teil kommst du höchstens bis Feuchtwangen.“ – „Dein Fuchsschwanz ist total peinlich“ – und so weiter und so fort. Sie standen auf, schnippten im Gehen gegen die Würfel am Mofalenker und verschwanden im sommerlichen Getümmel der Reichsstraße.

Unterschiedliche Gefühle rangen mit sich, als ich den suppigen Rest geschmolzenen Eises aus dem Glaskelch kratzte. Ich war ehrlich geblieben und hatte meinen Standpunkt vertreten. Marijana wäre ... ach, was interessierte mich das noch? Andererseits ärgerte ich mich über meine ruppige Art. Kein Wunder, dass ich meist allein blieb. War die Gesellschaft der Ministranten wirklich so unangenehm gewesen, um die Jungs in wenigen Minuten vor den Kopf zu stoßen? Ich fühlte mich wie ein Idiot.

Ich bezahlte bei der nun ebenfalls nicht mehr ganz so freundlich lächelnden Bedienung, packte meine Sachen und machte mich auf in Richtung Jugendherberge, wo ich mir gestern telefonisch einen Schlafplatz für die Nacht reserviert hatte.

Vorbereitung war alles, ich war ein Nichts.

Die Jugendherberge lag nördlich des Ortskerns, mit dem Mofa war ich in zehn Minuten dort. Man steckte mich in ein Sechsbettzimmer, das direkt unter dem Spitzdach des Hauptgebäudes lag. Der Raum war hell und sehr schlicht eingerichtet, einfache Betten, Schränke, ein Tisch, sonst nichts. Durch die großen Gaubenfenster konnte man auf eine Spielwiese mit Volleyballfeld blicken, zu hören war das Ping-Pong-Klacken einer Tischtennisplatte.

Ich duschte mich und schlüpfte in frische Klamotten, die ich aus meinem Rucksack hervorgekramt hatte, dann ging ich in den großen Aufenthaltsraum und zog mir eine Cola und eine BiFi Roll. Im Hintergrund dudelte, obwohl wir theoretisch noch in Schwaben waren, ein fränkischer Radiosender, was ich an dem rollenden R und den vielen Bs und Ds des Moderators herauszuhören glaubte. Kauend warf ich einen Blick auf meine Straßenkarte, um zu überprüfen, wie ich gefahren war.

Papa sagte immer, ich hätte eine grobe Fein- und eine feine Groborientierung. Ich hatte das lange nicht verstanden. Heute, kurz nach Fürstenfeldbruck, hatte ich kapiert, was er meinte. Ich fuhr mit dem Finger die roten und gelben Linien nach, der Maßstab von 1:150000 kam mir da sehr entgegen. Die Grobrichtung hatte, soweit ich das nachvollziehen konnte, bei all meinen Entscheidungen gestimmt, nur im Kleinen, im Geflecht der Landstraßen, hatte ich hin und wieder falschgelegen.

Ich musste lächeln und wurde ein bisschen melancholisch. Wie Papa mir viel zu früh hatte beibringen wollen, Landkarten richtig zu lesen, obwohl ich mich weder für Autos noch für Straßen interessierte, kam mir im Nachhinein rührend vor. „Wer Karten lesen kann, dem gehört die Welt", hatte er immer gesagt. Ich weiß noch, wie er sich sonntags beim Frühstück über den riesigen Faltatlas beugte und mit seiner Kaisersemmel auf Italien bröselte. „Nimm den Finger", erklärte er mir, „fahr mit dem Finger mit, dann bekommst du ein Gespür." Ich weiß nicht, ob ich dieses Gespür je bekommen habe.

Noch heute, im weißen Hier und Jetzt, verlaufe ich mich regelmäßig im weiten Trakt der Fortgeschrittenen, wenn ich die anderen besuchen oder mich um Neuankömmlinge kümmern möchte.

Damals lösten der Drang nach Selbstbestimmung und das schwunghafte Gefühl großer Ferien jedwede Sentimentalitäten schnell wieder ab. Was mich wenig später im Schlafraum erwarten sollte, würde meine Gefühlswelt ohnehin auf den Kopf stellen.

Aber das konnte ich schwer ahnen, während jede Menge Teigbrösel eine Hänsel-und-Gretel-Spur auf meiner Straßenkarte legten. Unbewusst hatte ich beim Lesen die gleiche gebeugte Haltung wie mein Vater angenommen.

Als ich die Treppe zurück nach oben stieg, ging die Sonne gerade unter. Durch das große Fenster im Flur konnte ich am Horizont den Rest ihres täglichen Schauspiels bewundern.

Das Fernweh, da hatte es mich gepackt, in nur einem Bild, einem flüchtigen Moment.

Ich war müde, wollte mich ausruhen, vielleicht noch ein bisschen lesen. Pustekuchen. Als ich das Gemeinschaftszimmer betrat, hatten es sich meine Mitbewohner, die ich bislang noch nicht kennengelernt hatte, auf meinem Bett gemütlich gemacht. Ihre Köpfe hatten sie zusammengesteckt und tuschelten, was auf mich einen verheerend verschwörerischen Eindruck machte. Sie waren zu viert und steckten lediglich in weißen Unterhosen. Die Nachttischlampe war angeknipst. „Heiliger Bimbam“, murmelte einer von ihnen, seine Stimme kam mir irgendwie bekannt vor.

Ich ging auf die Jungs zu und klopfte auf die erstbeste Schulter. Sie war schwitzig und bleich. „Entschuldigung, aber das ist mein Bett“, sagte ich.

Einer nach dem anderen drehte sich um, ohne zu erschrecken, so, als hätten sie mich erwartet. Ein Kopf erschien mir röter als der andere, ein Grinsen breiter als das andere, ein Augenpaar glänzender als das andere.

„Hallo, Amerika-Boy“, sagte der Erste. „So sieht man sich wieder“, ergänzte sein Kumpel. „Konkret scharfes Material.“ – „Das kostet dich siebzehn weitere Vater Unser.“

Ich war sprachlos. Ich wusste nicht, was mich mehr verblüffte, die Aussicht, dass ich meine erste Nacht in Freiheit mit Ministranten verbringen würde, oder die Tatsache, dass diese an meine Sachen gegangen waren und sich ungeniert über meinen Madonna-Bildband hermachten wie die Tiere.

Instinktiv griff ich nach dem Buch, doch gleich mehrere Hände hielten mich davon ab. Sie schubsten mich weg und blätterten vergnüglich weiter. „Geil.“ Der Große verschluckte sich fast an seiner eigenen Spucke. „Voll die Domina!“ – „Da stehst du wohl drauf, was? Wenn dir Mami den Hintern versohlt, uh, oh, ja!“

„Ich interessiere mich halt für Madonna“, stammelte ich, „sie ist eine bewundernswerte Künstlerin!“

„Eine Künstlerin, das glaub ich dir aufs Wort.“ Der Kleine lachte irr. „Kunstvolles Petting, schätze ich, hab ich recht?“

Zorn stieg in mir auf.

Erneut näherte ich mich den Jungs, die ohne ihre Anzüge noch viel jünger aussahen. „Halt die Klappe, du Idiot, was weißt du denn schon?“

Meine rechte Hand ballte sich zur Faust, wie damals, als ich gelben Schnee schlucken musste, wie so oft, wenn ich gegen Holz schlug, das verdammte Holz in dem verlassenen Haus mit dem verdammten Wind vom verdammten Wald.

Ich atmete viel zu schnell.

„Oh, Amerika-Boy wird sauer?“ Der Kleine musterte mich und grinste. „Wenn du dein Buch wiederhaben willst, dann gehst du jetzt mal schön in die Knie.“

Die vier sahen sich an und klatschten sich ab. „Knie, Knie, Knie!“, riefen sie. „Dein Wille geschehe!“ – „Erlöse uns von dem Bösen!“ – „Amen!“ Einer wollte, dass ich bettele und mich bekreuzige, ein anderer, dass ich meine Handflächen öffne wie beim Empfang der heiligen Kommunion.

Leider kann ich nicht mehr mit Gewissheit sagen, was mir damals durch den Kopf ging. Es muss eine Mischung aus Hass, Angst, Heimweh und Trotz gewesen sein. Ich wollte nach Hause zu Oma Elfie, ich wollte den Typen eine reinhauen, vor allem dem Kleinen, und ich wollte schreien.

Nichts davon tat ich, viel Zeit zum Nachdenken blieb ohnehin nicht.

Denn mit einem Ruck wurde die Tür zu unserem Zimmer aufgestoßen und vor uns standen zwei Mädchen in hellblauen Jeans, T-Shirts und weißen Socken.

„Haben wir Madonna gehört?“, fragte die eine, sie trug ihr blondes Haar offen, auf ihrer Nase saß eine Brille, die viel zu groß war für ihr Gesicht. Ihre Freundin fing unvermittelt an zu summen und zu tanzen, mir war die Choreografie ihrer Armbewegungen aus dem Video zu „Fever“ bekannt.

„Schon mal was von Anklopfen gehört?“, überschlug sich die Stimme des Kleinen.

Mit einem Schlag hatten er und seine Kumpels die Überlegenheit verloren. Mit ihren Händen bedeckten sie ihre Unterhosen.

„Da gibt es nichts, was wir nicht schon gesehen hätten“, entgegnete die Tänzerin mit dem braunen Pferdeschwanz. Sie hatte eine auffallend sportliche Figur. Kichernd stupste sie ihre Freundin an. „Überhaupt gar nichts“, ergänzte diese, „und außerdem ist dieses Nichts oft gar nicht so sehenswert.“ Sie prusteten los.

Es war offensichtlich, dass die Freundinnen einen sitzen hatten. Ich mochte ihr forsches Auftreten und lächelte sie an. Und während die Ministranten damit beschäftigt waren, aufzustehen und sich hektisch etwas überzuziehen, kam die Tänzerin auf mich zu. Ihre Hüften kreisten schnell und wild, ihre Arme wirbelten durch die Luft. „Du, mitkommen, wir wollen tanzen!“

So einen Satz hatte ich bisher nur von Marijana gehört. Den musste man mir nicht zweimal sagen.

Ich ließ mich von dem Wirbelwind zur Tür ziehen, als ihre Freundin spitz aufschrie. „Warte, warte, Anabel, das glaubst du nicht! Hier liegt Madonnas Fotobuch. Woher habt ihr das?“ Sie stand neben meinem Bett, ihre Finger schon auf dem Einband, und sah in schweigende Gesichter.

„Es ist eine Erstausgabe“, rief ich quer durch den Raum, woraufhin die beiden Mädchen Blicke tauschten und anerkennend nickten.

Wir setzten uns, blätterten ein bisschen durch den Bildband und unterhielten uns über Madonna. Zum ersten Mal seit Marijana hatte ich das Gefühl, normal und unbeeindruckt über Dinge reden zu können, die ich mochte. Ich erzählte, in dem mir selbst antrainierten Hochdeutsch, von meiner Video-Sammlung und dem Wunsch, die Sängerin zu treffen, von unterschätzten Songs („Burning up“), der Tanzbarkeit ihrer Rhythmen, ein bisschen Klatsch streute ich ebenfalls ein (ob Madonna für ihren Film „Body of evidence“ die Goldene Himbeere bekommen würde). Manchmal purzelte ich auch zwischen Bairisch und Hochdeutsch hin und her, ein Zeichen meiner Verunsicherung, die noch jeden Sozialkontakt früher oder später infiltrierte. Aber ich wurde minütlich unbeschwerter.

An der Schule hatte ich ähnliche Gespräche auch oft versucht, da gab es zweifelsohne Mitschülerinnen, die auf Popmusik im Allgemeinen und Madonna im Besonderen abfuhren. Aber irgendwie hatte mir dabei stets mein Status als Außenseiter im Weg gestanden. Ich war gehemmt, durch und durch auf der Hut, folglich blieb ich in der Rolle verhaftet, die ich glaubte, in meinem Umfeld erfüllen zu müssen.

Nichts davon in Donauwörth. Madonna war die Brücke, meine Rettung, denn auch die Ministranten hatten erkannt, wer nun am Drücker war. Ein Gespräch kam ins Rollen, bei dem die scheinheiligen Vier schlicht keine Rolle spielten. Nach und nach zogen sie sich auf ihre Betten zurück und taten so, als würden sie die Mädchen nicht im Geringsten interessieren. Dabei war ich fest davon überzeugt, sie fluchten in Gedanken, in Worten, für deren Kenntnis es fünf Gegrüßet seist du, Maria als Strafe gab. Mindestens.

Über Anabel und ihre Freundin, sie hieß Frida, erfuhr ich, dass sie Teil einer Freizeitgruppe aus Kiel waren, allesamt Schwimmerinnen, die in den Ferien gemeinsam ein leichtes Trainingsprogramm in Bayern absolvierten. Sie hätten ein paar Flaschen Baileys und Malibu auf ihr Zimmer geschmuggelt und ob ich nicht Lust auf eine kleine Party hätte.

Zunächst zögerte ich. Allein schon, weil ich immer zögerte, wenn mir etwas Spontanes angeboten wurde, was in der Regel nicht oft geschah, besonders keine Einladung zu einer Party. Ich zögerte auch, weil ich an meinen Schlaf dachte und an das Kilometerpensum, das ich mir für morgen auferlegt hatte. Bis ins tiefe Franken hinein wollte ich kommen. Bis das R rollte und die Reifen glühten, so weit wollte ich morgen fahren.

Wer zögert, verliert, sagte Charly immer. „Falls dich irgendwann im Leben Mädels interessieren sollten, hm, oder Jungs, dann wirst du es verstehen."

Ich war das personifizierte Zögern.

Aber dann sagte ich zu, einfach so, und begleitete Anabel und Frida nach nebenan.

Das Sechserzimmer der Mädchen sah genau so aus wie unseres, mit dem kleinen Unterschied, dass restlos alle Betten belegt waren und König Unordnung mit großem Tamtam Hof gehalten hatte, wie Mama es zu formulieren pflegte. Der Boden war übersät mit Turnschuhen und Klamotten und auch die Taschen und Rucksäcke der Mädchen waren nicht in den Schränken verstaut wie bei uns, sondern lagen sichtbar im Raum verteilt. Das Auffälligste aber: Von der Wand über der Heizung hatten sie eine Wäscheleine bis zu einem Haken neben der Tür gespannt, auf der ihre schwarz-weißen Badeanzüge hingen, einer neben dem anderen. Leicht versetzt davor stand eines dieser funktionalen Sofas, das auch im Jungszimmer Ausrufezeichen für den schlechten Geschmack setzte.

Hier hatte ich Platz genommen und war soeben von Anabel mit einem Plastikzahnputzbecher voll Baileys ausgestattet worden, als mein Blick nach oben wanderte, womöglich einen Augenblick zu lange. „Die trocknen sonst nicht bis morgen", sagte Anabel und zwinkerte mir zu. Sie hatte ein unverschämt freches Lächeln, es wirkte auf mich wie angetäuschtes Beinstellen.

„Schwimmt ihr jeden Tag?", fragte ich.

„Klar, ich meine, das kann schon auch nerven. Aber meistens ist es schön. Schwimmst du nicht gern?" Ihre Blicke scannten mich, ich konnte förmlich spüren, wie sie meine dicken Oberschenkel in der Jeans betrachtete, sie geradezu analysierte, und das runde Gesicht gleich dazu.

„Hin und wieder im Baggersee", sagte ich.

„Ich finde ja, Schwimmen ist das Obergeilste. Das Körpergefühl im Wasser ist ein völlig anderes, so schwerelos."

Schwerelos, wiederholte ich in Gedanken.

„Kann sein", entgegnete ich knapp und schwenkte meinen Zahnputzbecher. Die hellbraune Suppe darin roch zwar gut, sah aber nicht sehr geschmackvoll aus.

Irgendwie hatte ich meinen Esprit im Jungszimmer vergessen. Vielleicht war auch einfach alles zu viel für mich. Die Anstrengungen der Fahrt, so viele fremde Menschen, der Streit, die Erlösung. Hatte ich mich überrumpeln lassen und war nun überfordert?

„Na dann, nich lang schnacken, Kopp in Nacken!" Anscheinend merkte auch Anabel, dass unser Gespräch etwas zäh verlief, so zäh wie die Flüssigkeit, die es nun zu trinken galt. Sie prostete mir zu und der Frosch auf ihrem Becher küsste den auf meinem.

Dann lernte ich Baileys kennen und ich beschloss, ihn zu mögen. Er war süß und stark zugleich, ein bisschen wie Oma Elfies Eierlikör. Ein bisschen wie Marijana.

Irgendjemand musste die Musik lauter gestellt haben. Es lief ein Mixtape, viel Pop, das meiste davon kannte ich aus den „Schlagern der Woche". Ich glaube, es war auch kommerzieller Techno dabei, der kam ja gerade in Mode. Ein bisschen verloren fühlte ich mich, dezent unwohl, in jenem Stadium eines verheißungsvollen Abends, wo alles noch passieren konnte, die ganze Palette von Abhauen bis Abgehen. Ich lehnte meinen Kopf gegen die Wand und sah mir alles an. Vier Mädchen tanzten, zwei davon barfuß und in abgeschnittenen Jeans, Anabel plauderte mit Frida, zwischendurch schnitten sie Grimassen.

Was mich betraf, so trank ich viel zu schnell. Ständig kam eine Schwimmerin vorbei und schenkte mir nach. Gerda, Lotte, Samira, Tanja, die Gruppe arbeitete Hand in Hand. Ich fühlte mich sonderbar. Ich fühlte viel. Ich fühlte mich nach vielem. In meinem Magen rumorte es, aber da war auch Aufregung im Spiel. Mir wurde sehr bewusst, dass ich nicht nur allein in Bayerisch-Schwaben, sondern augenblicklich allein unter Frauen war. Die Nachttischlampen zogen einen Kometenschweif hinter sich her, streifte man sie mit Blicken. Ich bewegte meinen Kopf hin und her, für meine eigene Lasershow. Ich musste grinsen und verspürte auf einmal das Verlangen, ebenfalls zu tanzen.

„Was ist denn nun mit Madonna?", rief ich in die Runde und Frida rief zurück mit ihrem lauten, angekratzten Organ, dass sie leider kein Tape von ihr dabei hätten.

„Das haben wir gleich“, sagte ich und verließ taumelnd das Zimmer. Meinen einigermaßen verheilten Fuß stieß ich mir an einem Koffer an, doch mein spitzer Schrei ging im allgemeinen Gekreische zur Dr.-Alban-Nummer „Sing Hallelujah!“ jämmerlich unter.

Zu behaupten, ich wäre hier, zwischen Ministranten und Schwimmerinnen, in den ersten Rausch meines Lebens geschlittert, würde nur der halben Wahrheit entsprechen. Ich war ein Außenseiter, aber kein Heiliger.

Ich erinnere mich an Nachmittage bei Oma Elfie, wo wir vor lauter Lachen die Zeit vergessen hatten und ich irgendwann auf die Idee kam, Karel Gott auf satanistische Botschaften hin überprüfen zu müssen. Dafür hatte ich Omas alten Plattenspieler aus dem Keller geholt und ließ eine seiner frühen Scheiben rückwärts laufen.

Obwohl mir Oma Elfie Recht geben musste, den Begriff „Bierschiss“ mehrmals aus dem deutsch-tschechischen Wörterbrei herausgehört zu haben, schickte sie mich mit einer schallernden Ohrfeige nach Hause.

Von diesen Eierlikörrskapaden einmal abgesehen, hatte es noch ein paar dezente, meiner Neugier geschuldete Bierturbulenzen mit Papa und Charly und ein Weinprobenchaos auf Klassenfahrt in der Elften gegeben. Aber um es angemessen beschwipst auszudrücken: Nie war ich in den Keller von Burg Saufenstein hinabgestiegen, dessen steile Stufen zurück keiner meisterte, der nicht viele Stunden Ausnüchterungsschlaf und die Begleitung des fettesten Katers in Kauf nahm.

Zunächst wankte ich leicht humpelnd und mit Schmerzen im Gesäß ans andere Ende des Obergeschosses, um meine Kassette mit dem Madonna-Mix zu holen.

„Hey, was geht?“, wollte der Kleine wissen, er lag auf seinem Bett, erneut in Unterhose, aber wenigstens mit Hemd, und las eines dieser Lustigen Taschenbücher mit Donald Duck vorne drauf.

„Da drüben geht so einiges“, sagte ich betont lässig und wippte mit dem Kopf im Takt, der als dumpfes Pochen durch die Mauern zu hören war. Währenddessen suchte ich in meinem Rucksack nach dem Walkman.

Als ich ihn gefunden hatte und die Kassette herausgenommen hatte, taumelte ich auf den Kleinen zu. „Jetzt kommt halt dann mit! Die sind zu sechst. Und sie haben Baileys.“ Ich grinste und spürte die Blicke aller auf mir. „Aber zieht euch was an. Warum müsst ihr Jungs eigentlich ständig eure Hosen abstreifen? Und nein, ich werde den Teufel tun und etwaige Parallelen zu eurer Berufung ziehen.“

Wir lachten kehlig und machten uns endlich miteinander bekannt: Georg, Stefan, Christian und Michael, in der Reihenfolge von groß nach klein. Ich würde mir so viele neue Namen ohne Wiederholung niemals merken können, das Phänomen kannte ich bereits aus der Schule. Die Burschen kamen aus Würzburg und würden morgen nach München weiterreisen, mit dem Kleinbus der Pfarrhaushälterin.

Meine Erkenntnis war so banal wie euphorisch: Da musste man sich erst mit Alkohol bedröhnen, um seine Mitmenschen ausnahmsweise einmal nicht vor den Kopf zu stoßen.

Und es kam noch besser.

Die Zusammenführung der nach Geschlechtern, Hobbys und Herkunft getrennten Sechserzimmer wurde zum großen Erfolg, sofern man Erfolg in leeren Baileys- und Malibuflaschen, Knutsch- und Schweißflecken sowie bestandenen Mund-zu-Mund-Beatmungskursen messen konnte. Und da es sich um eine Party handelte, durfte man ohne Zweifel mit Maßeinheiten wie diesen arbeiten.

Alles fing damit an, dass die ausgelassenen Schwimmerinnen nichts gegen weitere Gäste einzuwenden hatten, im Gegenteil. „Ach, ihr seid das“, sagte Anabel zur Begrüßung. „Ohne eure Unterhosen hätten wir euch kaum erkannt.“ Frida lachte wie eine Rassel und die Ministranten taten gut daran, einfach mitzulachen. Jeder bekam etwas zu trinken, inzwischen kursierte Malibu, den sie mit Spezi, Sprite und wahlweise Fanta mischten.

„Trocken sind wir selten“, ließ uns Lotte wissen, die Schwimmerin mit den meisten Sommersprossen.

„Außer beim Humor“, stieg Michael darauf ein. „Trocken macht lustig“, ergänzte Georg. „Wie im Himmel so auf Erden“, faselte Stefan. „Amen“, sagte Christian.

Der Esprit, er war wieder da, was womöglich auch mit Madonna zusammenhing. Denn spätestens zur Musik meiner Kassette brachen alle Dämme, um in der Sprache der Mädchen aus dem Norden zu bleiben. Alle Schmerzen waren vergessen, die Müdigkeit wie weggespült. Mir schossen Marijanas Worte durch den Kopf, die ich augenblicklich laut wiederholte: „Wer tanzt, hat immer recht.“

Folglich traute ich mich Moves, die ich bisher nur vor dem Spiegel einstudiert hatte, wie die kombinierten Bein- und Armwellen zum Flow von „Fever“ oder die ebenso komplizierten wie schnellen Handbewegungen zu „Vogue“. Die Ministranten schüttelten ungläubig ihre Köpfe, Frida kreischte, es gab sogar Szenenapplaus. Für einen kurzen Moment stand ich im Mittelpunkt, und zum ersten Mal hatte ich das Gefühl, etwas nicht aus Trotz gegen, sondern für andere zu machen. Die Tanzfläche füllte sich schnell, bald schon saß hier keiner mehr. Und ich verkniff mir jede Wertung dazu, wie die Ministranten von einem Fuß auf den anderen trippelten oder ironische Kniebeugen respektive Roboterbewegungen machten.

Während ich bei „Bad Girl“ eine Verschnaufpause einlegte und meine Brille zurechtrückte, kam Anabel auf mich zu und drückte mir einen Malibu-Kuss auf die Wange. „Wenn du Madonna wirklich triffst, was ich nicht glaube, sag ihr, sie ist ne geile Sau.“ Ihr Pferdeschwanz hing ihr vorne über das Top, die Spitze tauchten in ihren Zahnputzbecher ein wie ein Pinsel. Sie roch gar nicht gut.

„Wird gemacht“, sagte ich und befreite ihre Haare.

Sie schielte mich selig an, ihr Kopf knickte alle paar Sekunden weg. Dann verschwand sie wortlos in Richtung Toiletten.

Alles schaukelte hin und her. So viele Stimmen. Sang Madonna nun schon zum dritten Mal dasselbe? Geh, Eduard, sei so lieb, dreh mal den Karel um. Plötzlich hörte ich Oma Elfie. Ich schüttelte meinen Kopf. Keine gute Idee. Mir wurde noch schummriger, instinktiv setzte ich mich. Allerdings nicht auf das scheußliche Sofa oder eines der Betten, ich nahm an der Wand Platz, gegen die ich bis gerade eben noch stehend gelehnt hatte, indem ich in einen korrekten 90-Grad-Winkel rutschte.

„Hey, Amerika-Boy, hast du deinen Stuhl verloren?“ Lotte kicherte und machte ein Foto mit ihrer Quicksnap.

„Ich war mal Schulmeister im Wandsitzen“, lallte ich.

Lotte sah wirklich süß aus. Ihr rotblondes Haar hatte sie zu zwei Zöpfen gebunden, die Sommersprossen waren überall, auch auf ihrer Stirn, die sie nun runzelte.

„Das gibt’s wirklich“, erklärte ich ihr. „Irgendsoein Wettbewerb irgendsoeiner Krankenkasse, und eine Disziplin war das hier.“ Ich zeigte demonstrativ auf meine Oberschenkel, die einen vorbildlichen rechten Winkel mit meinen Unterschenkeln bildeten.

„Super“, sagte sie, „machst du da jetzt einen Beruf draus?“ Sie kicherte und schob wieder ab.

Ich dagegen saß noch eine ganze Weile an der Wand. Von hier aus konnte ich gut beobachten, wie Georg von Samira und einer der Mittleren von Gerda in Sachen Mund-zu-Mund-Beatmung fit gemacht wurden. Dazu hätte ich mir „Deeper and deeper“ gewünscht, aber es lief nur „I’m going bananas“.

Und eines muss man auch erwähnen. Wir kannten uns zwar kaum, aber wir waren gut. Um einen vorzeitigen Abbruch der Party zu verhindern, hatten wir einen Wachdienst an der Treppe nach unten installiert. Ab 22 Uhr galt in der Jugendherberge die Nachtruhe und mitgebrachter Alkohol war streng verboten. Aber so lange wir vorsichtig waren, es mit der Lautstärke nicht übertrieben und die Wache funktionierte, sollte es keinerlei Probleme geben.

Irgendwann wurde mir die Wand zu unbequem und ich ließ mich ins Sofa fallen. Alles drehte sich, nicht nur ein paar der Mädchen auf der Tanzfläche zwischen den Betten. Mehr noch als das flaue Gefühl im Magen irritierte mich die Schwere meines Kopfes. Gut, ich hatte einen großen Kopf, aber dass Hals und

Schultern ihn nicht mehr würden halten können, war eine neue Erfahrung. Also legte ich ihn auf der Sofalehne ab und sah ins Gebirge über mir. Eben erst war mir aufgefallen, dass die Badeanzüge an der Leine unterschiedlich stark ausgebuchtet waren. Ich fand das eine aufregende Feststellung. Dass einem das innere Auge respektive das Gehirn beim Betrachten von Kleidung automatisch jenen Inhalt vorgaukelte, der augenblicklich fehlte, aber dazu passte, war eine magische Form des Kopfkinos. Bei Ninas Netzstrümpfen und Madonna war es so gewesen und auch hier nun beschleunigte mein Atem. Ich betrachtete die Badeanzüge und ließ meinen Blick über die Schwimmerinnen gleiten, immer der Frage folgend, wem denn nun welcher Anzug gehörte? Da gab es ja durchaus Unterschiede festzustellen.

Ich versuchte noch, Anabels Kuss nachzuspüren, dann schlief ich ein.

Das erste, das mir auffiel, als ich die Augen aufschlug, war der Knick in der Optik. Ich lag mit dem Rücken auf dem Sofa und hatte diesen vertikalen Riss im Blickfeld. Er war dunkelblau vor hellem Hintergrund, wie eine riesige Ader unter dem Mikroskop. Ich rieb mir die Augen, meine Brille fehlte. Erst langsam kapierte ich, wo ich war. Ich richtete mich auf, meine Schädeldecke schien zu zerplatzen. Ich sah mich um. Außer mir schien niemand hier zu sein. Die Schwimmerinnen und mit ihnen ihre Badeanzüge waren verschwunden. Nur die Wäscheleine hing noch über mir.

Ich stand auf und trat in eine leere Tüte Chips. Ich zog die Vorhänge auf und blinzelte in den blau-rosa Morgen. Ich fand meine Brille auf dem Stuhl neben dem Sofa.

Wie spät war es? Wie lange hatte ich geschlafen? Wo waren die anderen? Und vor allem: Würden die Kopfschmerzen bitte bald wieder verschwinden?

Wie ich schnell herausfinden sollte, war auch das Jungszimmer bereits leer und aufgeräumt. Es war acht Uhr dreißig. Ich beschloss, erst einmal zu duschen und dann einen Happen zu essen.

Beim Frühstück, das gerade abgebaut wurde, sprach mich eine junge Jugendherbergs-Mitarbeiterin an, ob ich auch Party gemacht hätte. Ich zögerte, biss in die letzte Kaisersemmel mit Marmelade und entschied mich für eine Halbwahrheit. „Ein bisschen vielleicht", schmatzte ich.

Sie hob ihre mit dünnen Strichen in Szene gesetzten Augenbrauen und grinste. „Mir ist das im Prinzip egal. Aber so einen Stress am Morgen muss ich auch nicht jeden Tag haben."

Offenbar hatte es gegen sieben Ärger mit der Pfarrhaushälterin gegeben, in den auch die Schwimmtrainerin involviert gewesen war. „Die haben sich ganz schön in die Haare gekriegt", erzählte Luna, die sich als Ferienpraktikantin vorstellte. Sie trug einen Jeansrock, ein rotes Top und weiße Turnschuhe.

„Haben sie gesagt, worum es bei ihrem Streit ging?", wollte ich von ihr wissen.

Sie beugte sich über den Tisch und sah mich an. Ihr Blick wanderte über mein T-Shirt, meine Arme und weiter nach oben. Dann verzog sie ihren schmalen Mund zu einem Grinsen. „Ich dachte, das könntest du mir erklären", sagte sie und begann, den Tisch abzudecken. „Muss ja eine gute Party gewesen sein, oder wie kommt sonst der Knutschfleck an deinen Hals?"

Luna hatte hellgrüne Augen, die gut zu ihren braunen kurzen Haaren passten.

„Der bitte was?" Ich rieb mir über den Hals und verdrehte den Kopf. Aber natürlich konnte ich nichts erkennen. „Das kann gar nicht sein", stammelte ich, woraufhin Luna mir wissend zuzwinkerte. Dann drehte sie sich um und baute die Müslistation ab.

Ich wiederum ging auf die Toilette und betrachtete mich im Spiegel. Tatsächlich entdeckte ich einen Knutschfleck, an jener Stelle, wo der Hals in die rechte Schulter überging. Groß wie ein Ein-Mark-Stück, am Rand rosa, in der Mitte violett. Ich hatte keine Ahnung, wie ich zu dieser Ehre gekommen war.

Und mal ehrlich: Einen Knutschfleck zu haben ohne Geschichte dazu, war eine traurige Angelegenheit. Trauriger war nur, keinen Knutschfleck zu haben.

Wie oft hatte ich neidisch auf Nina und Charly geblickt, die in all den Jahren immer wieder Knutschflecke mit nach Hause gebracht hatten. Knutschflecke waren die Statussymbole der Jugend. Nina hatte sie eine Weile mit ihrer Polaroid fotografiert, beschriftet und gesammelt. Nun hatte auch ich einen, völlig ungewisser Herkunft. Also dachte ich mir die Geschichte dazu aus.

Bevor ich mich auf meine Bonanza schwang, checkte ich an der Rezeption aus. Zu Luna sagte ich lapidar, das sei dann wohl eine der Schwimmerinnen gewesen (am liebsten wäre mir Anabel gewesen, aber so hinüber, wie sie zuletzt war, war das kaum realistisch).

„Oder einer der Ministranten", entgegnete sie, und wir mussten beide lachen.

B

FUTURE

Während ich das hier schreibe, macht Madonna wieder Schlagzeilen. Keine guten, das schon mal vorweg. Sie ist ja inzwischen über sechzig und kämpft offensichtlich mit gesundheitlichen Problemen, und wenn über sie berichtet wird, dann aufgrund von negativen oder kuriosen Entwicklungen oder Äußerungen.

Ein Beispiel aus der jüngeren Geschichte: Nach ihrem Gastauftritt beim Eurovision Song Contest – ein Name, an den ich mich nie gewöhnen werde, für mich wird der Liederwettstreit auf ewig Grand Prix Eurovision de la Chanson heißen (Charly wusste die französische Aussprache stets freudig zu parodieren, indem er seine Lippen beim Reden spitzte wie Nina beim Schminken) – überschlugen sich die hämischen Kommentare in aller Welt. Madonna wurde vorgeworfen, sie hätte keinen Ton getroffen, sei kurzatmig gewesen und hätte nur mit Not den Abstieg von der Showtreppe geschafft. Was mich betrifft, so werde ich nie ein böses Wort über sie verlieren, wenngleich ich ihre augenbeklappte Darbietung von „Like a prayer" sowie den neuen, durchaus eingängigen Song „Future" mit mittelstarkem

Stirnrunzeln betrachtete. Immerhin war ihr anzurechnen, dass sie das Live-Wagnis der Playback-Performance vorgezogen hatte.

Ich beteilige mich nicht an Spekulationen, was Madonna wirklich fehlt oder umtreibt, aber es versetzt mir Stiche ins Herz, Zeuge eines herbeigeschriebenen Niedergangs zu werden. Skandalgeschichten gab es immer wieder, über alle Etappen, durch alle Jahrzehnte. Das war in den Neunzigerjahren so und auch in den sogenannten Nullerjahren, mit dem Unterschied, dass sich Gossip durch das Erstarken von Social Media und anderer Internet-Spezialitäten nach dem Jahrtausendwechsel rasanter verbreiten konnte. Davon profitierte auch Madonna respektive: Sie hatte darunter zu leiden.

Zu leiden hatte auch ich in den ersten Tagen meiner Reise nach Amerika. Ich zweifelte über so vieles an diesem Ferientag mit den lang anhaltenden Kopfschmerzen. Zum Beispiel über die mir bislang natürlich erschienene Annahme, Madonna in Los Angeles anzutreffen. Vielleicht hielt sie sich ja ganz woanders auf und mein Traum würde ausgerechnet in der Traumfabrik namens Hollywood zerplatzen. Der Gedanke vermieste mir auf dem Weg von Bayerisch-Schwaben nach Franken die Laune, irgendwo bei Nördlingen musste das gewesen sein. Ich erinnere mich genau, wie ich unter meinem Helm zu schwitzen begann, was nur zum Teil an der brennenden Augustsonne und auch nur zum Teil am Kater gelegen haben muss. Da war schon auch Versagensangst im Spiel.

Aber es gab durchaus Hoffnung. Folgendes hatte ich vor der Reise recherchiert: Erst im September würde Madonna ihre Welttournee starten. Bis dahin würde es leichter sein, an sie heranzukommen, bildete ich mir ein. Mit Sean Penn, diesem aufgeblasenen Heini, war Schluss, das hatte ich vor ein paar Jahren mit großer Genugtuung zur Kenntnis genommen. Ich weiß noch, wie ich beim Zeitschriftenladen der Wafcziniaks im Dorf am Wald bei den Klatschblättern gestanden habe und jedes Detail dieser zum Scheitern verurteilten Ehe aufsog und mich freute, als hätte ich nun leichtes Spiel bei ihr. Was war ich naiv!

Den Vornamen ihres Ex' nicht aussprechen können, aber einen heißen Flirt mit Madonna in Erwägung ziehen, so war ich damals.

Los Angeles war mir wahrscheinlicher als New York erschienen, ihre erste Wahlheimat, weil sie Penn-bedingt häufiger in Hollywood gewesen war und außerdem hier 1992 ihr eigenes Musiklabel gegründet hatte. Die Bezeichnung Maverick – die Firma gibt es noch heute – setzte sich zusammen aus Buchstaben der Gründernamen „Madonna, Veronica and Frederick", wobei es sich bei den Geschäftspartnern um Veronica Dashev und Frederick DeMann, Madonnas Manager, handelte. Ich hatte sogar bei dem Label angerufen unter dem naiven Vorwand, Frau Ciccone in einer wichtigen transatlantischen Frage sprechen zu müssen. Eine freundliche Dame hatte gelacht und mir erklärt, dass der Boss nicht zu sprechen sei. Daraus hatte ich geschlossen, dass Madonna sehr wohl in der Firma zugegen war.

Es war ein durchwachsener zweiter Reisetag, stellenweise recht ernüchternd, ein Montag. Während meiner Mittagspause, die ich im Schatten eines Baumes am Rande eines Maisfeldes verbrachte, stellte ich zum ersten Mal auch meine Entscheidung in Frage, das Mofa gewählt zu haben und nicht den Zug. Ich verspeiste gerade ein paar holzige Pflaumen und sah den Härchen des Fuchsschwanzes dabei zu, wie sie sich synchron in den Wind schmiegten. Selbstverständlich wäre eine Bahnfahrt von München nach Frankfurt möglich gewesen, gewiss bequemer und sogar günstiger als die Sprit- und Übernachtungskosten zusammen. Ich hatte die Option mehrfach durchgespielt in meiner intensiven Vorbereitungsphase. Es war ja so, dass ich zuvor noch nie länger allein von zuhause fort gewesen war, von dem missglückten Versuch abzuhauen einmal abgesehen.

Ich war zwölfeinviertel und Marijana gerade verschwunden, als ich im Streit mit meinen Eltern demonstrativ die Holztüre scheppern ließ und auszog. Aber weiter als bis zur Kreuzung am Forstgatter bin ich nicht gekommen. Ehrlich gesagt hat mich der Hunger zurückgetrieben und ein bisschen auch die Unlust, zu Fuß zu gehen.

Aber das hier war etwas ganz anderes. Das hier war meine Premiere als Jack Kerouac für Dorf-am-Wald-Kinder. In das Alleinreisen wollte ich mich hineinarbeiten, das Unbequeme inklusive, weshalb ich mich gegen den Zug und für das Mofa entschieden hatte. Das kleine Abenteuer als Intro für das große, so hatte ich mir das vorgestellt. Ganz abgesehen davon, dass mein bezahlbares Amerika-Ticket an jenen Flug von Frankfurt gebunden war, jenen Flug, der nicht früher zu haben gewesen war. Und ich hatte unbedingt zum Start der Sommerferien aufbrechen wollen, um den Beginn meines Abenteuers nicht noch länger im Geheimen herbeisehnen zu müssen.

Ich rieb meine Schläfen und trank mehr Wasser als sonst.

Die Ereignisse des gestrigen Abends konnten mich nur teilweise von der Sinnhaftigkeit meiner Überlegungen überzeugen. Noch nicht einmal die Adressen oder Telefonnummern der Schwimmerinnen respektive Ministranten hatte ich mir geben lassen. Ich war auf dem scheußlichen Sofa in einen komatösen Schlaf gefallen und allein aufgewacht.

Was also blieb, war das dunkle Gefühl, das mir Zeit meines Lebens nachschlich wie ein Schatten, das Gefühl, meinen Platz noch nicht gefunden zu haben.

Daran änderte sich nichts in Harburg, Möttingen und Nördlingen, in Wallerstein und Fremdingen. Orte, die ich links liegen ließ wie sonst nur Sportplätze. Die Ereignislosigkeit lullte mich ein und ich begehrte nicht dagegen auf. Fast schon mechanisch tat ich Dinge, die ich tun musste. Ich betankte die Bonanza im mir angelesenen Mischungsverhältnis, absolvierte mein Kilometerpensum, auf musikalische Bedröhnung verzichtete ich. In einem kleinen Kaff in Franken peilte ich die Übernachtung an.

Nun war Wilburgstetten sozusagen das Gegenteil von L.A., vielmehr erinnerte mich der Ort in der Nähe von Dinkelsbühl in seiner Unaufgeregtheit und Überschaubarkeit an das Dorf am großen Wald. Ich beschloss, die Nacht ohne jegliche Erwartungen schnell hinter mich zu bringen, um in aller Früh weiterzufahren.

Das gelang nur zum Teil, was daran lag, dass an Nachtruhe nicht zu denken war. Ich hatte mich in einer kleinen Pension am Rande der Gemeinde einquartiert, deren „Zimmer frei"-Schild sich in seiner künstlerischen Verspieltheit wohltuend von der Norm abhob. Es war aus Keramik geformt und bunt bemalt, zur Verzierung waren Hirsche und Rehe abgebildet. Leider sollte ich viel zu spät herausfinden, dass die Tiere dort nicht nur aus ästhetischen Gründen dargestellt wurden.

Offenbar gab es in unmittelbarer Nähe ein Wildgehege. Was auch immer sich da bemerkbar machte, es tat es mit großer Ausdauer. Und laut. Und hemmungslos. Und überhaupt erinnerte mich die Szenerie stark an zuhause. Das Grunzen der Wildschweine war zwar mit dem Röhren der Wasauchimmer nicht ansatzweise zu vergleichen – das eine schneidend, abgehackt und quiekend, das andere lang gezogen, voluminös und kehlig –, jedoch raubte es mir nicht nur den herbeigesehnten Erholungsschlaf, sondern darüber hinaus die Illusion, mit meiner Weltreise ein bisschen auch meine Dorfjugend abschütteln zu können. Hatte mich meine Heimat jetzt schon eingeholt? Verfolgte sie mich?

Ich dachte viel über Herkunft nach, als ich mich in Mittelfranken durch eine zerfetzte Nacht wälzte. In den dünnen Schlafphasen beschäftigten mich ausfasernde Traumansätze. Da erschien mir Marijana, wie sie ihre Korkenzieherhaare über das Gesicht von Kurt Cobain zog, während sich dieser backstage vom Unplugged-Gig im Jugendzentrum Hannover erholte; Oma Elfie, wie sie mit Opa Willi auf dem Tandem nach Marienbad radelte; meine Eltern, wie sie die vierstelligen Postleitzahlen auf Papas Fanpost aus Italien in fünfstellige korrigierten und dabei schwiegen; Karel Gott, wie er ein Bild von Madonna malte und dabei „Like a virgin" sang; Nina und Charly, wie sie all meine Sachen zum Sperrmüll gaben, um aus meinem Zimmer ein Heimkino mit VHS-Videothek zu machen.

Nur Madonna erschien mir damals nicht, leider. Die hätte ich gut gebrauchen können in dieser irren Nacht im Bann des Wildes.

B

LITTLE BOY LOST

Am nächsten Morgen brach ich mit den ersten Sonnenstrahlen auf. Schwer fiel mir das nicht, ich lag ja ohnehin wach. So gesehen unterschied ich mich nicht von Hubsi, dem Hirschen.

Meine Gastgeberin war ebenfalls früh auf den Beinen. Zunächst wollte sie Bargeld, dafür ersparte sie mir, den Ausweis vorzuzeigen. Ich hätte sonst die, nennen wir sie manipulativ aufgehübschte Einverständniserklärung meiner Eltern zücken müssen. Beim Frühstück – eine überaus große Portion Rührei mit Speck und dazu unvergesslich knuspriges Schwarzbrot – erklärte sie mir, wie die acht Tiere hießen, die das benachbarte Wildgehege und damit auch ihre Pension so einzigartig machten. Ich hatte etwas Schwierigkeiten, ihrem Redefluss zu folgen, zu matschig war ich im Kopf, zu locker lag ihre Zunge. Ich meinte jedoch verstanden zu haben, dass Hubsi ein besonders alter Rothirsch war, dem das Nachwachsen seines Geweihs und die damit verbundene Ausbildung der Basthaut seit Kurzem Probleme bereiteten. Der Tierpfleger habe bereits eine Lösung gefunden, das nächtliche Röhren sei wohl bald wieder vorbei. Schön für Hubsi, schön für die nächsten Gäste. Zum Abschied schenkte mir der Hirsch einen besonders kehligen Schrei.

Als ich auf der Bonanza saß, atmete ich durch. Ich sog die frische fränkische Morgenluft ein und genoss, wie das Gefühl der Freiheit zurückkam. Ich fühlte mich leicht. Aber auch komisch. Es ist ja so, dass einen das Unterwegssein verändert. Man wird seltsam, denkt viel über sich nach. Schwankt hin und her. Wird gaga. Gut, Letzteres mochte in meinem Fall auf den Schlafentzug zurückzuführen sein. Aber mit dem Verlassen der Komfortzone rückt das pure Leben in den Fokus, die vielen Entscheidungen, und überall lauern soziale Kontakte. Nichts gegen soziale Kontakte, aber jeder einzelne stellte für mich eine riesige Herausforderung dar, daran hatte auch die Nacht in der Jugendherberge nur zart gerüttelt. Fremde Menschen anzusprechen, um sie nach dem Weg zu fragen, kam für mich zum Beispiel nicht in Frage. Dieser Aufwand, das mulmige Gefühl im Magen zu ertragen, mich dann zu räuspern, um die Stimme zu finden, und schließlich die richtigen Wörter auszusprechen, die sich in hübscher Regelmäßigkeit vom Zurechtgedachten gravierend unterschieden, hemmte mich je nach Stimmung so sehr, dass ich lieber schwieg.

Die Folge war, dass ich mich verfuhr. Zwischen Dinkelsbühl, Dürrwangen und Dentlein am Forst, flankiert von den immer gleich aussehenden Wäldern und Feldern, verfranste ich mich im sonnenbeschienenen Irgendwo des Landstraßengeflechts. Rudimentäre Reste meiner Grob- und Feinorientierung waren mir keine Hilfe, die Straßenkarte auch nicht und über das fehlende Gespür, mit dem Finger die Route auf Papier mitzufahren, habe ich bereits berichtet. Meine Chance, die Orientierung zurückzufinden, um Würzburg zumindest wieder vor dem inneren Auge am Horizont aufscheinen zu lassen, schätzte ich auf 1:150000.

Während einer Pause, die ich nutzte, um mir die aufkeimenden Kreuzschmerzen heraus zu dehnen und zu -strecken, tanzten die Zahlen in meinem Kopf. 1:150000, war das etwa nicht nur der Maßstab meiner Straßenkarte, war das womöglich auch das Verhältnis meiner Stärken und Schwächen? Nächtelang hatte ich den aufgemalten Sternenhimmel in der unteren Etage meines Stockbettes angestarrt und mir vorgestellt, jeder gelbe Punkt sei ein Grund, warum mich andere Grundschulkinder nicht mochten. Mehr als zehn Jahre später streute ein ähnliches Gefühl durch meine Magengegend und alles ballte sich zusammen.

Ich war schüchtern, bewegte mich ohne Skrupel auf dem schmalen Grat zwischen schwindeln und lügen, meine Kurzsichtigkeit wurde von Jahr zu Jahr schlimmer, meine Haut neigte tendenziell eher zum Sonnenbrand als zur Bräunung, ich kam schneller aus der Puste als die dicke Nachbarskatze, musste eine Tüte Chips meist auf einen Hieb aufessen, ich mochte Mädchen, sympathisierte aber auch mit Jungs, ich fühlte mich im Dorf am Wald den anderen ein bisschen überlegen, hatte ein gutes Langzeit- und ein schlechtes Kurzzeitgedächtnis, ich mochte die Farbe Rosa auch in Kombination mit Neongelb, sah mir Eiskunstlauf lieber an als Fußball, ich hatte Angst vor Aids und war neugierig auf Sex, dachte öfter an Marijana, als ich es mir beim Abschiedsbrief vorgenommen hatte, ich träumte auf Bairisch, was ich Papa nie erzählte, fand das Herumfahren meiner Eltern und die damit verbundene Geheimniskrämerei insgeheim cool, was ich weder Papa noch Mama jemals verraten würde, ich wäre für Oma Elfie am liebsten schon vorgestern wieder umgedreht, ich schrie ohne Grund im Wald, ich kaute an meinen Fingernägeln, ich hielt Blicken selten lange stand, mir stand er oft, aber er war kein Riese.

Ich schüttelte den Gedankenmüll ab und schwang mich auf die Bonanza. Doch wie sich herausstellte, war das Mofa nicht bereit für die Weiterfahrt. Mehrmals versuchte ich zu starten, gab Gas und stieg in die Pedale, doch der Motor verwehrte mir das beständige Knattern. Ich nahm den Helm ab, um mir den Schweiß von der Stirn zu wischen. Dann fiel mein Blick auf den schwarzen Tankdeckel.

Nicht im Ernst! Wie konnte ich das vergessen?

Ich spürte wieder diese Aggression in mir, diesen Drang, explodieren zu wollen, wie ich ihn von zuhause kannte, ganz allein im großen Haus. Mit voller Wucht trat ich mit meinen Turnschuhen gegen das in der Sonne glänzende Orange, verfluchte zunächst die Bonanza und schließlich mich. Zum ersten Mal in meinem Leben ärgerte ich mich darüber, dass ich Papa in der Garage nie assistiert hatte. Was nutzte mir Fachwissen über Füll- und Wickeltechnik bei Rouladen, wenn mir die Sensibilität für Benzinmotoren fehlte? Das Mofa kippte um und ragte mit dem Vorderrad in die Landstraße hinein.

Meine Reise war jäh zum Stillstand gekommen, die Würfel waren gefallen.

Das war der Moment, als ich das Quietschen hörte, ein Quietschen aus heiterem Himmel respektive: aus der Reifenhölle.

Ich zuckte zusammen und drehte ich mich zur Seite. Da stand ein schwarzer Pick-up im Blumenfeld zum Selberschneiden und qualmte.

„Bist du eigentlich bescheuert?“, war das erste, das die Frau schrie, nachdem sie aus ihrem Wagen gesprungen und direkt zu mir herübergerannt war.

Sie war jung und mittelgroß, trug eine dunkelblaue Jeans-Latzhose, deren linker Träger heruntergerutscht war und Blicke auf ihr schwarzes Top freigab. Auch ihre kurzen Haare waren schwarz, das Zuviel an Kajal und die Dr. Martens-Stiefel ebenfalls. Auf den ersten Blick kam sie mir vor wie eine lebende Leiche, die hübscheste, die ich je gesehen hatte.

Verdutzt und überfordert von der Situation, brachte ich kein Wort heraus. Sie schon. „Hey, du, ich rede mit dir! Warum liegt dein Mofa mitten auf der Straße? Um ein Haar hätte ich es umgenietet und dich gleich dazu!“ Sie strich sich mit einer Hand durch die zerwuschelten Haare. Auch ihre Fingernägel waren schwarz.

„Ich habe eine Panne“, stammelte ich, „kein Benzin mehr.“

„Und deshalb platzierst du dein Mofa auf der Straße? Bemerkenswert!“ Sie sah mich mit blauen Augen an, deren Pupillen hektisch in Bewegung waren.

„Natürlich nicht. Das ist einem Wutausbruch meinerseits geschuldet. Ich würde vorziehen, das nicht näher erläutern zu müssen.“

Sie kam noch einen Schritt näher. „Ach ja? Weißt du, was ich vorziehen würde? Ich würde vorziehen, dass du mir hilfst, meinen Wagen wieder flott zu kriegen. Ich habe nämlich noch einiges zu erledigen, okay?“

„Selbstverständlich“, sagte ich und folgte ihr zum immer noch Qualm absondernden Pick-up.

Es war zwar kein GMC Sierra Classic, wie Colt Seavers einen fuhr, sondern nur irgendein Ford, aber lässig kam mir der Schlitten dennoch vor. Es roch nach schwelendem Gummi und ein bisschen auch nach Olivenshampoo. Ob Jody so roch?

„Ist denn alles in Ordnung mit deinem Wagen?“, fragte ich.

„Danke sehr, dass du dich zuerst nach dem Auto erkundigst“, erwiderte sie schnippisch. „Aber keine Sorge, mein Ford und ich sind wohlauf. Nur die Blumen gehen auf dein Karma-Konto, ich hoffe, das ist dir klar.“ Sie schwang sich auf den Fahrersitz und bedeutete mir, mit dem Schieben zu beginnen.

Ich reckte meinen Daumen nach oben und stemmte mich mit den Händen gegen die Heckklappe. Unter meinen Sohlen knirschten platte Tulpenblätter, mit aller Kraft drückte ich meine Turnschuhe in die Erde und mich gegen das Fahrzeug. Währenddessen ließ sie den Motor aufheulen und gab stoßweise Gas. Gemeinsam gelang es uns, nach ein paar Fehlversuchen mit durchdrehenden Reifen, das Auto zurück auf die Straße zu befördern.

„Also dann, pass auf dich auf!“ Lady Latzhose verlor keine Zeit. Durch das Fenster reckte sie ihre Hand zum Gruß.

„Warte“, rief ich ihr zu. „Kannst du mich nicht ein Stück mitnehmen?“

„Sorry, ich hab's echt eilig.“

„Nur bis zur nächsten Tankstelle. Du hast doch Platz. Außerdem hättest du mich beinahe auf dem Gewissen, schon vergessen?“

Wortlos drehte sie den Motor ab und stieg aus. Beim Scheppern der Fahrertür zuckte ich zusammen. Ich erwartete Widerstand. Stattdessen öffnete sie die Heckklappe, ging zu meiner Bonanza und stemmte die Hände in die Hüften. „Und worauf wartest du jetzt genau?“

„Danke, nett von dir“, sagte ich, bevor wir das Mofa, meinen Rucksack und den Helm auf der Ladefläche des Ford deponierten und vorne einstiegen.

Nachdem sie losgefahren war, zündete sie sich eine Zigarette an, die offensichtlich selbst gedreht war. Sie kurbelte das Fenster runter und stellte Musik an. Ich erkannte The Cure auf den zweiten Takt. Die Schwurbelgitarren waren das Gegenteil von Madonna, sie machten mich dösig.

„Ich bin übrigens Eddie“, übertönte ich den wehleidigen Gesang.

„Nora.“ Ihr Zeigefinger zuckte hoch.

Dass sie viel zu schnell fuhr, machte mich nervös. „Hast du mich deshalb so spät gesehen?“

„Was?“

„Na, hundertzwanzig auf der Landstraße, das traut sich sonst nur mein Bruder, und mein Bruder ist ein Idiot.“ Ich deutete auf den Tacho.

Nora verdrehte die Augen.

„Versteh mich bitte nicht falsch“, setzte ich erneut an, „aber die Straße ist so gerade wie eine Tangente. Nur, dass sie keine Kurve berührt. Kein Schlenker, niente. Ich frag mich halt, wieso du mich so spät registriert hast, dass du erst im allerletzten Moment das Lenkrad nach links herumreißen konntest.“

„Also für Geometrie hab ich jetzt echt keine Nerven.“ Nora blies Rauch aus dem Fenster und sah super aus dabei.

„Schon gut, schon gut, zu schnell fährst du trotzdem. Wenn du vorhin auch so schnell unterwegs warst, dann ...“

„Ich wendete die Kassette und war vielleicht kurz abgelenkt, okay?“ Sie schlug mit ihrer Hand auf das Lenkrad, ein paar Lederarmbändchen tanzten auf ihrer blassen Haut. „Dein Mofa lag trotzdem dort, wo es nicht hingehörte. Nur fürs Protokoll!“

„Ist notiert und fett gemarkert“, sagte ich und blickte aus dem Fenster. Etwas Eigentümliches lag in der Nikotinluft.

Ich hatte das Gefühl, diese Nora wäre gerne netter, aber etwas hinderte sie daran. Ich kannte die junge Frau nicht, aber ich mochte sie. Irgendwie. Ich mochte, dass sie nicht im Dialekt sprach und ab und an das Präteritum wählte, ein seltener Gast im gesprochenen Deutsch. Ich mochte, dass sie mich nicht bewertete und offenbar einer Mission folgte, von der ich keinen blassen Schimmer hatte. Ihre Entschlossenheit erinnerte mich an Marijana, beide durften etwa um die zwanzig sein. Und weil ich mich trotz der vergangenen Nacht überraschend wach fühlte, höchstens ein bisschen schummerig, erzählte ich ihr vage, woher ich kam und was ich vorhatte. Um lästigen Nachfragen, ob ich denn dafür nicht zu jung sei, zuvorzukommen, fügte ich hinzu: „Ich bin jetzt aus dem Gröbsten raus.“

Was Nora ihr erstes Schmunzeln entlockte. „Ha, das glaubst auch nur du! Das Gröbste kommt erst noch, wirst schon sehen.“

Nach dem Song „Friday I'm in love", bei dem sie unbedingt mitsingen musste, sagte sie: „Übrigens, bevor wir dein Mofa betanken, müssen wir noch ein paar Dinge erledigen." Aus ihren Kajalaugen, für deren Erscheinungsbild Robert Smith zwei signierte CDs geben würde, sah sie mich hektisch an. „Da hängst du jetzt leider mit drin."

Was ich in den folgenden Stunden erlebte, gehörte zweifelsohne zum Rätselhaftesten meiner Reise durch die Provinz.

Zuerst bretterten wir über Feldwege und Schotterpisten zu einem alleinstehenden Vierkanthof. Dort stieg Nora aus und kam mit weißen Betttüchern und Holzlatten zurück, die sie auf die Ladefläche warf, bevor sie wieder einstieg. „Für ne Demo", erklärte sie, als ich nach dem Sinn und Zweck fragte. Mehr wollte sie nicht sagen.

Auch nach dem nächsten Halt war sie nicht gesprächiger. Bei einem Baumarkt im Grünen hatte sie Schaufeln, Beile, Scheren und Hacken gekauft. „Fürs Geschäft, langweiliges Zeug."

So ging das eine Weile weiter, bis ich zunehmend nervös wurde. Zum einen war bereits der Nachmittag hereingebrochen, der mir mit drückender Augusthitze signalisierte, dass eine Nacht ohne Unterkunft unaufhaltsam näher rückte. Ganz zu schweigen von der Enttäuschung darüber, dass ich schätzungsweise keinen einzigen Kilometer in Richtung Frankfurt gut gemacht hatte. Also erkundigte ich mich erneut nach der Tankstelle. Bislang hatten wir keine einzige passiert, darauf achtete ich genau.

„Gleich, gleich", vertröstete mich meine geheimnisvolle Chauffeurin, die nach wie vor viel zu hastig und hibbelig unterwegs war.

Wir näherten uns einem Weiler am Wald und ich musste unweigerlich an zuhause denken. Gestern war Kindheit, heute war Jugend, wenn nicht gar Erwachsensein. Und wenn mich nicht alles täuschte, dann war heute der Tag, an dem Mama und Papa aus Salerno zurückkehren wollten. Mir wurde mulmig bei der Vorstellung, wie sie wohl auf meine Botschaft reagieren würden.

Aber nur kurz, denn plötzlich bremste Lady Latzhose scharf, um vor einem Häuschen zu halten, das ziemlich heruntergekommen aussah. Der Putz bröckelte von den Wänden, die Fenster waren staubig. Im Vorgarten wucherte Unkraut.

„Warte hier", sagte Nora, und noch während ich ihr meine Hilfe bei Wasauchimmer anbot, schritt sie auf das Haus zu. In der Hand hielt sie einen Rucksack, den sie im Gehen öffnete. Durch die Windschutzscheibe konnte ich gut erkennen, wie sie eine Spraydose herausfischte, die sie sodann kräftig schüttelte. Ohne sich umzusehen, sprühte sie in Schwarz und in schräger Schreibschrift in zwei Zeilen über die Hauswand: „Andere Männer haben auch kleine Pimmel."

Ich traute meinen Augen nicht. Am Gymnasium daheim gab es talentiertere Sprayer, auch Sprayerinnen, aber was hier zählte, war die Botschaft. Und die war eindeutig. Zumal sie das „l" am Ende nach dem Aufschwung winzig und schlaff absacken ließ. Gleichzeitig fragte ich mich nicht ohne Sorge, wozu eine Frau, die Spitzhacken kaufte und Häuser mit Genitalien beschmierte, noch fähig war.

„Himmel, das tat gut", sagte Nora, als sie wieder neben mir Platz genommen und durchgeschnauft hatte.

Obwohl ich sie nur stumm anstarrte, antwortete sie: „Ich würde vorziehen, das nicht näher erläutern zu müssen." Sie zwinkerte mir zu und startete den Wagen.

Und ich ließ mich von Lady Latzhose noch weiter verfransen.

Ob ich wollte oder nicht.

B

TRAGIC GIRL

Denke ich heute an Nora, denke ich mit Wehmut an ein besonderes Mädchen zurück. Junge Menschen sind ja häufig komisch, widersprüchlich, wunderbar. So war sie. Leider war uns viel zu wenig Zeit vergönnt, und ich hoffe sehr, dass es ihr inzwischen besser geht. Sie muss eine viel schlimmere Phase durchlebt haben, als es der Naivling von siebzehnjährigem Ich damals überrissen hat.

Und überhaupt: Ist sie nicht verrückt, diese Sache mit dem Timing? Wann also jemand in dein Leben stolpert, deine Wege kreuzt, dich kennenlernt? Dutzende Zufälle und Faktoren spielen dabei eine Rolle, weshalb man gar nicht anders kann, als sich permanent Fragen zu stellen wie diese floskelbehaftete eine: Was, wenn wir uns unter anderen Umständen begegnet wären?

Auf diese Schlüsselstellen stößt ausnahmslos jeder in seiner Biografie, das bestätigen mir die Leute aus der Gruppe, wann immer wir darauf zu sprechen kommen.

Was also gewesen wäre, hätten Nora und ich uns unter anderen Umständen getroffen, weiß nur Gott. (Nicht Karel, der Richtige! Wobei, vielleicht weiß es Karel inzwischen auch.)

Die Erinnerungen an unsere unbefriedigende Episode sind messerscharf konturiert. Man kann sich nun mal nicht aussuchen, was man vergisst und was niemals.

Also.

Die Gärtnerei, zu der Nora mich brachte, lag weitab von allem in einem einsamen Weiler. Dagegen war das Dorf am Wald eine Metropole mit eigenen Hochglanzpostkarten. Das Ensemble bestand aus einem alten Fachwerk-Bauernhof, dessen Balkengerippe X-förmig angeordnet war. Das Mauerwerk zwischen den Streben war ockerfarben, fast gelb. Flankiert war das Spitzdachgebäude von mehreren unterschiedlich großen Gewächshäusern, in deren Scheiben sich das sehnsuchtsvolle Orange der Sonne spiegelte, die kompromisslos ihren Abgang vorbereitete.

„Seefelder", stand auf einem großen Schild in der mir bekannten Schreibschrift, „willkommen im Grünen!" Wie ich noch während der Fahrt erfahren hatte, war die Gärtnerei nicht irgendeine Gärtnerei, sondern gehörte Noras Vater. Nora lebte und arbeitete hier, was den Kauf der Werkzeuge erklärte, wie ich erleichtert kombinierte.

„Du kannst heute hier schlafen", bot sie mir an, als wir unter dem Knarzen des Holzbodens das Haus betraten. Es sei ja schon recht spät und die einzige Tankstelle weit und breit habe bereits geschlossen. „Der Jockel macht im Sommer früher Feierabend."

Schön für Jockel, dachte ich. Zugleich freute ich mich über das Angebot. Ich bedankte mich und folgte ihr.

Nach der Sprühaktion kam mir Nora viel gelöster vor. Sie entschuldigte sich sogar dafür, dass sie sich auf der Straße hatte ablenken lassen.

„Hast du Hunger?“, fragte sie mich in der Küche. Sie streifte sich die Stiefel ab, auf ihren schwarzen Socken waren weiße Totenköpfe abgebildet.

„Ich hab immer Hunger“, sagte ich, rieb reflexartig meinen Bauch und sah mich um. In der Mitte des geduckten Raumes stand ein massiver Esstisch, auch die Stühle waren aus Holz mit schöner Maserung. Die Fenster hatte Nora geöffnet, ich sah bunte Geranien, wie wir sie zuhause hatten, und einen gepflegten Kräutergarten. So einen, wie ich mir seit Jahren wünschte, aber Papa hatte etwas dagegen. „Die Phase geht vorbei.“ Seine Worte.

„Fleisch kannst du vergessen, das sag ich dir gleich.“ Nora warf mir einen herausfordernden Blick zu. „Magst du Nudeln mit Tomatensoße?“

„Pasta ist immer eine vorzügliche Wahl“, erwiderte ich, wollte es aber doch genauer wissen. „Warum isst du kein Fleisch?“

Nora zog sich ihren abermals heruntergerutschten Hosenträger über die Schulter, lehnte sich auf einem der Stühle zurück und umschlang ihre angewinkelten Beine mit den Armen. Ihre Worte hallen bis heute nach: „Wusstest du“, fing sie an, „dass auch Kühe einen Charakter haben, Gefühle sowieso. Es gibt da interessante Studien, die das alles belegen. Man kann das doch nicht ignorieren und weiterhin so tun, als wäre der Nahrungstod das Los von Nutztieren. Fleischfressern hängt Mörderblut in den Lefzen. Darum!“

Nun musste auch ich mich setzen. Wie ein Angeklagter hockte ich ihr am Tisch gegenüber. In meiner Familie – und ich wette, das galt für alle Familien im Dorf am Wald – wurde nicht darüber gesprochen, ob der Verzehr von Fleischprodukten moralisch verwerflich war, geschweige denn diskutiert. Sie waren die Muttermilch für Erwachsene, das Mineralwasser für

Wüstentiere, das täglich Brot mit Kruste. Klar, von Vegetariern hatte ich gehört beziehungsweise gelesen, aber pflanzliche Ernährung kam mir stets wie grüne Science Fiction vor. Ein Lifestyle-Trend der Öko-Tanten, die am Gymnasium für schlechte Stimmung sorgten und im SMV-Zimmer rauchten wie Schlote. Nichts von Relevanz, mein eigenes Leben betreffend. Andererseits, als bei der Fernsehserie „Irgendwie und Sowieso" Sir Quicklys Lieblingsochse Ringo gleich in der ersten Folge zur Schlachtung getrieben wurde, da war mir ganz anders geworden.

Daran erinnerte ich mich in diesem Moment. Gleichzeitig fragte ich mich, welche Meinung Madonna wohl dazu haben würde.

Während ich hin und her grübelte, offensichtlich zu lange für Noras Geschmack, fuhr sie mit der Vehemenz einer langjährigen Tierschützerin fort. „Du reagierst wie die meisten: Schweigen im Walde. Und warum? Weil euch die Argumente fehlen. Trotzdem wollen die wenigsten ihr Verhalten ändern. Bemerkenswert!"

„Weil's halt so gut schmeckt", lag mir auf der Zunge, zusammen mit dem Speichel, der sich aufgrund der unabwendbaren Assoziationskette von Leberkäs über Hendl zu Fleischpflanzerln gebildet hatte. Zum Glück behielt ich meinen kümmerlichen Rechtfertigungsversuch für mich. Charly hätte ungeniert betont, dass die Rindviecher und Säue nur aus einem Grund gezüchtet würden, nämlich dem, sich alsbald in saftige Steaks und Schnitzel verwandeln zu dürfen. Und dass sie ohne die Menschen gar nicht erst am Leben wären. Dummes Zeug halt, wie so oft. Mama hätte zunächst geschwiegen wie ich, um dann ohne Hintergrundwissen steif und fest zu behaupten, ohne Fleisch fehlten einem Vitamine und Lebenskraft. Da werde man nur krank! Papa hätte wortlos genickt, Nina mit den Schultern gezuckt, schon allein deshalb, weil sie sowieso ständig auf Diät war. So viel zur Offenheit und Debattenkultur meiner Familie.

Ich schluckte, bat um ein Glas Wasser und fragte Nora: „Seit wann lebst du schon so?"

„Seit drei Jahren", sagte sie ohne Zögern. „Klar, auch ich aß Fleisch, gerne sogar. Aber seit Becky bei uns ist, mein kleiner

Schmuser, hab ich einen völlig anderen Bezug zu Tieren. Ich kann Menschen nicht verstehen, die Haustiere verhätscheln und gleichzeitig bei der Schweinsbratenkruste mit der Zunge schnalzen."

Der Speichelfluss setzte wieder ein. „Nun, eine Katze würde ich auch nicht essen", sagte ich unüberlegt.

„Becky ist ein Hund, und du bist ein Depp!"

Ich schmunzelte und meinte, auch bei Nora ein Zucken ihrer Mundwinkel erkannt zu haben. Wir tranken und schwiegen. Es war ein gutes Schweigen, völlig ohne Erwartungen.

Mein Blick mäanderte aus dem Fenster auf die Gewächshäuser in der Abendsonne. „Aber komisch ist das schon", sagte ich. „Ihr kümmert euch mit Hingabe um Pflanzen und dann esst ihr sie auf."

„Netter Versuch, Eddie." Nora war aufgestanden und warf Besteck, Bretter und Zutaten auf den Tisch. „Und wenn du mir wissenschaftliche Studien über die etwaige Gefühls- und Charakterwelt von Tomaten bringst, können wir gerne weiterreden. Bis dahin: Zwiebeln schneiden, aber pronto!" Sie drückte mir ein Messer in die Hand und täuschte ein Lächeln an.

Während ich Zwiebeln, Knoblauch und Tomaten schnitt und sie zunächst das Wasser für die Nudeln aufsetzte und dann vergeblich Parmesan im Kühlschrank suchte, unterhielten wir uns über weniger streitbare Dinge. Alltägliches wie die Augusthitze, Fernweh und Musik. Meistens war sie es, die Fragen stellte oder erzählte. Sie war eine geübte Gesprächspartnerin, ich dagegen brauchte meine Zeit, um mich wohl genug zu fühlen, ohne Filter und Hemmungen zu reden. Erschwerend kam die gesamte Situation hinzu. Die Vorstellung, allein zu sein mit einer jungen Frau, die mich mit zu sich genommen hatte, hätte mich noch vor Monaten in einen Zustand katapultiert, der mit Schweißausbrüchen und Muffensausen nur ansatzweise skizziert wäre. Doch die wenigen Tage Unterwegssein hatten mich verändert.

„Ist dein Vater gar nicht da?", fragte ich nach einer Weile. Ich stand inzwischen am Herd, die Nudeln waren kurz vor *al dente*, die Soße köchelte. Der Duft, der in der Stube hing wie ein unsichtbarer Ehrengast, ließ meinen Magen knurren. Ich hatte seit einer gefühlten Ewigkeit nichts mehr gegessen und das Mittagessen war ein Witz hoch zehn gewesen, in Form einer schlechten Salamisemmel.

„Nee“, antwortete Nora vom Tisch aus, „der ist in der Stadt bei seiner Holden. Wir haben ja gerade Betriebsferien, da verbringt er die meiste Zeit bei ihr. Wenn er meint, soll er ruhig. Mir egal.“

„Kannst du sie nicht ausstehen?“ Erneut musste ich an Marijana denken und den Ärger, den sie mit ihren Eltern hatte.

Nora zuckte nur mit den Schultern.

Während ich rührte und etwas zerhackten Basilikum in die Soße gab, schoss eine krude Theorie durch meinen Kopf. Die interessantesten Mädchen kommen aus den kompliziertesten Verhältnissen. Oder lag es an mir und ich war besonders empfänglich für familiäre Dramen? Vielleicht, weil sie mich ablenkten von meinem eigenen Durchschnitts-Nichts?

„Und ... wo ist deine Mutter?“, wagte ich einen weiteren Vorstoß, blickte Nora aber nicht dabei an. Ich erwartete eine weitere Trennungsgeschichte.

„Meine Mutter ist tot.“

Ich ließ den Holzlöffel in die Soße fallen und drehte mich um. Bevor ich etwas sagen konnte – ohne zu wissen, was das sein sollte –, kam mir Nora zuvor. „Schon okay. Es ist fast drei Jahre her. Es war ein Infarkt.“

„Oh Gott, das ist furchtbar!“

„Sie hatte einen angeborenen Herzfehler. Wir wussten, dass es jederzeit passieren konnte.“

„Aber ...“ Ich fischte den Löffel aus der Soße und ließ meinen Satz unvollendet. Besser jetzt nicht unpassendes Zeug daherreden. In Gedanken stellte ich Rechenübungen an. Madonna war fünf, als ihre Mutter an Brustkrebs starb. Nora war geschätzt zwanzig, minus drei machte siebzehn. Sie musste also so alt gewesen sein wie ich heute. Bei der Vorstellung wurde mir flau im Magen.

„Also was ist jetzt, junger Mann, ich habe Hunger!“

Froh über den Themenwechsel sagte ich: „Moment, Moment, es fehlt noch das gewisse Extra. Habt ihr Rucola da? Aber was frage ich, ihr seid eine Gärtnerei, natürlich habt ihr Rucola da!"

Nora grinste. Dann lachte sie.

„Was ist?"

„Entschuldige bitte, aber sag nochmal Rucola!"

Ich wusste nicht, worauf sie hinauswollte. Also tat ich ihr den Gefallen. „Rucola. Rrrrrruuuucooolaaaaaaa."

Sie stützte ihr Kinn auf ihrer rechten Hand ab. „Bemerkenswert!"

„Hä?"

„Ich liebte das schon immer."

Ich dagegen spürte, wie ich rot anlief. Hilflos stand ich in der fremden Küche mit dem fremden Mädchen und einem fremden Gefühl.

Tilt. Game Over. Die Software bitte neu starten und die Amerikareise noch einmal von vorn.

„Wie du das R rollst ist total süß. Nicht so hart und übertrieben und alles andere als Fränkisch, sondern eher so, hm, geschmeidig. Ein geschmeidiges Rollen, als wolltest du es unterdrücken. Bist du ein Unterdrücker, Eddie?"

Meine Gesichtsfarbe musste die Intensität der Tomatensoße erreicht haben und auch mit deren Temperatur hätte ich garantiert mithalten können. Bisher hatte niemand mein rollendes R thematisiert, nicht einmal Oma Elfie. Dabei hatte ich hart daran gearbeitet in all den Jahren.

Es war nämlich so. Wenn man in Oberbayern aufwächst und bairisch sozialisiert wird, dann lernt man früh, die Zunge am Gaumen vibrieren zu lassen, liegt einem ein Wort mit R auf derselbigen. Bairisch, um das hier mal schnell einzuschieben, schreibt sich übrigens mit „ai", sofern man die Sprache, also den Dialekt meint. Das bayerische Land und mit ihm die zuweilen komischen bayerischen Leute, Traditionen und alles andere, schreiben sich mit „aye". Als mir unser bajuwarisch geprägter Französischlehrer diesen Unterschied in der Neunten erklärt hatte, forderte er als Zeichen, dass ich verstanden hatte, ein „Aye, aye, Sir!" ein. Nun ja.

Zurück zum R. Zu-rück. Wenn man also das Wort bairisch (oder bayerisch) ausspricht als in Oberbayern sozialisierter Mensch, dann weigert man sich sozusagen, das R in den Rachen rutschen zu lassen, wie es Nicht-Bayern oder Ignoranten tun. Man lässt das R früher zur Geltung kommen, seine Inszenierung findet am Gaumen statt, bei mir etwas rechts in der vorderen Zone. Die Zunge schnalzt dabei nicht, sie vibriert kurz in der seitlichen Mulde des harten Gaumens, bis unter leichtem Druck ein rollendes R entsteht.

Nun ist aber rollendes R nicht gleich rollendes R, und genau darauf spielte Nora an. Nora war für einen R-Roller wie mich ebenso schwierig auszusprechen wie die Wörter mit R am Anfang, ergo auch Rucola. Stundenlang war ich zuhause auf dem Dach gesessen, ohne Schuhe, und hatte geübt. Ich wollte nicht nach Musikantenstadl klingen, das hemmungslos übertriebene Gerolle war meine Sache nicht. Das Zungenspitzen-R gegen das Zäpfchen-R eintauschen wollte ich aber auch nicht. Jedoch konnte man die Flatterzunge zähmen, das hatte ich mir antrainiert.

„Geschmeidiges Rollen?“ Ich fühlte mich gleichermaßen verstanden und beschämt.

„Total! Und das muss dir überhaupt nicht peinlich sein. Ich finde das stark. Rrrrrrrraketenstark.“ Ihr R klang wie ein kehliges Ch.

„Du klingst wie unser Nachbar, kurz bevor er ausspuckt.“

„Sieh mal einer an, charmant kannst du auch sein.“

Wir lachten.

Dann folgte ich Noras Wegbeschreibung und holte etwas Rucola aus dem Garten, um unserem Essen den finalen Twist zu verpassen. Ich wusch den Salat und legte ihn wie ein Nest auf die Nudeln mit der Soße. Obendrüber gab ich etwas geriebenen Emmentaler und Balsamico-Essig. Fertig.

Als wir endlich aßen, fühlte ich mich richtig gut. Ich hatte einen Riesenappetit, dementsprechend gierig zog ich die Spaghetti in den Mund. Auch Nora schien es zu schmecken. Ich mochte sehr, wie sie sich bei jeder Gabel freute, wie sie die einzelnen Kräuter, die ich verwendet hatte, herauszuschmecken versuchte, und dass sie Geschmack nicht als etwas Selbstverständliches hinnahm. Lady Latzhose war mit Eigenschaften gesegnet, die ich in meiner Familie stets vermisste. Achtsamkeit und Aufmerksamkeit zum Beispiel oder schlichtweg: Lebensfreude.

„Wo hast du so gut kochen gelernt? Du bist der erste Junge, den ich kenne, der am Herd was taugt." Sie musterte mich lange. Die Blicke waren spürbar, sie waren begleitet von einem hungrigen Kribbeln. Obwohl sich das schön anfühlte, musste ich irgendwann wegsehen. Es ging nicht anders.

„Ich zog es vor, bei meiner Mutter in die Lehre zu gehen, statt bei meinem Vater."

Nora lachte. „So was in der Art dachte ich mir schon."

„Wie meinst du das jetzt wieder?"

„Ist doch offensichtlich", sagte sie und funkelte mich frech an. „Mit dem Mofa hast du Schwierigkeiten, mit den Kräutern aber nicht. So einer bist du. Du bist kein König der Straße, Eddie, du bist ein Prinz der Küche!"

„Quatsch mit Soße", entfuhr es mir und ich schämte mich sogleich dafür.

„Apropos", sagte sie und strich mir mit ihrem Zeigefinger über die rechte Wange. „Du hast da was."

Staunend sah ich Nora zu. Der Moment des Schweigens war angenehm.

„Hat dir eigentlich schon mal jemand gesagt, dass du etwas total Gütiges im Blick hast?"

Ihr Gesicht kam mir inzwischen viel weniger blass vor.

„Magst du Bernhardiner?", fuhr sie fort.

„Wieso fragst du?"

„Euch verbindet Gemüt und Blick."

„Wie nett", sagte ich und lächelte unsicher. Zu meiner Überraschung hielt ich ihrem Blick stand. Ich sah einfach nicht mehr weg, tauchte ein in ihr magnetisches Blau.

„Du bist noch nicht oft enttäuscht worden, hab ich recht?" Sie lehnte sich zurück.

„Ich ... also ... eigentlich schon“, stammelte ich.

„Ich meine, so richtig enttäuscht. Von dieser L-Sache, du weißt schon.“

„Keine Ahnung“, sagte ich ehrlich. „Irgendwie schon auch.“

„Irgendwie schon auch, so so.“ Sie stand auf und deckte ab. Nachdem sie Teller und Besteck schlampig ins Spülbecken verräumt hatte, sagte sie entschlossen: „Komm mit, ich zeig dir was.“

„Einverstanden. Aber wollen wir nicht erst noch spülen?“

Nora schüttelte lachend ihren Kopf. „Mach dich mal locker, Eddie, du bist hier nicht zuhause.“ Sie lief aus der Küche und ich folgte ihr.

Wir verließen das Hauptgebäude und gingen an dem Kräutergarten vorbei zu den Gewächshäusern. In der Dämmerung konnte ich nicht genau erkennen, wohin der Weg führte, der aus spitz zulaufenden Steinplatten geformt war. Es roch nach Rosen und Holunder und irgendetwas juckte in meiner Nase. Die Stille war beeindruckend. Bis sie vom Bellen eines Hundes beendet wurde, das mit jedem Schritt lauter wurde.

„Beckyschatz, da bist du ja“, sagte Nora und knuddelte einen riesigen, ja was war das eigentlich? Bernhardiner, schoss es mir durch den Kopf und ich suchte vorsichtig seinen Blick. Das Monster reichte Nora bis zum Oberschenkel, seine Ohren waren größer als Maxi-CDs.

„Hallo Becky.“ Ich hob zaghaft meine Hand.

„Sie beißt nicht, du kannst sie ruhig streicheln.“

„So weit sind wir noch nicht“, sagte ich und ging auf Abstand. Ein natürlicher Reflex, der in meiner Kindheit wurzelte. Wir hatten in unserer Straße einen Schäferhund, den musste ich immer passieren, wenn ich von der Grundschule kommend nach Hause ging. Tag für Tag dieselbe Sorge, Roxy könnte, statt in der Einfahrt zu dösen, auf der Straße herumlungern und Zweitklässler abpassen. Vorzugsweise mich. Das lief dann meistens so ab, dass er mir demonstrativ den Weg versperrte, kurz darauf zu knurren begann respektive zu bellen, und während ich mich dicht am Zaun zum Wald vorbeischlich, meinte ich, ihn hämisch hecheln zu hören. Bescheuertes Tier. Das Sabbergeräusch zischelt bis heute in meinen Ohren.

Vor Ebern hatte ich keine Angst, vor Hunden schon.

Waldkinder können komisch sein.

„Rennt der hier frei rum?“, fragte ich Nora.

Sie war inzwischen in die Hocke gegangen, um Beckys Kopf zu kraulen. Von unten sahen mich beide an. „Klar rennt SIE hier frei rum. Seh ich so aus, als würde ich Tiere einsperren?“

Mir fiel spontan keine gute Antwort ein, also begnügte ich mich mit der Rolle des Beobachters. Gute eineinhalb Meter Abstand, das genügte schon. Becky schien die Begrüßung sehr zu genießen. Und Nora hatte lange Finger, das war mir vorher gar nicht aufgefallen.

Nachdem sie ihrem Lieblingsbernhardiner eine Schüssel Wasser und einen Napf voll nach Gulasch riechendem Dosenfutter kredenzt hatte, führte sie mich zum letzten Gewächshaus der Reihe. Dieses war schmäler und schäbiger als die anderen. Von außen sah es so aus, als wären die Scheiben von innen mit Papier abgeklebt. Dass es sich um Poster von The Cure, Pixies und Smashing Pumpkins sowie von mir unbekannten tätowierten Muckern handelte, stellte ich fest, als wir eintraten.

„Hier wären wir“, sagte Nora, als wären damit alle Fragen beantwortet. Sie knipste eine Stehlampe mit pastellbuntem Schirm an, wie ich sie ab und an auf einer meiner Sperrmülltouren gesehen hatte, ließ sich auf ein abgewetztes, aber ziemlich schickes Ledersofa fallen und legte ihre Beine auf ein paar zum Tisch umfunktionierten Bierkisten ab.

„Hier wohnst du?“, fragte ich und sah mich um.

Auf dem Boden stapelten sich ein paar Bücher von Charles Bukowski, John Fante und Richard Brautigan und auch die Stereoanlage samt ihrer enormen Boxen sah vielversprechend aus. Keine Pflanzen weit und breit, trotzdem war die Luft dampfig und herb. Immerhin war das Glasfenster im Dach gekippt.

„Nein, du! Ich schlafe in meinem Zimmer im Haus. Das hier ist meine Chill-out-Zone, wenn Dad mal wieder nervt oder seine Holde sich etwas zu heimisch fühlt, wenn du verstehst ...“

„Okay“, sagte ich zögerlich. „Diese Herberge erscheint mir ungewöhnlich, aber interessant. Und ich dachte schon, es wäre Becky, die du mir zeigen wolltest.“

„Zeigen will ich dir etwas ganz anderes.“ Sie grinste und sprang auf. „Das war nur die Zwischenstation, komm mit.“

Gemeinsam gingen wir in den hinteren Bereich des Gewächshauses, der durch schwarze Planen abgetrennt war. Nora hielt eine der Planen für mich beiseite.

„Madonna mia“, entfuhr es mir, als ich hindurchtrat. Ich traute meinen Augen nicht, weshalb ich hastig meine Brillengläser mit dem Saum meines weiten T-Shirts putzte, aber nur Schlieren hervorbrachte.

Ein Meer. Nora hatte mich in ein grünes Pflanzenmeer geführt. Reihenweise Kübel mit kindgroßen Gewächsen bäumten sich da vor mir auf, auf dem Boden standen Ventilatoren und diverse Lampen, die in verschiedene Richtungen wiesen.

„Tadaaaaaa! Da staunst du, was?“

Ich staunte.

Die Pflanzen kamen mir auf Anhieb verdächtig vor. Sie hatten spitz zulaufende, zackige Blätter. Solche, wie ich sie aus den Hip-Hop-Videos kannte, die auf MTV liefen, von Plattencovern und aus Filmen. „Ist das Marihuana? Das ist doch Marihuana“, sagte ich aufgeregt.

Nora musterte mich neugierig. „Cannabis sativa noracensia, um genau zu sein.“

„Ah ja.“

„Und alles Weibchen, die gesamte Hanf-Pracht. Basis für den besten Stoff in und um Ansbach.“

„Aber ist das nicht illegal?“ Ich spürte, wie mein Herzschlag beschleunigte. Bisher war ich nie mit dem Gesetz in Konflikt geraten – bis auf das eine Mal, als ich das Reclam-Heft eingeschoben hatte. So vertieft, wie ich in die Lektüre war, hatte ich das Bezahlen schlicht vergessen. Hinterher war es mir zu peinlich gewesen, in den Laden in der Münchner Fußgängerzone zurückzukehren und die Rechnung zu begleichen. Ich glaube, es war Molière.

„Und wenn schon, ist ja nur für den Eigenbedarf. Und den Eigenbedarf von Freunden. Und den von Freunden von Freunden. Alles okay also."

Ich zögerte einen Moment, bevor ich antwortete: „Jetzt wird mir einiges klar."

„Na, das wurde auch Zeit."

„Nein, nein, euren Slogan meine ich: Willkommen im Grünen! Schöne Metaebene, Respekt!"

Sie lächelte. „Das kannst du sehen, wie du willst. Und jetzt komm, jetzt gönnen wir uns was!"

„Was denn?", fragte ich naiv, obwohl mich eine Ahnung beschlich, die mir etwas Angst machte.

„Einen Johnny!"

„Wie bitte?"

„Einen Dübel, okay?"

„Ich kann dir nicht folgen."

„Einen Spliff halt, eine Tüte."

Einige Momente lang starrte ich stumm ins Blättermeer. „Ach so, ja klar. Wobei ich dann doch eher vorziehen würde, das nicht zu tun."

B

I'M GOING BANANAS

Zehn Minuten später saßen wir in einem roten Autowrack, das hinter dem letzten Gewächshaus in einem Acker vor sich hin rostete, sprachen über meine Reise und hoben ab.

Noch heute frage ich mich, woher ich damals die Kraft nahm, über meinen monströsen Schatten zu springen. Noras Fähigkeit, mich so schwungvoll mitzureißen, hatte sicher einen beträchtlichen Anteil, dazu der anziehende Riesenmond im fränkischen Hinterland sowie das Gefühl, irgendwo zu sein, nur nicht daheim. Daheim ist überbewertet, so dachte ich damals.

Ach ja, ein bisschen lag es bestimmt auch am Lockruf der Drogen.

„So“, sagte Nora, als sie mir den ersten Joint meines Lebens gebaut und entfacht hatte, „jetzt kennst du ein Geheimnis von mir, und jetzt will ich eins von dir! Warum bist du wirklich abgehauen? Die Madonna-Geschichte kauf ich dir nicht ab.“

Ich zog an der Tüte, wieder und wieder, ich hustete und inhalierte, spürte in mich und tat, was Nora tat. Eine Weile sagte ich gar nichts. Gedanken sackten ab.

Fließende Flüssigkeit im Fluss.

Mein runder Kopf, ach, so leicht. Als wollte er von Hals und Schultern herunterkugeln, um auf die Rückbank zu purzeln, wo aus den zerfetzten Bezügen die Federn herausquollen. Die Notaufnahme eines Spitals für lädierte Roboter.

Ich griff den Gesprächsfaden wieder auf, der freilich bereits vor ein paar Minuten ausgesponnen worden war. „Wieso eigentlich nicht?“

„Was meinst du?“

„Na, das mit dem Abkaufen.“ Meine Stimme hörte sich wie die einer Comicfigur an, die man in zu hohem Tempo schlecht animiert hatte. Wie musste sie erst für Nora klingen?

„Was?“

„Na, dass du mir meine Madonna nicht glaubst.“ Ich sah sie vom Beifahrersitz aus an, die Seitentüren standen offen. Wie Flügel, bereit zum Abheben. Auf dem Armaturenbrett des alten VW Käfer flackerten fünf Teelichte. „Ich vergöttere diese Frau, ich werde sie treffen und dann und dann ...“

„Und dann was?“

„Dann werde ich mit ihr auf einer Gondel durch Venedig schippern und tanzen für die Paparazzi und mit ihr neue Schritte einstudieren für unser nächstes Video. Und dann werde ich ihr zeigen, was ich drauf habe, und ihr sagen, wie sehr mir ihre Musik geholfen hat und dass ich es bewundere, wie sie ihr Scheißleben selbst in die Hand genommen hat und nach New York gegangen ist und sich für die Schwulen und Lesben eingesetzt hat und ... und ... und dass sie super aussieht in Netzstrümpfen, obwohl ihre Beine viel zu kurz sind, all das werde ich ihr sagen und dann werde ich mir meinen Bildband signieren lassen an einer Stelle, das errätst du nie, und dann werde ich ihr meinen ersten Kuss schenken und sie fragen, ob es gut für sie war, und ... und ..."

Ich spürte, wie ich mich immer mehr verfranste in meinen eigenen Worten, die keinen Punkt finden wollten, als wären nur noch Kommas im Satzbaukasten übrig.

„Du Spinner!" Nora stieß ein spitzes Lachen aus. In ihrer lässigen Pose auf dem Fahrersitz gefiel sie mir ausgesprochen gut. Beide Träger waren inzwischen verrutscht, ihr Top war sogar bauchfrei. „Deinen ersten Kuss, so so."

Bevor sie näher darauf eingehen konnte oder ich im Dunkeln rot zu glühen anfing, redete ich weiter: „Außerdem machen meine Eltern auch, was sie wollen, die hauen auch einfach ab. In meiner Familie macht jeder, was er will, und jeder will was anderes, und das ist meistens anderswo. Anderswo ist unser Zuhause. Ich handle sozusagen in bewährter Familientradition."

„Sieh mal einer an, deine Eltern wissen wirklich nicht, wo du steckst? Bemerkenswert!"

„Die merken das doch gar nicht, wenn ich weg bin."

„Das finde ich stark. Selbstbestimmtes Handeln ist wahre Freiheit. Wahre Freiheit ist das Allergeilste!" Sie stieß Rauch durch das geöffnete Schiebedach aus, als wollte sie nicht nur mich, sondern auch die Sterne benebeln.

„Findest du?"

„Total! Du bist ziemlich mutig, okay?" Noras Hand lag plötzlich auf meinem Knie. Ich zuckte kurz zusammen, weil an dieser Stelle in der Regel keine Frauenhände lagen, die nicht zu Mama oder Oma Elfie gehörten, ließ es aber gerne geschehen.

Ich lächelte in die Nacht und sagte: „Danke. Und du bist ziemlich nett. Mir gefällt das alles sehr, also hier mit dir und dem Zeug, auch wenn das ganz schön reinhaut."

„Ach, ist das so?"

Unsere Blicke trafen sich.

Für einen kurzen Moment spürte ich ein Kribbeln. War da was zwischen uns? Ich mochte ihre Nähe, mochte ihre Berührung, die aufregend war und unaufdringlich. Ich mochte sogar ihre vielen Okays.

„Ja, oh ja!", sagte ich aus voller Überzeugung und musste plötzlich lachen wie ein irrer Clown. Ein Lachen, das in Husten überging, bevor es wieder zum Lachen zurückkehrte.

„Was hast du?"

„Ich musste eben an dein Gesicht denken, nachdem du mit dem Wagen in das Tulpenfeld gerauscht bist."

„Sehr witzig, du Held der Straße!"

„Wie so eine Gangsterbraut! Eine Gangsterbraut mit Marihuana im Garten", plapperte ich und spürte die Gedanken drängen. „Eines steht übrigens fest: Im Dorf am Wald hättest du längst Dutzende Anzeigen am Hals. Bei dir wuchert Hanf, bei mir sprießt die Spießigkeit, halleluja, wie ich diese Engstirnigkeit hasse, das kannst du dir nicht vorstellen! In meiner Straße achten die Nachbarn penibel darauf, wer als erster und wer als letzter die Mülltonne herausgeschoben hat, jeden verfluchten Abend vor der Leerung, solche Menschen sind wir!"

„Echt?", fragte Nora, die sich näher zu mir gedreht hatte. „Das ist schräg! Andererseits auch wieder nicht. Ist das denn wirklich so schlimm? Ich meine, da schaut man wenigstens auf sich. Man ist sich nicht gleich."

„Die Blicke kenne ich zur Genüge, wie man da auf sich schaut! Voller Verachtung, wenn man nur eine Spur anders ist. In der Schule kannst du verprügelt werden, wenn du als Junge ein Madonna-Shirt trägst, geschweige denn ihre Songs auf dem Akkordeon intonierst respektive in Lyrik verpackst."

„Sag mir, dass du das nicht getan hast!" Nora wippte grinsend auf dem Fahrersitz und ließ ihn anrüchig quietschen.

Ich senkte meinen Blick und fummelte an dem halb herausgerissenen Ganghebel herum.

„Eddie, du Freak!" Sie schickte mir Qualmkringel entgegen und lächelte teuflisch.

Aber ihre Freude über mein Außenseiterdasein währte nur kurz. „Hier ist auch nicht alles super", sagte sie etwas ernster. „Wir haben keine Nachbarn, nur Kunden, und die meisten sind älter als mein Dad! Alles ziemlich öde hier. Und das kleine Stück Anarchie mussten wir uns hart erkämpfen. Ein Trost, immerhin."

Ich sah ihrer Hand dabei zu, wie sie sich langsam von meinem Bein löste. Es kam mir vor wie in Zeitlupe und ein bisschen trauerte ich ihren langen Superfingern mit den schwarzen Nägeln nach. „Wärst du auch gern woanders?"

„Was glaubst du wohl!" Ihre Augen verengten sich.

„Und warum haust du nicht einfach ab?"

„Das werde ich auch, okay?" Auf einmal schlug sie wieder diesen energisch-schnippischen Ton an, fast so wie heute Mittag im Blumenfeld. „Wenn Dad endlich sein Leben in den Griff bekommt, bin ich weg."

Ich nahm einen weiteren Zug und fand Gefallen daran. Gefallen an allem. An der Leichtigkeit des Moments, an dem Gespräch, das munter hin und her schwappte zwischen jungen Lebenshungrigen, die zwar Ziele hatten, aber keine Pläne, ja, sogar an den Mücken fand ich Gefallen, die ab und an um uns herumsurrten in der Dunkelheit des ausrangierten Käfers.

Mit viel zu hoher Stimme sagte ich: „Interessant! Und wer oder was ist deine Madonna?"

Nora sah mich verständnislos an.

„Du weißt schon, was ist deine Mission?", präzisierte ich.

Sie überlegte kurz, richtete sich auf und antwortete: „Okay, wenn du so willst, dann sind Delfine meine Madonna."

„Delfine?"

„Ganz genau. Ich werde Meeresbiologie in Hamburg studieren, um später irgendwo im Ausland zu arbeiten. Am liebsten in Kanada." Ihre blauen Augen funkelten im Kerzenschein. „Dummerweise muss ich vorher noch mein Abi nachholen." Ihre Begeisterung ließ nach.

Während sie sich einen tiefen Zug gönnte, versuchte ich mich zu erinnern. „Du warst kurz vor den Prüfungen, als das mit deiner Mutter passierte, richtig?"

Nora nickte.

„Scheiße, das Leben ist total scheiße!" Ich bäumte mich im Sitz auf und rückte meine Brille auf der Nase zurecht.

„Lass das Fluchen, Eddie, das steht dir nicht. Aber danke für dein Mitgefühl. Ich weiß, das wird nicht einfach, aber ich bin zäh. Und die Erde braucht mich, ich spüre das. Irgendwer muss sich um sie kümmern. Das ganze Tschernobyl-Desaster war ja erst die Vorhut."

„Wie meinst du das?"

„Wie ich das meine?" Sie richtete sich ebenfalls auf. „Sieh dich doch nur mal um! Überall Pestizide in der Landwirtschaft, Ausbeutung der Natur, bestialische Tierquälerei und das Ozonloch so groß wie deine Madonna-Träume! Von den Meeren will ich gar nicht reden, die sind voller Plastik, und die Fische verrecken, weil die ach so glanzvolle Krone der Schöpfung das bescheuertste Wesen von allen ist!"

Noras Stiefel wippten schnell. Ein Glück, dass der Käfer nicht mehr fahrtüchtig war, schoss es mir durch den Kopf.

„Wow, das ist ... beeindruckend", sagte ich ehrlich. „Du scheinst genau zu wissen, was du willst."

„Du etwa nicht?"

Ich zuckte mit den Schultern. „Erst mal Abi machen und dann mal schauen. Noch suhle ich mich in Planlosigkeit, wie mein Französischlehrer zu sagen pflegt."

Nora verdrehte die Augen. „Wofür interessierst du dich denn, was fesselt dich? Und sag jetzt nicht Madonna. Die Alte hat jetzt mal Pause, okay?"

„Na ja, ich lese viel und tanze gern, und Menschen sind mir tendenziell suspekt."

„Sehr sympathisch! Aber ob das genug Input ist fürs Berufsinformationszentrum, das bezweifle ich."

„Für einen Tänzer bin ich jedenfalls zu dick."

„Du bist nicht dick! Du bist ..." Ihr Blick rutschte von meinem runden Kopf über mein Shirt bis zur Jeans mit den kräftigen Schenkeln und wieder rauf. „Bei dir stimmen die Proportionen."

„Ha!", entfuhr es mir. „Hast du schon mal daran gedacht, Diplomatin zu werden, in Kanada vielleicht? Bisher kamst du mir eher sehr direkt vor."

Sie spielte die Ahnungslose mit charmantem Lächeln.

„Oma Elfie sagt immer, ich bin ein Kerndlgfuadata."

„Ein was?"

Ich musste grinsen. Ich hatte lange nicht mehr an das Wort gedacht. Schlagartig fehlte mir Oma Elfie sehr und ich hielt kurz inne. „Ein wohl genährter, kerniger Bursche“, sagte ich gestelzt und sah Nora an, deren Latzhose so luftig an ihr hing, dass ich mir darunter eine sehr schlanke, wenn nicht gar zierliche Figur vorzustellen erlaubte.

„Ihr Oberbayern seid ein lustiges Völkchen.“ Sie machte eine Pause und entsorgte die bis auf Stumpen zusammengeschrumpften Tüten. „Aber jetzt mal Tacheles. Du schuldest mir noch die Sekundärliteratur zur Irgendwie-schon-auch-These!“

„Äh …?“

Fließende Flüssigkeit im Fluss.

„Irgendwie bist du schon auch von der Sache namens Liebe enttäuscht worden“, half sie mir auf die Sprünge.

Mein Mundwinkel zuckte, ich fühlte mich schwummerig. Dann gab ich mir einen Ruck und erzählte Nora von Marijana. Länger und ausführlicher, als ich sogar Oma Elfie von ihr erzählt hatte. Ich fing in der Bibliothek an, sparte Marijanas Familiengeschichte nicht aus und gab mir große Mühe, auch den Briefwechsel über all die Jahre anschaulich zu gestalten, bis hin zu den Abschiedszeilen des Korkenziehermädchens.

„Bemerkenswert!“, sagte Nora, während ich einen großen Schluck aus der Flasche Wasser nahm, die wir aus der Chill-out-Zone mitgebracht hatten. Kiffen macht durstig, das hatte ich schnell begriffen. „Fünf Jahre! Und ihr hattet euch ständig was zu sagen? Ich meine, du warst zwölf und sie war vierzehn.“

„Zwölfeinviertel, Tendenz steigend!“

„Wie auch immer.“

„Wir haben uns fast alles geschrieben! Nicht nur unsere Meinungen zu Madonnas neuen Singles und den Romanen, die uns gerade fesselten. Sie erzählte mir ausführlich vom Geruch in der Psychiatrie in Hannover, wo ihre Mutter regelmäßig Gast war, und ich vertraute mich ihr mit meiner Angst allein zu Hause an oder berichtete ihr von Oma Elfies Schüben.“

Nora sah mich lange an. „Du scheinst dieses Mädchen sehr zu mögen. Es muss dich hart getroffen haben, als sie Schluss machte.“

„Sie hat ja gar nicht Schluss gemacht", sagte ich reflexartig. „Ich bevorzuge präzisere Formulierungen des Schlamassels. Uns verbindet etwas Großes. Und dieses Etwas pausiert gerade und auf unbestimmte Zeit."

„Okay", sagte Nora, „wenn du meinst."

Sie machte eine kleine Pause. „Warum hast du eigentlich vorher nichts unternommen? Also vor der Pause auf unbestimmte Zeit. Du hättest sie besuchen können. Briefe allein bringen's doch nicht."

„Wenn du ihre Handschrift sehen könntest, würdest du anders reden."

„Ja klar, eine schöne Handschrift ist fast so geil wie Petting, ich vergaß." Da war es wieder, ihr teuflisches Grinsen. „Hast du ihr eigentlich noch mal geantwortet?"

Meine Gedanken schwirrten. Plötzlich hatte ich das Gefühl, im Sekundentakt blinzeln zu müssen, wie ein Stummfilmstar im Flirtmodus. Ich strengte mich an. Denken. Nachdenken. Dabei schoss mir zunächst die Frage durch den Kopf, warum Marijana fast wie Marihuana klang? Die Antwort blieb offen. Andere komplizierte Gedankenketten nahmen ihren Platz ein. Widerstände gab es nicht. Also erzählte ich Nora mehr. Viel mehr.

„Ja, hab ich. Einmal noch, vor ein paar Wochen."

Nora legte ihren Kopf schief, ihre Augen weiteten sich, die Pupillen groß wie Knöpfe. „Und?"

„Das ist aber sehr persönlich!"

„Komm schon, wir sind doch hier auch grad sehr persönlich." Ihre Hand kehrte dorthin zurück, wo sie mir am besten gefiel.

„Also schön." Ich drehte mich zu ihr und holte Luft gegen den Schwindel und das Zwinkern. Das Erinnern fiel mir außerordentlich leicht, denn die Worte hatten sich in mein Gehirn gebrannt wie sonst nur das Vater Unser. Das Aussprechen erforderte dagegen enorme Konzentration. „Ich schrieb ihr, dass sie Recht hatte. Es war die Zeit gekommen, um richtig zu leben. Ich würde die Welt der Bücher verlassen und mir eine Freundin suchen, eine echte. Und nein, ich würde nicht mehr schreiben." Ich stoppte.

„Das ist alles? Etwas nüchtern, wenn du mich fragst."

„Im PS notierte ich noch: Iss nicht so viel Kekse!"

„Das macht es jetzt nicht gerade aufrichtiger."

„Reiner Selbstschutz", entgegnete ich und Nora nickte. „Wenn ich ihr geschrieben hätte, was ich damals auf dem Dach mit ihrem Brief in der Hand wirklich empfunden habe, hätte ich mich komplett nackt gemacht, also rein metaphorisch, nicht buchstäblich."

„Rein metaphorisch", wiederholte Nora grinsend.

„Manchmal frage ich mich, ob ich es ihr nicht doch hätte sagen sollen."

„Was denn, Herrgott nochmal!"

„Ich ..." Ich schluckte. „Am liebsten hätte ich ihr geschrieben, dass ..."

„Oh Mann!" Nora packte mich bei den Schultern und rüttelte mich durch wie einen Halbtoten.

„Dass ... kein Tag verging ... an dem ich nicht an sie ... dachte."

Nora ließ ab von mir und ich redete weiter. „Dass ich nie mehr und vor allem schönere Korkenzieherhaare gesehen habe als ihre. Dass ich regelmäßig mit Agata über sie redete und spekulierte, wie ihr dieses oder jenes Buch gefallen hätte. Dass ich Gedichte schrieb, die alle mit einem Wort mit M begannen. Dass ich mir einmal absichtlich einen Splitter eingezogen habe. Dass ich hin und wieder fremden Leuten die linke Hand gab. Dass ich mich über die Geschichte Kroatiens informiert habe und mögliche Reiseziele ausgemacht habe. Dass ich die Partei ihres Vaters mit anderen Augen sah. Dass ich Nirvana nicht mehr hören konnte und Kris als Schimpfwort Heinz abgelöst hatte. Dass ich einen unsichtbaren Schutzhelm für zwei erfinden werde."

Ich musste tief Luft holen.

„Einen Schutzhelm? Unsichtbar?"

„Ach, nur so eine Spinnerei."

Nora betrachtete mich sehr lange, ihre Pupillen waren ständig in Bewegung. „Eddie?"

Ich wagte es, meinen Kopf an ihre Schulter zu lehnen und blickte durch die gesplitterte Windschutzscheibe in die Sterne.

Durch die Bruchstellen im Glas sah es so aus, als wären neue Sternbilder dazugekommen. Rätselhafte Gebilde waren das.

„Hm?“, machte ich.

„Ich verstehe zwar nur die Hälfte von dem, was du sagst. Aber das reicht mir schon als Erklärung. Dafür, dass ihr euch nur ein paar Tage lang vor fünf Jahren gesehen habt, bist du echt noch ganz schön verknallt.“

Ich spürte, wie ich nachtrot anlief.

„Und du? Was ist mit dir?“, lenkte ich ab.

„Lenk jetzt bloß nicht ab!“

„Wessen Haus hast du heute Nachmittag verziert?“ Ich drehte meinen Kopf und sah sie an. Ein kleines Stück Profil von schräg unten. Sie roch nach Hasch und Oliven, diese Kombination behielt ich in guter Erinnerung.

Nora blickte in das weite Schwarz. „Von keinem, dem ich je ein Gedicht schreiben würde.“

„Gedichte werden im Schmerz geboren.“

Nora machte ein unflätiges Geräusch – und meine Dramatik zunichte. „Das ist mir egal, von mir kriegt er jedenfalls keins. Der kriegt von mir höchstens noch den Mittelfinger, okay?“ An ihrem langen Hals trat eine Schlagader zum Vorschein.

„Du bist noch immer wütend. Ich schlussfolgere, er hat dich verlassen. Nina reagierte in solchen Fällen ähnlich, als zum Beispiel ...“, kam ich ins Plappern.

„Du weißt gar nichts, du Briefromantiker“, unterbrach sie mich und entzog meinem Kopf die Grundlage. „Du hast keine Ahnung, wie das ist, jemanden zu verlieren, den man wirklich geliebt hat!“

Ich schwieg und sah sie an. Eine Träne floss ihr links und rechts aus den Waschbäraugen, die sie schnurstracks mit dem Handrücken stoppte. Nora tat mir leid, sie hatte das nicht verdient. Nun war ich es, der seine Hand auf ihr Knie legte.

Und so erzählte sie mir von Nobbs, eigentlich Norbert, ein Veranstaltungstechniker aus dem Nachbardorf, dem sie vor zwei Jahren ihr Herz geschenkt hatte. Sie schwärmte von seinen langen Haaren, seinen geschickten Händen und seiner bemerkenswerten

Reife. Offenbar war dieser Nobbs schon einunddreißig, aber mich konnte sie mit dem Altersunterschied keineswegs beeindrucken. Immerhin hatte Madonna die dreißig ebenfalls längst überschritten.

„Ältere um sich zu haben, ist nicht nur schlecht“, ließ ich ins Gespräch einfließen, „ich weiß, wovon ich spreche. Man kann viel von ihnen lernen, kriegt Einblicke in die Zukunft, kann also noch rechtzeitig gegensteuern.“

„Wobei denn gegensteuern? Was redest du denn da?“

„Na, wenn sie falsche Wege einschlagen oder sich falsch verlieben.“ Meine Zunge fühlte sich pelzig an.

Nora schüttelte den Kopf. „Ich glaube an die Kraft der eigenen Erfahrung. Man kann nicht immer nur zuschauen. Aber dass du eher so der Beobachter bist, hab ich schon verstanden.“

Bei Nobbs und ihr hatte es jedenfalls nicht so gut funktioniert. Zu verschieden waren die Lebenswelten. „Seit ein paar Wochen setzt er mich total unter Druck. Ich müsse mich entscheiden, hat er gesagt. Mit ihm auf Tour gehen, zusammen mit den Rockbands aus Nürnberg, oder hierbleiben im Betrieb meines Vaters. Als wenn ich eine Wahl hätte, dieser verdammte Idiot!“ Nora schlug mit beiden Händen mehrmals auf das Lenkrad. „Fick dich!“, schrie sie, „fick dich!“

Da ich mich nicht traute, sie in den Arm zu nehmen, legte ich meine Hände auf ihre. „Ich mag deine langen Finger“, sagte ich etwas unbeholfen.

Zu meiner Überraschung wirkte es. Ich konnte ihr dabei zusehen, wie sie sich beruhigte. Nach einer Weile lächelte sie sogar.

„Was hast du da?“, fragte sie mich, während sie mit ihrem Zeigefinger über meinen rechten Handrücken streichelte.

„Ach, das ist nichts.“ Ich entzog mich ihrem Griff, doch ihre Finger folgten.

„Natürlich ist das was! Das sind bemerkenswerte Schwielen.“

Es musste an dem Gras liegen, dass ich Nora auch von den Nächten allein zuhause erzählte, von meinen Ausbrüchen und dem Trommeln gegen das Holz, das verdammte Holz.

„Bemerkenswert."

Mehr sagte sie dazu nicht, doch ihre Blicke sprachen Bände. Sie hatte Mitleid und sie war irritiert, das konnte ich in ihren dunklen Augen lesen. Ihre Fingerkuppen umspielten meine Hände, erst die rechte, dann auch die linke. Fasziniert sah ich ihr dabei zu, wie sie Muskel für Muskel meiner Akkordeon-trainierten Bassfinger erkundete. Es war schön, ich atmete ruhig, draußen zirpten ein paar Grillen. Unsere Blicke trafen sich und verschmolzen. Ein starkes Kribbeln.

„Ich sollte jetzt besser", unterbrach Nora den Moment.

„Ja, vielleicht", sagte ich und sah ihr nach, wie sie aus dem Käfer in die Dunkelheit kletterte. Ich pustete die Teelichter aus und taumelte ihr hinterher.

Wenig später fiel ich auf dem Sofa neben Charles Bukowski in einen unruhigen Schlaf. Soweit ich mich erinnere, träumte ich nichts.

B

BROKEN

Der Albtraum kam kurz nach dem Erwachen.

Ich weiß noch genau, wie alles anfing. Zuerst war da dieses rhythmische Klacken, Kieselsteine gegen Scheiben, wie ich mir später zusammenreimte. Dann war da dieser Typ mit den langen Haaren, er stand plötzlich neben mir und der Stereoanlage.

Ich schreckte hoch, schlaftrunken, und sofort schossen Wortfetzen, Sätze, Erinnerungen durch meinen Kopf. Nobbs. Der reife Idiot, der Nora so viel Kummer bereitete.

Er selbst schien noch verblüffter zu sein, mich hier vorzufinden, als umgekehrt. Mein Vorteil lag auf der Hand: Ich wusste von ihm, er von mir nicht.

„Das ging ja schnell", brummte er mit tiefer Stimme, beiläufig fuhr er sich durchs dunkelbraune Haar, das er offen trug wie eine Trophäe. Er war groß, steckte in Jeans und einem braunen Cordhemd, das in der Morgensonne ausgeblichen wirkte.

Ich verstand nicht, was er meinte, vielleicht wollte ich es nicht verstehen. Ich setzte mich aufrecht und zog ein Kissen über mein grünes Bugs-Bunny-Shirt.

„Wo ist sie, hm? Und welche Lachnummer bist du?"

Ich fühlte mich groggy, mein Schädel pochte, außerdem schüchterte mich dieser Mann ein, der mich in seiner groben Einfalt an Charly erinnerte. „Sie ist dort, wo sie immer ist, wenn ihr Vater nicht da ist", sagte ich mit müder Morgenstimme, dann etwas lauter: „Das sollten Sie eigentlich wissen."

Mit einem kräftigen Ruck zog er mir das Kissen weg, musterte mich amüsiert und grinste. „Jetzt pass mal auf, du Streber, ich weiß zwar nicht, was du hier zu suchen hast, aber ich kann's mir denken. Du bist der Typ mit dem kleinen Pimmel, hm? Hätte ihr einen besseren Geschmack zugetraut."

Nobbs kapierte überhaupt nichts. Die Entscheidung, ihn nicht länger zu siezen, fiel mir leicht. „Was willst du hier?", sagte ich und stand auf. „Nora will dich nicht sehen."

Ich gab mir Mühe, den Starken zu spielen, obwohl mich zunehmend das Gefühl beschlich, auf direktem Weg in einen Konflikt zu schlittern, dem ich nicht gewachsen war.

Er lachte bedrohlich. „Und das entscheidest du, du Zwerg, ist klar."

Zwerg.

Ich hasste es, wenn man mich so nannte. Meine rechte Hand formte sich zur Faust. Wieder spürte ich diesen unkontrollierbaren Drang, dieses andere Ich meiner selbst.

„Ich wollte mich bei meiner Maus entschuldigen, aber das hat sich wohl erledigt."

„So schaut's aus. Aus die Maus!"

„Einfach nur lachhaft", entgegnete Nobbs. „Komm, verpiss dich, du Clown!"

Mein Herz klopfte wild, der Schweiß stand mir auf der Stirn. Aber wie das nun mal so ist, wenn man vom Leben keine Ahnung hat, manchmal muss der Kopf durch die Wand.

In diesem Fall in den Bauch.

Und das kam so.

Als Nobbs begann, mich „Spast“ zu nennen, mich zu schubsen und weiter zu provozieren, platzte mir der Kragen. Schneegelbe Bilder schossen mir durch den Kopf, holzige Schwielenschmerzen befeuerten meine Wut. Die Vernunftsentscheidung wäre gewesen, das Missverständnis mit klaren Argumenten aus der Welt zu schaffen. Doch statt mit Worten zu fechten, wie es für gewöhnlich meine Art war, ließ ich Taten sprechen.

Heldentaten sehen anders aus.

Ohne Vorwarnung schrie ich auf und rannte auf ihn zu. Mein großer Kopf traf ihn in die Magengegend.

Er stieß einen unrühmlichen Laut aus und taumelte rückwärts. Dann stürzte er. Das dumpfe Geräusch, als sein Schädel gegen das Metallregal an der Wand schlug, ließ mich zusammenzucken.

Und dann ging alles noch schneller.

„Was ist denn hier los?“, hörte ich Nora sagen, die eben zur Tür hereingekommen war.

Noch während sie sich umsah, ließ sie die zwei Tassen Kaffee fallen, eine nass-dampfende Sauerei, aus der Charles Bukwoski herausgrinste. Nora schrie. „Nobbs! Was machst du denn hier? Bist du okay?“

Als sie sich zu ihm herunterbeugte, wehrte er sie ab. Seine Hand, die eben noch seinen Hinterkopf abgetastet hatte, war blutverschmiert. „Lasst mich in Frieden, du und dein Freak! Der hat doch einen Vollschuss!“

Während er sich aufrichtete, schickte mir Nora vorwurfsvolle Blicke.

Scheiße, dachte ich, und bekam es mit der Angst zu tun.

Nora ließ nicht locker. „Lass doch mal sehen, das muss verarztet werden!“

Doch da hatte sich Nobbs bereits aufgerafft und auf den Weg nach draußen gemacht. So schlimm schien seine Verletzung nicht zu sein, dachte ich erleichtert.

Von Deeskalation allerdings noch keine Spur.

Nora rannte dem Schwachkopf hinterher. Ich schlich zum nächsten Fenster, zog ein Plakat mit Billy Corgan zur Seite und konnte erkennen, wie er ihr eine Szene machte, wie er um sich

› er eine Blutspur auf den Steinplatten hinterließ. Ich
n Oma Elfie, wie sie mir stets einzubläuen versucht hatte,
nulhof nicht klein bei zu geben. „Du musst dich wehren,
ard“, hatte sie gesagt, „lernen musst du das wie das Einmaleins.“

Das konnte sie nicht gemeint haben. Ich begriff, dass ich völlig überreagiert hatte. Was passierte in solchen Momenten nur mit mir? Ich schlug mit der Faust gegen das Metallregal am Eingang des Gewächshauses und fühlte mich elend.

Nora kam lange nicht wieder. Ich zog mich an, schnürte meinen Rucksack, trocknete den Boden provisorisch mit ein paar Tempos und kehrte die Scherben zusammen. Auf einem großen Bruchstück war ein Satzfragment zu lesen: „wir am Arsch“. Ich hielt das Teil in Händen und betrachtete es genauer. Ich erinnerte mich an eine Tasse mit ähnlicher Typografie, die Nina meinem Vater zum Geburtstag geschenkt hatte. „Wenn Papa es nicht reparieren kann, sind wir am Arsch“ war darauf gedruckt.

In der Tat sollte es hier nichts mehr zu reparieren geben. Denn nachdem Nora mit verheultem Gesicht, ungeschminkt im Übrigen, im Türrahmen erschienen war, konnten Worte nichts mehr kitten. Nicht einmal Satzfragmente. Mehr als „Ich hab doch nur ... Aber ich wollte doch nicht ... Können wir nicht ...“ ließ sie nicht zu.

„Hau ab, du hast alles nur noch schlimmer gemacht!“, schrie sie mir ins Gesicht.

„Aber ...“

„Du sollst verschwinden, okay? Nobbs wollte sich entschuldigen!“ Die Tränen schossen über ihre hellen Wangen.

Als ich mich ihr nähern wollte, um sie zu trösten, wies sie mich energisch ab. Ihre Hand mit den langen Fingern deutete nach draußen. Sie sah mich nicht einmal mehr an.

Mein letztes Bild von Lady Latzhose waren ihre schwarz lackierten Nägel.

Es war ein sonnenschlieriger Vormittag im August, als ich mein unbetanktes Mofa ziellos über die kleinen Straßen vor Ansbach schob. Das fade Blau über mir konnte ich gut ignorieren, aber gegen den Wirbelsturm meiner Gedanken war ich machtlos.

Noras Finger in meinem Gesicht.

„Du bist ziemlich mutig, okay?“

Ihre Hand auf meinem Knie.

„Sag noch mal Rucola!“

Der Lockruf der Delfine.

„Fast wie ein Bernhardiner.“

Ihre Haut unter dem bauchfreien Top.

„Man kann nicht immer nur zuschauen.“

Ich atmete ein, ich atmete aus, so wie Oma Elfie es mir beigebracht hatte. „Atmen ist kein Pappenstiel, Atmen ist eine Lebensaufgabe“, hatte sie gesagt. Doch so sehr ich mir auch Mühe gab, mich allein darauf zu konzentrieren, stets funkten mir Fragen unterschiedlicher Qualität dazwischen.

Waren Beziehungen immer so vertrackt? War der Umgang mit Frauen eine Wissenschaft für sich? Ich hatte keine Ahnung.

Was ich in diesem Abschnitt meiner Reise gelernt hatte: Es würde kompliziert werden.

Die Sache mit den Mädchen.

Die Sache mit dem Erwachsensein.

Und überhaupt.

Einfach alles.

B

MILES AWAY

Wie ich nun von Nora, von den Outskirts von Ansbach, zum Flughafen nach Frankfurt gelangte, lässt sich schnell erzählen.

Zunächst schob ich mein Mofa zu diesem Jockel, dessen zwei Zapfsäulen an der Abbiegung zur Gärtnerei mir gestern wohl nur deshalb nicht aufgefallen waren, weil die Tankstelle geschlossen hatte. Die grell strahlenden Reklameschilder auf dem containerartigen Kassenhäuschen wären mir mit Sicherheit ins Auge gestochen. Ich kümmerte mich um die Bonanza und bezahlte unter den bohrenden Blicken des mürrischen Mittvierzigers. Als wüsste er, was zwischen mir und Nora vorgefallen war.

Ich konnte noch immer nicht verstehen, warum Lady Latzhose so ausgetickt war. Ich hatte doch nur helfen wollen. Wer konnte ahnen, dass sie insgeheim darauf hoffte, dass dieser Typ zu ihr zurückkam?

„Fuck you!“

Ihre Worte.

Von Nina wusste ich, dass man bei Frauen hoch im Kurs stand, wenn man sie beschützte, wenn man handelte. „Immer sportlich bleiben und aktiv“, hatte Charly stets gepredigt. Nun aber hatte ich am eigenen Leib erfahren, dass Einmischen sehr wohl nach hinten losgehen konnte. Weniger aktiv wäre wohl sportlicher gewesen.

Vollbetankt, voller ätzender Gedanken und schweren Herzens ließ ich diese Episode hinter mir. Nonstop fuhr ich bis nach Volkach nordwestlich von Würzburg, Madonna die ganze Zeit über im Ohr. Die Kleinstadt am Main steuerte ich deshalb an, weil mein Bruder mit Inbrunst von ihr schwärmte, seit er auf einem dortigen Junggesellenabschied sämtliche Bocksbeutel von Silvaner bis Volkacher Kirchberg verkostet und im Suff beschlossen hatte, irgendwann einmal eine fränkische Weinkönigin zu schwängern. Nun war ich weder scharf auf weißen Wein in dickbäuchigen Flaschen noch auf dauergrinsende Dirndlträgerinnen mit unverschämtem Dekolletee, aber als Etappenziel sollte mir der Ort gute Dienste erweisen.

Tatsächlich schlief ich so gut und lange wie seit Wochen nicht. Die Erlebnisse der letzten Tage schienen Spuren hinterlassen zu haben. In Volkach, besser gesagt in einer familiär geführten Pension mit Blick auf die Weinberge, passierte genau so viel: nichts.

Niente Hanglage Süd Riserva. Köstlich.

Als ich am nächsten Morgen bestens erholt in Richtung Frankfurt aufbrach, war der Tag noch taufrisch. Die Vorfreude konkretisierte sich. Morgen Mittag würde ich abheben in das größte Abenteuer meines Dorf-am-Wald-Lebens.

Die Gedanken daran waren wie der Schwips, den ich in der Weinregion nicht hatte. Ich gab mehr Gas als nötig, wenn ich an meinen ersten Flug über den Atlantik, ja meinen ersten Flug überhaupt dachte; ich fuhr dezente Schlangenlinien, wenn ich an die Villen in Hollywood dachte; ich hupte kurz und entschlossen auf, wenn ich an meine Schnitzeljagd bis in Madonnas Herz dachte. Ich grinste unter meinem Helm und wollte mir nicht länger den Kopf über Mädchen zerbrechen.

In Aschaffenburg geschah etwas Merkwürdiges. Ich hatte ein doppeltes Déjà-vu.

Gibt es so etwas überhaupt, ein doppeltes Déjà-vu? Oder ist nicht ein Déjà-vu für sich genommen schon doppelter Natur?

Jedenfalls.

Ich legte am Fluss eine kleine Pause ein. Nach mehreren Stunden Fahrt hatte ich mir das redlich verdient. Der Rucksack wog schwer, meine Schultern schmerzten. Also warf ich mich auf eine Bank im Schatten und sah ein paar Kids dabei zu, wie sie im Gras saßen und Fußballbildchen tauschten. Plötzlich nahm neben mir ein Mann Platz. Ich schätzte ihn auf Anfang dreißig, sein Profil war kantig, das Kinn hollywoodreif. Er hatte sich länger nicht rasiert, was ihm ebenfalls gut stand. Er trug einen leichten Trenchcoat, Jeans, Holzfällerhemd und weiße Tennisschuhe. Er wirkte lässig und souverän, aber auch etwas abgründig auf mich.

Nach ein paar Sekunden völliger Bewegungslosigkeit kruschte er in einer Tüte nach Glückskeksen und verdrückte die Dinger in hohem Tempo. Die Zettelchen schienen ihn nicht zu interessieren, er ließ sie ungelesen in die Tüte zurückfallen.

Ich aß einen Apfel und schwieg. Und wie ich so dem Main beim Main-sein zusah, da schoss etwas in mich.

Ich kannte den Mann. Irgendwoher kannte ich diesen Typen, der nach Rauch roch, obwohl keine Zigarette zu sehen war.

Einer der Jungs rief: „Zwei Toni Polster für Mehmet Scholl.“ Woraufhin die anderen lachten und er auf „Drei Toni Polster“ erhöhte.

Meine Gedanken sprangen von der Fußball-Bundesliga zum Bolzplatz im Wald, vom luschigen Schuss zum Stechschmerz beim Auftreten.

Das war es, der Wadlzwick!

Mein Zimmernachbar im Schwabinger Krankenhaus hatte ausgesehen wie der Typ neben mir, nur ohne Barthaare im Gesicht. Er war sehr nett gewesen, hatte ein freundliches Lachen. Ich erinnerte mich vage, mit ihm Stadt-Land-Fluss gespielt zu haben. Der Rest war verschwommen respektive weg. Elf Jahre waren eine lange Zeit.

Ich drehte mich nach links, bereit, mein Déjà-vu anzusprechen.

Doch da war niemand.

Ich ließ meinen Apfelstumpen fallen und stand auf, um in alle Richtungen zu blicken. Ratlos nahm ich wieder Platz, putzte meine Brille mit einem Pulloverärmel und zweifelte an meinem Verstand. Hatte ich mir den Mann nur eingebildet?

Eines der Kids schrie: „Lothar Matthäus! Für den krieg ich zehn!"

Statt weiter zu grübeln, gönnte ich mir ein Nickerchen auf der Bank. Danach fuhr ich in die Innenstadt.

Es war Nachmittag, die warme Luft schien unter der Last der Verheißungen zu flirren. Als ich meinen Helm abnahm, um meine Ohren zu kühlen, hörte ich leise Musik in der Ferne. Es war nicht Madonna, das erkannte ich sofort, aber der Beat war ähnlich hypnotisch. Und so näherte ich mich einem Bürgerfest am Rande der Stadt.

„Ist es nicht interessant, dass Bierbänke auch für Weinfeste herhalten müssen?"

Der Satz wehte mir entgegen, während ich mir meinen Weg an den vollbesetzten Garnituren vorbei in Richtung Ausschank bahnte, und war mir auf Anhieb sympathisch.

Im Dorf am Wald gab es mal eine Obdachlose, die in der verfallenen Lagerhalle am S-Bahnhof Unterschlupf gefunden hatte. Charly und ich fuhren dort ab und an mit unseren Rädern über die steile Rampe, um Schwung für freihändige Mutproben zu holen. Einmal quatschte uns „die Verrückte" an, wie sie von den Dorfbewohnern genannt wurde. Ob es nicht interessant sei, zischte sie mit brüchiger Stimme, dass es im Leben schneller abwärts als aufwärts geht. Charly schenkte ihr die Plemplem-Geste, indem er mit seinen Händen einen viel zu schnellen Scheibenwischer imitierte. Während er davonrollte, blieb ich stehen und fragte: „Warum?" Ich weiß noch, wie sie ihren Kopf mit den rotblonden Haarfransen schräg legte und mich ansah. „Nu, nu, du bist ein guter Junge", sagte sie in rhythmischem Singsang. „Wer ein Warum hat, braucht kein Wie." Dann kam sie schleifend näher mit ihrem steifen Bein, weshalb ich es vorzog, ebenfalls abzuhauen.

Ich habe lange nicht verstanden, was die Frau damit gemeint hat. Als ich soeben den nicht minder rätselhaften Satz mit den Bierbänken auf dem Weinfest aufschnappte, fiel es mir wie Schuppen von den Augen.

Das Warum meiner Reise, das ich Nora höchstens schwammig hatte erklären konnte, lag vielleicht auch darin verborgen, dass ich anderen begegnen musste, um mich selbst zu verstehen. Wie genau die Reise verlaufen würde, auf welchen Wegen ich Madonna finden würde, das spielte keine Rolle.

Nullkommanull.

Begleitet vom beseelten Grinsen dieser Erkenntnis stierte ich in mein Glas Volkacher Kirchberg, das ich mir am Verkaufsstand besorgt hatte.

„Frisch verliebt?"

Ich fühlte mich nicht angesprochen.

„Wer so in sich hineingrinst, muss frisch verliebt sein. Oder einen an der Klatsche haben. Beides interessant."

Ich drehte mich zur Seite und traute meinen Augen nicht. Dort, wo bis eben noch leere Plätze waren, saß nun der Mann im Holzfällerhemd. Seine Stimme war tief und sanft wie die deutsche Synchronstimme von Colt Seavers. Den Trenchcoat hatte er abgelegt.

„Weder noch", brachte ich heraus, „mir ist nur eben etwas klar geworden."

„In vino veritas!"

„Sozusagen." Ich hob das Glas mit den schnörkeligen Verzierungen und stieß mit dem Mann an. Wieder war da dieser Geruch von Rauch und wieder war da keine Zigarette.

„Verrätst du mir, welche Erkenntnis dich gestreift hat, junger Freund?" Er hatte etwas enorm Beruhigendes an sich, jede seiner Bewegungen schien stimmig, wie ein Löwe an einem guten Tag.

Euphorisch sagte ich: „Wer ein Warum hat, braucht kein Wie." Ich kam mir vor wie der größte Schlaumeier diesseits und jenseits des Mains.

Ob der Fremde etwas Ähnliches dachte, konnte ich aus seinem stoppeligen Gesicht nicht herauslesen. Er nickte nur und sagte: „Den muss ich mir aufschreiben. Was dagegen, wenn ich ihn verwende?" Er fischte ein Notizbuch und einen edlen Füller aus dem Trenchcoat neben sich und schrieb.

„Klar", sagte ich und fragte mich kurz, ob „die Verrückte" mich nun mit einem Fluch belegen würde. Einen, der mich für ewig ans große Dorf am Wald fesseln würde oder ans Sägewerk als Papas Azubi. „Wofür denn eigentlich?", schob ich hinterher, griff erneut zum Glas und sah den Mann an.

„Nun, ich habe das unverschämte Glück, Glückskekse zu betexten und dafür bezahlt zu werden. Willst du einen?" Wieder wühlte er in seinem Mantel, zum Vorschein kam die Tüte, aus der er sich bereits auf der Bank am Fluss bedient hatte.

Ich bedankte mich und nahm einen. Der Spruch darin war nicht der Rede wert, ich habe ihn vergessen. Eingeprägt haben sich andere Dinge, die an diesem schwülen Nachmittag geschahen. Bemerkenswert, hätte Nora angefügt.

Und das kam so.

Der Glückspoet und ich verstanden uns auf Anhieb recht gut. Wir konnten leicht miteinander reden. Beflügelt durch meinen im Lauf der Reise gefassten Vorsatz, Begegnungen und die daraus resultierenden Gespräche nicht per se zu vermeiden, beflügelt vielleicht auch durch den süffigen Weißwein, übte ich mich im verbalen Geben und Nehmen. Mein Sitznachbar erzählte mit großer Begeisterung, wie er sich als freier Autor ungebunden durchs Leben schlug (mal so, mal so), warum er sich als moderner Vagabund gut aufgestellt sah für die Herausforderungen des nahenden Jahrtausendwechsels (flexibel bleiben) und irgendwas mit Toleranz, das ich nicht auf Anhieb verstand („Bi ist besser"). Er schien mir ein sehr haptischer Mensch zu sein. Immer wieder packte er mich freudig am Unterarm, wenn ich nickte oder neugierige Nachfragen stellte.

Es gibt ja so Leute, die müssen immer auf Tuchfühlung gehen, es gehört zu ihrer Art zu kommunizieren. Tante Regine war auch so eine. Ich kann mich an kein Gespräch mit ihr erinnern, in dessen Verlauf mir die zu jeder Gelegenheit äußerst schick gekleidete Cousine meiner Mutter nicht mit ihren goldberingten Fingern im Gesicht oder in den Haaren herummachte.

Der Glückspoet war da viel dezenter. Und mir waren die flüchtigen Berührungen keineswegs unangenehm, ich fühlte mich wohl, und irgendwie brachte mich die Art des Fremden, sanft und souverän zugleich, dazu, mich ebenfalls ein Stück weiter zu öffnen. So ließ ich ihn teilhaben an meiner Schwärmerei für Madonna und erzählte von meinem Außenseiterdasein auf dem Land. An die Begegnung vor ein paar Stunden auf der Bank am Fluss erinnerte er sich schmunzelnd.

„Zufälle gibt's nicht", sagte er.

Als ich ihn daraufhin auf den Wadlzwick und meinen Krankenhausaufenthalt in Schwabing ansprechen wollte, wurde unser Gespräch jäh unterbrochen.

Ob es an den aufziehenden Gewitterwolken und der drückenden Luft lag, dass auch die Stimmung auf dem Fest kippte, kann ich nicht sagen. Jedenfalls entwickelte sich mein Aschaffenburg-Besuch potzblitz zu einem zwischenmenschlichen Donnergrollen. Es begann mit den drei Studenten, die sich irgendwann an unseren Tisch gesetzt hatten und, bereits deutlich angetrunken, näher rückten. Sie trugen schlecht sitzende und völlig deplatzierte Jacketts zu ihren Leinenhosen, stießen immer wieder auf ihre Burschenschaft an und waren offensichtlich auf Krawall gebürstet. „Sag mal", fing einer von ihnen an und deutete auf meinen Glückspoeten, „dich kenn ich doch ..." Schon ging es los. Alle drei nannten den Mann im Holzfällerhemd abwechselnd „Zerstörer“ und „Entarteter“ und warnten mich lallend, vor „dem da“ solle ich mich in Acht nehmen. „Der da“ hätte die Hochzeit irgendeiner Schwester zerstört, „den da“ müsse man einbuchten.

Mir ging das alles zu schnell.

Ein Orkan aus Worten fegte über uns, über den ruhigen Löwen und mich hinweg und ich war beeindruckt, wie gelassen er blieb, wie wenig er sagte, und wenn, dann waren es freundliche Sätze ohne Furcht, die er dem trinkenden Trio entgegensetzte. „Er ist alt genug.“ – „Er war nicht glücklich.“ – „Dazu gehören immer noch zwei.“

Ich ahnte die Hintergründe nur, aber hier braute sich etwas zusammen. Einerseits fühlte ich mich unwohl und wollte gehen. Andererseits tat mir der so rüde Angegriffene leid, ich konnte ihn nicht im Stich lassen. Also blieb ich sitzen, hielt aber die Klappe und konzentrierte mich auf meinen Wein, den ich viel zu schnell trank.

„Besser, ihr geht jetzt“, sagte der Mann im Holzfällerhemd irgendwann.

Doch für die drei Burschenschaftler war das eine Einladung zu bleiben. „Ach, und wenn nicht?“, erwiderte der eine. „Streichelst du mich dann, bis ich abhaue? Das kannst du grob vergessen, du Schwuchtel, vorher hack ich dir die Griffel ab!“

Ich begriff endgültig.

Madonnas Stimme in mir erwachte und rief auf zum Widerstand gegen sexuelle Diskriminierung und gefährliches Hinterwäldlertum. Andererseits musste ich an Nora denken und mein offenkundig falsches Eingreifen in einen Konflikt, der nicht der meine war. Mir schwirrte der Kopf. In meiner Unsicherheit sagte ich: „Auch ich würde vorziehen, wenn ihr jetzt geht.“

Den Rest kann man sich denken.

Erste Gläser kippten um, bald saß keiner mehr von uns auf den Bänken. Ich wich ein paar Schritte zurück und sah, wie der Glückspoet einen Hieb in den Magen bekam, während ihn die anderen beiden festhielten. Am Boden knackten und knirschten die Reste seiner Kekse. Intuitiv näherte ich mich dem Angreifer von hinten und zerrte an seinen Schultern. Er kam mir nicht sonderlich stark vor, aber es gelang ihm, mich abzuschütteln. Ich stolperte rückwärts, stürzte und fing mich ungelenk mit beiden Händen ab. Der Glückspoet nutzte die Gunst des Moments, um sich zu befreien. Er hielt die zwei passiveren Studenten auf Distanz und sah nach mir. Als der Prügler gerade auf mich losgehen wollte, stellte er sich vor mich und drohte ihm. Er solle mich in Ruhe lassen und sich verpissen.

Dann fing es an in Strömen zu regnen.

Meine Handballen bluteten. Die Menschen um uns herum glotzten. Die Studenten zogen ab.

Hier verschwimmen meine Erinnerungen.

Ich meine, es ist echt lange her und der Schock und der Rausch sind ausgefuchste Profis im Verschleiern von Tatsachen. Bruchstückhaft habe ich noch vor Augen, wie das Trio beim Abziehen auf meine Bonanza eintrat, die ich neben dem Festplatz abgestellt hatte, wie wir zu Fuß vor dem Sommergewitter flüchteten und in einem Heustadel landeten.

Als ich aufwachte, wahrscheinlich von der hereinblitzenden Sonne geweckt, lag ich auf dem Rücken auf einer aus Stroh geformten Insel neben einem alten blauen Bulldog und einer schwarzen Harley. Deren Chromteile reflektierten die Sonnenstrahlen, und ich musste an meine Köpfung im Wald denken.

Mein Herz pochte schnell. Ich richtete mich auf. Meine Hände waren mit einem dünnen Verband eingewickelt, Schmerzen hatte ich keine. Ich trug die Sachen von gestern und auch mein Rucksack war noch da. Erleichtert gähnte ich mir den Schlaf aus dem Leib, als mein Blick auf das Scheunentor fiel. Im Spalt erkannte ich das Muster des Holzfällerhemds.

„Warte!“ Meine Stimme war brüchig, ich räusperte mich. „Warte doch. Wo gehst du hin?“

Keine Reaktion.

„Warst du mal in München?“, rief ich lauter. „Wie heißt du?“

Im Spalt tauchte der Kopf des Glückspoeten auf, der mir im Gegenlicht der Morgensonne wie ein Heiliger samt Schein erschien. Ein Scheinheiliger. Er drehte sich um und sagte: „Schwabing hat mich verändert, Schwabing verändert alles."

Das Tor des Stadels quietschte. Als es langsam zufiel und das alte Schloss verzögert schnappte, klang das wie „Wadlzwick".

KASSETTENWECHSEL

Es gibt Menschen, die interpretieren viel zu viel hinein. Ständig und überall. Eine Seuche der Menschheit. In meiner Gruppe, die den bürokratischen Namen „Nordeuropa MCMXCIII, Abt. DBY“ trägt, scheint diese Spezies besonders verbreitet zu sein.

Mein demoliertes Mofa als Symbol für einen zerstörten Traum heranzuziehen, geht meiner Meinung nach zu weit. Die haben doch alle keine Ahnung!

Nun stimmte es zwar, dass mich die Bonanza nach der Begegnung mit den Burschenschaftlern keinen einzigen Meter mehr in Richtung Amerika trug. Richtig war auch, dass mein Flugzeug in weniger als vierundzwanzig Stunden von der Rollbahn abheben sollte.

Aber dass es weitere Komplikationen auf meinem Weg in Madonnas Herz geben würde, hatte andere Gründe.

Als ich nach einer unspektakulären Etappe per Anhalter (ich frage mich bis heute, woher ich den Mut nahm) und einer ebenso unspektakulären Nacht in einem gesichtslosen Motel in der Nähe von Frankfurt den Flughafen betrat, war ich noch guter Dinge. Ich hatte es tatsächlich geschafft, rechtzeitig am Knotenpunkt der Fernwehträume zu erscheinen. Egal wie, es war mir gelungen, und darauf war ich einen schlechten Kaffee lang ziemlich stolz.

Über mögliche Antworten auf die Frage, was Papa wohl dazu sagen würde, dass seine einst geliebte Garelli irgendwo in Aschaffenburg vor sich hin rostete, dachte ich nicht nach. Mein Ziel war größer als ein Haufen Chrom und Blech.

Und dann kam sowieso alles anders.

Ich hätte schon beim ersten Mal skeptisch werden müssen. Aber meinen vollständigen Namen mehrmals durch die Lautsprecheranlage des Wartebereichs knarzen zu hören, war eine surreale Erfahrung. Zumal mich seit Wochen niemand mehr

„Eduard“ genannt hatte. Mein erster Gedanke kreiste um Oma Elfie.

Ich wurde also ausgerufen und gebeten, mich zum Service-Schalter in der Nähe meines Gates zu begeben. Eingecheckt hatte ich bereits, meinen Rucksack trug ich als überdimensioniertes Handgepäck weiterhin bei mir. Gegen das flaue Gefühl im Magen war ich machtlos, meine Eltern spukten durch meinen Kopf, denen ich jede List zutraute, mich kurz vor knapp noch einzufangen.

Ich spielte lange mit dem Gedanken, die freundliche Aufforderung der hessischen Männerstimme ebenso freundlich zu ignorieren. Doch das Pflichtbewusstsein war stärker.

Als ich mich dem Schalter näherte, stand da eine junge Frau und redete mit dem Flughafenangestellten. Sie trug Jeans und T-Shirt, war schlank und mittelgroß. Das Auffälligste an ihr war der kurz geschorene Hinterkopf, der nach oben hin von lockigen dunklen Haaren bedeckt war. Eine interessante Frisur, über die ich aber nicht weiter nachdachte, denn in diesem Moment drehte sie sich um und die Erde schien stillzustehen.

Marijana.

Noch nie in meinem ganzen Leben war ich so perplex. Noch nie so überfordert.

Jeder Satz, der sich anbahnte, entwickelte sich augenblicklich zum verbalen Rohrkrepierer. Zu viele Gedanken auf einmal, zu wenige, die Sinn ergaben. Warum war sie hier? Warum war SIE hier? Wohin waren ihre Korkenzieherhaare verschwunden, und wieso sah sie trotzdem so gut aus?

Ich beobachtete, wie sich ihr Mund zu einem vorsichtigen Lächeln verschob. Ihr „Hallo“ war die ältere Schwester von dem „Hallo“, mit dem sie im Lager der ausrangierten Bücher in mein Leben getreten war.

Vor einer gefühlten Ewigkeit.

Vor einer gefühlten Ewigkeit hoch zwei.

Überhaupt kam mir das Korkenziehermädchen a.D. so unfassbar erwachsen vor. Wie es unbeirrt mit dem Mitarbeiter gesprochen und gestikuliert hatte, wie es meinen Blick gesucht und gehalten hatte, das war alles sehr beeindruckend. Ich fühlte mich klein und bedeutend zugleich. Unsicher und wohl. Wütend und froh. So musste sich eine Flipperkugel fühlen, während sie von einem überambitionierten Akteur durch das Spiel seines Lebens geschossen wurde.

„Hallo", sagte ich und etwas Mächtiges in mir wollte sie umarmen. Dann musste ich an ihren Abschiedsbrief denken und stoppte noch in der Bewegung. Stattdessen schnellten meine Hände nach vorn, zuerst die linke, dann die rechte. Fast wie ein Roboter.

„Du willst mir jetzt aber nicht die Hand geben, noch dazu die falsche."

„Wenn sich die Innenseiten nicht berühren, ist es dann ein gültiger Handschlag?", zitierte ich uns selbst.

Wir grinsten uns an und umarmten uns. Ich zaghaft, sie beherzt. Es fühlte sich gut an. Und es tat weh.

„Was machst du hier?", fragte ich, als wir uns erneut in die Augen sahen. „Ist dein Freund auch da? Steht er auf Kurzhaarschnitte?" Ich redete viel zu schnell.

„Nein, du Idiot, ist er nicht. Und mit meiner neuen Frisur hat er überhaupt nichts zu tun. Komm, lass uns reden, ich muss dir was erzählen."

„Wenn es schnell geht, das Boarding hat schon begonnen. Ich hab dir doch geschrieben, dass ..."

„Ich weiß, ich weiß", unterbrach sie mich. „Aber glaub mir, ich wäre nicht hier, wenn es nicht wichtiger wäre als die Queen herself."

Ich runzelte die Stirn. Die Anglizismen in Marijanas Sprache waren neu.

Noch in Gedanken darüber, ob ich diese linguistische Entwicklung gut oder weniger gut finden sollte, wurde ich von ihr zu einer dieser drahtigen Wartebänke gezerrt. Wir setzen uns und Marijana kam sofort zum Punkt. Vorgestern hatte sie einen Anruf meiner Mutter bekommen, erzählte sie mir in ihrem klaren Hochdeutsch, ein formvollendetes Hochdeutsch, das ich viel zu selten gehört hatte in all den Jahren, und dann nur am Telefon.

„Ach, komm“, entfuhr es mir, doch Marijana sprach ohne Umschweife weiter. Sie berichtete, wie sich meine Mutter am Telefon zunächst umständlich vorgestellt und dann sorgenvoll meine Großmutter ins Spiel gebracht hatte. Dass es ihr zunehmend schlechter ginge, sie immer mehr Dinge vergesse und bald wohl nicht mehr für sich alleine würde sorgen können. Und dann sei ich noch spurlos verschwunden.

Ich suchte Marijanas Blick. Zorn und Angst teilten sich die Hauptrolle im Theaterstück meiner Gefühlswelt. „Oma Elfie!“, murmelte ich starr vor mich hin. „Wie schlimm ist es?“

„Die Demenz schreitet voran. Sehr plötzlich, sehr schnell. So hat sich jedenfalls deine Mum ausgedrückt. Sie klang sehr bedrückt.“

„Das sieht ihr ähnlich! Das ist doch emotionale Erpressung!“ Ich schlug mit der rechten Faust auf die Lehne der Wartebank.

Marijana zuckte zusammen. Sogleich versicherte sie mir mehrmals, dass sie mich nicht verpfiffen, sondern die Unwissende gespielt habe. Denn was nur wir beide wussten wie treue Komplizen: In meinem letzten Brief hatte ich Marijana von meinen Amerika-Plänen erzählt, sogar das Datum meines Flugs hatte ich notiert und mehrfach unterstrichen. Zwar hatte ich Mitwisser jeder Art ausschließen wollen, und rund um das Dorf am Wald war mir das auch einwandfrei gelungen, aber mein großes Abenteuer mit Madonna, das wollte ich dem Korkenziehermädchen, das nicht mehr mein Korkenziehermädchen war, dann doch unter die hübsche Nase reiben.

„Ehrlich“, beteuerte Marijana, „ich habe nichts verraten, ich bin auf eigene Faust zum Flughafen gefahren.“ Sie sah traurig aus und faltete die Hände auf ihren Beinen.

„Wie ist es ihnen nur gelungen, dich zu kontaktieren?“, sponn ich meine Gedanken weiter. „Wehe, die waren in meinem Zimmer!“

„Das habe ich sie natürlich auch gefragt“, Marijana legte nun ihre Hand auf meine. Die kleinen dunklen Härchen an ihren Armen kamen mir vor wie gute Bekannte. „Deine Mum hat einen Brief von mir erwähnt oder vielmehr einen Teil eines

Briefs, der sich in der Dachrinne eures Hauses verfangen hatte?" Ihr Blick war voller Fragen.

Ich spürte den Schmerz von damals in meinem linken Fuß, als das Wort Dachrinne fiel. Da ich wusste, wie oft und penibel Papa dort oben sauber machte, in der Regel dann, wenn ihn Sorgen quälten – er war der Typ Mann, der Probleme bevorzugt mit sich selbst ausmachte, welch Wunder –, erschien mir die Geschichte plausibel. Marijana verwendete ausschließlich Briefpapier, das am Rand ihren Namen und ihre Anschrift trug. Es konnte also gut sein, dass ausgerechnet jener tränengetränkte Schnipsel vom Dorf-am-Wald-Wind beiseitegelegt worden war, der Hinweise auf eine Verfasserin enthielt, die mich besser zu kennen schien als meine Eltern.

„Bemerkenswert!" Mehr fiel mir nicht dazu ein.

„Was wirst du jetzt tun, Eddie? Deine Mum klang wirklich sehr besorgt, auch wenn ich nicht alles verstanden habe. Ihr Bairisch wurde immer breiter, je aufgeregter sie wurde. Und sie war am Schluss sehr aufgeregt."

Mein Lächeln verschwand schneller als die abgewickelten Flüge ganz oben auf der riesigen Anzeigentafel. „Ich weiß es nicht. Ich weiß es ehrlich nicht." Und nach einer Pause: „Es ist so schön, dich zu sehen! Nach all den Jahren!"

„Total!" Ihr Brustkorb hob und senkte sich rhythmisch. Dabei fiel mir auf, dass sie ihre Silberkette mit dem Kreuz daran nicht mehr trug. War sie vom Glauben abgefallen?

Diese Frage zunächst ignorierend, sagte ich: „Weißt du was? Ich glaube meinen Eltern nicht. So ein geistiger Verfall geht doch nicht von heute auf morgen! Ich rufe jetzt Oma Elfie an."

Marijana nickte, langsam und verständnisvoll. „Geh schon, ich pass so lang auf deine Sachen auf. Los!"

„Geh, du Schmarrer, wie soll's mir schon gehen? Wie immer geht's mir. Und dem Willi auch."

„Aber Oma, wie ich höre, wird der Nebel dichter."

„Wer hat Gicht? Ich versteh dich nur ganz schlecht. Dabei sind Ferngespräche doch so teuer!"

„Dreh doch die Musik etwas leiser, dann verstehst du mich besser."

„Gell, du hast ‚Fang das Licht' auch so gern."

„Ja, Oma, aber nicht so laut."

Verdutzt starrte ich auf den silbergrauen Telefonautomaten an der Wand, dann auf den Hörer in meiner Hand, der an einem in sich verdrehten Kabel hing. Oma Elfie hatte aufgelegt, sehr wahrscheinlich nicht mit Absicht.

Es tat gut, ihre Stimme zu hören, an ihrer unfreiwilligen Komik teilzuhaben. Doch das mulmige Gefühl blieb.

Also wählte ich die vierstellige Nummer nach der fünfstelligen Vorwahl noch einmal. Ich konnte sie auch deshalb auswendig, weil sie dreimal die Ziffer Drei enthielt, dazu die Sieben. Ein eingängiger Rhythmus beim Spiel mit der Wählscheibe.

„Eduard? Bist du da? Du warst weg!"

„Weil du aufgelegt hast. Aber jetzt ist es besser, ganz ohne Musik."

„Schad drum! Der Karel singt wie ein Zeiserl."

„Sicher tut er das, Oma. Aber sag, wie geht es dir? Was ist denn nun mit dem Nebel?"

„Nebel, ha, so haben wir es immer genannt."

„Genau, du erinnerst dich! Ist es schlimmer geworden? Mama meint ja."

„Deine Mutter übertreibt mal wieder schamlos. Ich hab ihr nicht verraten, dass du nach Italien zu dieser Sängerin gefahren bist. Hast du sie gefunden? Wenn es den Willi nicht gegeben hätt, weiß Gott, was der Karel und ich ..."

„Oma!"

„Die goldene Stimme von Prag! Nach Prag wollt ich immer mal. Kennst du Prag, Eduard?"

„Leider nein."

„Der Willi sagt, Prag ist eine blendende Schönheit. Er kommt ja so viel rum. Wir gehen nachher noch spazieren, und Schneeguttis müssen wir auch noch machen. O Jeckerl, na! So viel zu tun."

„Aber Oma, es ist Sommer. Es hat dreißig Grad!“

„Geh, geh, jetzt ärgerst mich aber, Bub! Ich hab dich nicht verraten, ich hab dich nicht verraten!“

„Das weiß ich doch, Oma, und das ist sehr, sehr nett von dir. Aber sag ...“

„Die Ilse hat erzählt, der Rudi kommt nimmer mehr. Nimmer wieder! Arme Ilse, so eine fesche Frau. Sogar die Soldaten haben sich nach ihr umgedreht, mei, diese Mannsbilder! Dabei hat sie immer nur Augen für den Rudi g’habt, obwohl der doch schon als kleiner Bub diese Narbe mitten im Gesicht ... gar nicht schön. Warst du schon mal in Prag, Bub?“

„Nein, Oma.“

„Eine Schönheit ist diese Stadt, eine blendende Schönheit. Schaust sie dir halt mal an.“

„Mach ich, Oma.“

„Vielleicht kommt ja deine Sängerin mit. Mag sie denn Eierlikör? Machst fei kein Blödsinn, gell?“

„Nein, Oma, bestimmt nicht.“

„Der Willi und ich, wir waren ja auch mal jung.“

„Mmh.“

„Die Renate war vorhin da. Ganz schön neugierig ist sie g’worden, und der Doktor Korn auch. Immer diese Fragerei. Aber ich hab dich nicht verraten!“

„Danke, Oma, du bist die Beste.“

„Früher war’s schöner.“

„Wenn du das sagst, Oma.“

„Kommt ja nix mehr, was soll denn noch kommen? Passt du mir auf den Willi auf, wenn ich mal nimmer bin, versprichst du mir das?“

„Aber Oma, sag so was nicht!“

„Nebel haben wir immer g’sagt.“

„Ja, Oma.“

„Der Nebel holt mich.“

„Oma!“

„Hoffentlich find ich den Willi!“

„Mmh.“

„Lässt dich halt bald mal wieder anschauen, Eddie, hörst du? Und dann tanzt du für mich."

„Ja, Oma, versprochen!"

„Bist ein braver Junge, Bub!"

„Danke, Oma."

„Jessasmariajosef, das Reisfleisch!"

„Oma? Ist dir was angebrannt? Hallo?"

Als ich zu Marijana zurückkehrte, war ich den Tränen nah. Sie umarmte mich und hielt mich eine Weile fest. „Ist wohl nicht so gut gelaufen, was?"

Ich schüttelte den Kopf. Die Situation kam mir surreal vor. Vor wenigen Stunden war ich voller Pläne und ohne größere Sorgen in einem hellgrau gestrichenen Motelzimmer mit Blick auf den Frankfurter Flughafen aufgewacht, jetzt berichtete ich meiner langjährigen Brieffreundin von der wirren Welt der Elfriede Ziegenfuß im Dorf am großen Wald.

„Hast du das Gefühl, ihr geht es akut schlecht?"

„Ich weiß es nicht. Ein bisschen war sie wie immer. Aber dann auch wieder nicht. Sie hat noch nie gesagt, ich soll mich um den Willi kümmern, wenn sie mal nicht mehr ist."

„Wer ist Willi?"

„Ihr nie aus dem Krieg zurückgekehrter Mann."

„Oh!" Marijana setze sich und ich tat es ihr gleich.

Ein paar Momente schwiegen wir.

„Sie hat mich Eddie genannt."

Marijana sah mich fragend an.

„Ich weiß, das klingt schräg. Normalerweise wählen die Menschen Originalnamen, wenn sie ernst werden, und Spitznamen, wenn alles normal ist. Bei Oma Elfie ist es umgekehrt." Das Ausnahme-Eddie machte mich immer noch stutzig.

„Glaubst du, dass es ernst ist?"

„Naja, sie ist eine demente alte Frau. Wer weiß, wie lange sie sich noch an irgendetwas erinnern kann. Meine Mutter hat sicher übertrieben, und gewiss steckt Kalkül dahinter. Aber der Abbau ist enorm."

Bevor Marijana etwas sagen konnte, wurden wir durch die bekannte Lautsprecherstimme unterbrochen. Als hätte uns der Flughafenmitarbeiter belauscht, war es mir durch ihn vergönnt, meinen vollständigen Geburtsnamen zu vernehmen, den mir Oma Elfie zuletzt vorenthalten hatte. Ich möge mich sofort zu dem mir zugewiesenen Gate begeben, meine Maschine sei bereit für den Start. Den Start in meinen Traum oder den Start in meinen Albtraum, fragte ich mich, während ich wie paralysiert die Wiederholung des Aufrufs über mich ergehen ließ.

„Scheiße", kommentierte Marijana.

„Du sagst es", pflichtete ich ihr bei.

Nie wieder in meinem Leben sollte ich eine derart bahnbrechende Entscheidung innerhalb so weniger Sekunden treffen wie an diesem Vormittag in Frankfurt.

Mit viel Abstand frage ich mich, ob es nicht generell die besseren Entscheidungen sind, die eben nicht tagelang reifen dürfen, sondern aus dem Bauch heraus getroffen werden müssen. Und die zweifelhafte Option, „erst einmal darüber zu schlafen", habe ich, ehrlich gesagt, nie verstanden. Welche hilfreichen Impulse sollen einem denn ausgerechnet im Schlaf einschießen außer Träume, die sowieso nichts mit der Entscheidung zu tun haben?

Eine Schweißperle kullerte über meine Stirn und verfing sich in meiner linken Augenbraue.

Hilfesuchend sah ich Marijana an. „Was soll ich nur tun? Ich würde es mir nie verzeihen, wenn Oma Elfie ..." Ich kam ins Stocken und Marijanas Hände griffen nach meinen. „Die Vorstellung, dass sie auch mich vergisst, ist unerträglich!"

„Dann verschieb doch dein Date mit der Queen. Sie wird dafür Verständnis haben, denn sie ist die coolste Person auf diesem Planeten!"

„Aber ich kann doch nicht ..." Mir fehlten die Worte.

Aus den Lautsprechern tönte es: „Letzter Aufruf!"

Regungslos blickte ich auf die Anzeigentafel, wo mein Flug verschwand, als hätte es ihn nie gegeben.

Da wurde er weggeblättert, mein Traum. Einfach so.

Ich ließ es geschehen.

Ich sackte auf der Wartebank zusammen und vergrub mein Gesicht in meinen Händen.

Jessasmaria, ich war der größte Loser diesseits des Atlantiks. Durch meinen Kopf schossen Bilder von Nora, den Schwimmerinnen und den Ministranten. Ihnen allen gegenüber hatte ich mit meinem Amerika-Trip geprahlt.

Marijanas Hand strich mir über den Oberarm. „Es ist zum Kotzen, Eddie, aber es ist die richtige Entscheidung."

Ich seufzte.

Zum ersten Mal spürte ich jene magnetische Kraft des Ortes der Kindheit, die einen immer wieder zurückholt, ob man will oder nicht. Mit brüchiger Stimme sagte ich: „Irgendjemand hat einmal gesagt, du kriegst die Leute aus dem Dorf, aber nicht das Dorf aus den Leuten."

Marijana löste sich von mir. „Jetzt machst du aber ein großes Fass auf! Die Reise wird doch nur verschoben!" Ihre Stimme kam mir plötzlich so erwachsen vor. „Wirst du deine Eltern benachrichtigen?", fragte sie ganz pragmatisch.

„Auf keinen Fall!", sagte ich reflexartig. „Den Triumph gönne ich ihnen nicht. Ich weiß ja noch nicht mal, ob ich überhaupt nach Hause fahre."

„Aber dein Flug ..."

„Mein Flug, mein Flug, na und? Oma Elfie würde auch nicht fliegen! Fliegen ist doch nicht alles!" Beim Reden formten sich neue Gedanken, deren DNA aus Trotz und Groll zu bestehen schien und ein bisschen aus kleinem Wahnsinn. „Ich muss Oma Elfies Erinnerungen konservieren. Ich kann doch nicht mit leeren Händen zu ihr zurückkommen. Im Gegenteil: Ich muss ihre Leere füllen. Den Nebel beiseiteschieben mit lichten Momenten, mit dem Glanz der Vergangenheit!"

Marijana sah mich an, als wäre ich ein sprechendes Cabrio im Nieselregen bei Vollmond.

„Lichte Momente", murmelte ich vor mich hin. „Licht. Fang das Licht. Karel Gott. Oma Elfie. Bingo!"

„Du spinnst, Eddie!"

Ich packte Marijana an den Schultern und rüttelte an ihr, als wäre sie eingenickt. „Das ist es, ich weiß jetzt, was ich tun muss!"

„Soso, und was?"

„Ich muss für sie das Licht fangen!"

„Bitte? Drehst du jetzt komplett am Rad? Noch so einen Psychohammer wie bei meiner Mum pack ich echt nicht." Demonstrativ verschränkte sie ihre Arme.

„Nein, nein, Fang das Licht, das kennst du doch bestimmt! Kam vor ein paar Jahren heraus!"

Und dann fing ich an zu singen.

Bis dato hatten sich meine musischen Qualitäten ausschließlich auf das Akkordeon konzentriert. Weder bei den sonntäglichen Pflichtbesuchen im Gottesdienst noch bei Geburtstagsständchen noch bei den Hymnen der Fußball-WM hatte ich mich als großer Sänger empfohlen. Auch nicht als kleiner Sänger. Ich hatte mich stets verweigert. Der Stimmbruch, dieser unfreiwillige Oktavensturz, diese lästige Laune der Natur, spielte dabei keine Rolle. Ob kindlich piepsig oder männlich tief, ich sang schlicht nicht. Nicht einmal heimlich, nicht bei meinen Tanzübungen mit Madonna vor dem Spiegel, auch nicht unter der Dusche.

„Hey, das kenne ich sogar", sagte Marijana, als ich den Refrain jenes Liedes zum Besten gegeben hatte, mit dem Karel Gott an der Seite eines slowakischen Mädchens namens Darinka in den späten Achtzigern ein großer Hit gelungen war. „Ich finde es unerträglich pathetisch."

Ich lachte über so viel Ehrlichkeit. „Vorsicht, du legst dich mit dem Dreamteam des tschechischen Qualitätskitsches an, und damit meine ich nicht Gott und Darinka, sondern Oma Elfie und mich. Man könnte sagen, wir sind Verbündete im Prager Pathos." In dem Moment schoss etwas in mich. „Natürlich! Prag, ich muss nach Prag!"

„Eddie?"

„Wenn ich das Licht für sie fangen will, muss ich zur blendenden Schönheit. Sie wollte immer nach Prag. Karel Gott lebt in Prag. Jetzt wird ein Schuh daraus!", plapperte ich aufgewühlt vor mich hin, ins sterile Nichts der Wartehalle stierend.

„Was für ein Schuh? Ich versteh nur Bahnhof."

„Bahnhof ist ein gutes Stichwort. Meine Reisepläne haben sich geändert."

„Du willst wirklich nach Prag? Um dort was genau zu tun?"

Ich erklärte es ihr.

In mir hatte sich der Gedanke geformt, Karel Gott aufzuspüren. Es klang seltsam, aber es kam mir geradezu unvermeidbar schlüssig vor. Mein Herz blutete ob der verpassten Chance, Madonna meinen ersten Kuss zu schenken. Aber Oma Elfie hatte Vorrang.

Was dem einen seine Madonna, ist der anderen ihr Gott. Jeder braucht jemanden zum Anhimmeln.

Ein Schwindel überfiel mich ob des Tempos, in dem sich meine sommerlichen Vorhaben veränderten. So, als wäre man stundenlang auf das Meer zugeradelt, um dann doch kurz vor dem Strand in Richtung Berge abzudrehen, mit wildem Schwung und knirschenden Reifen.

Der Weg ist das Ziel?

Langweilig!

Der Umweg ist das Ziel.

Die Erkenntnis trieb mich an. Ich wusste, dass Karel Gott, der etwas über fünfzig sein musste, Konzerte in aller Welt gab, und es existierte diese Villa am Rande der großen Stadt Prag, von der mir Oma Elfie immer dann erzählte, wenn sie Willi vergaß und zum Träumerle wurde. Sonst aber wusste ich kaum etwas, das mir hilfreich sein könnte. Und doch. Es musste, nein, es würde mir gelingen, vor meiner Heimkehr etwas von Bedeutung für sie einzufangen. „Vielleicht einen musikalischen Gruß, ein Autogramm oder etwas Persönliches. Hauptsache, ich komme nicht mit leeren Händen nach Hause."

Marijana, die aufmerksam zugehört, währenddessen gierig eine Pepsi geleert und die Dose mit einer Hand zerdrückt hatte, sagte: „Und du glaubst, das bringt was? Sei mir nicht böse, Eddie, aber Demenz ist eine ernste Sache und so leicht lässt sich der Abbau sicher nicht stoppen."

„Glaubst du, ich weiß das nicht?"

Ich erhob mich von der Bank und ging langsam auf und ab. „Aber wenn ich nichts unternehme, würde ich mir das nie verzeihen. Die Zeit läuft gegen uns, schon vergessen? Wir brauchen Erinnerungsanker. Goldene Erinnerungsanker aus Prag. Und wenn sie schon der Nebel verschluckt, dann möchte ich ihr wenigstens ein Lächeln ins Gesicht zaubern. Ein Lächeln, das bleibt. Ein Lächeln im Untergang."

Marijana sagte nichts, sie sah mich einfach nur an.

„Du weißt doch, wie viel ihr Karel Gott bedeutet, das habe ich dir doch geschrieben", redete ich weiter. „Ich glaube wirklich, nein, ich bin überzeugt davon, dass ihr so eine Überraschung einen geistigen Kick verpassen könnte, eine Art Reset der Erinnerung. Zumindest für eine Weile. Und wer weiß, vielleicht kann ich Karel Gott überreden, im Dorf am großen Wald ein Konzert zu geben. Für Oma Elfie. Und von mir aus auch für alle anderen. Wir haben eine schöne Freilichtbühne in der Nähe des Viehgitters."

„Du Spinner!" Sie lächelte.

„Oder ich entführe ihn."

Marijanas Augen weiteten sich.

„Für den guten Zweck", faselte ich weiter.

„Klar, und dann hält ihn deine Oma in ihrem Vorratskeller gefangen und er muss jeden Tag für sie singen."

„Nackt!"

„Übertreib's nicht, Eddie!"

Ich grinste und setzte mich wieder. Um uns herum vertrieben sich die Reisenden die Wartezeit mit Zeitunglesen oder Gameboy-Spielen. „Was ich noch fragen wollte: Wie ist es dir eigentlich gelungen, dass sie mich über die Lautsprecheranlage ausgerufen haben? Ich meine, das machen die doch auch nicht einfach so. Ganz abgesehen davon, wie du es ohne Ticket zu den Gates geschafft hast."

Marijana zog ihre Beine an ihren Körper und mir fiel auf, wie gut sie proportioniert war. Sagte man das so? Jedenfalls schien bei ihr alles zusammenzupassen, die Länge der Beine zum

Oberkörper, die Kopfgröße zum Rest, die Augen zum Mund und so weiter. Bei mir dagegen Kuddelmuddel.

„Das bleibt mein Geheimnis“, sagte sie, „aber du weißt doch, ich krieg immer, was ich will.“ Sie zwinkerte mir zu, und jetzt staunte ich darüber, wie gut das Korkenziehermädchen a.D. ihre Mimik im Griff hatte. Ich war ein Mimikmonster, schon immer gewesen. Mir verrutschten ständig die Gesichtszüge, als wären irgendwelche Synapsen defekt. Als würde mein Gesicht viel zu spät über meinen emotionalen Gesamtzustand informiert, fröhlich oder traurig, verärgert oder überrascht.

„Schon beim ersten Mal hast du das Buch bekommen, das du gesucht hast.“

„‚Lady Punk‘, ganz genau! Dabei wolltest du mich gar nicht in dein Lager lassen, du Freak!“

„Anfangs nicht. Ich war ein Idiot, ein unfertiger Stoffel, wie wir bei uns sagen.“

Ihre Blicke glitten über mich und ich konnte nichts dagegen tun. „Der Stoffel hat sich gut entwickelt.“ Sie kniff mir spielerisch in den Bauch.

„Sehr witzig“, sagte ich, und dann, nach einer Pause, ohne jeglichen Ulk in der Stimme: „Es ist schön, dich zu sehen, Marijana, sehr schön sogar!“

Ich war verblüfft, wie leicht sich manche Sätze formten, wenn sie ehrlich gemeint waren.

„Das finde ich auch.“

Einen Moment zu lang sahen wir uns in die Augen.

Gespiegelter Pupillentanz.

„Was machst du jetzt?“, fragte ich. „Hast du Pläne für den Sommer? Dein Freund wartet doch sicher schon auf dich.“

Sie zuckte mit den Schultern und schaute ins Nichts. „Und wenn schon, ich bin ein freier Mensch und kann tun und lassen, was ich will. Madonna spirit, you know?“

„Yes yes“, sagte ich und kam mir blöd dabei vor.

„Mission erfüllt.“ Sie schwang sich hoch. „Hannover ruft!“

Ich wollte ihr so viel sagen, sie noch so viel fragen. Wie es ihrer Mutter ging, wie das Studium lief, was sie gerade las. Gleichzeitig fraß sich wieder dieser Schmerz durch meine Magenwand, der Schmerz der Abweisung, das von ihr gesetzte Ende.

Das Gift ihres Abschiedsbriefs, es wirkte nach.

Anders kann ich mir die Lähmung am Flughafen nicht erklären, die mich daran hinderte, ihr die simple Frage zu stellen, ob sie mich nicht begleiten wolle, im Zug, nach Prag.

Stattdessen sagte ich: „Pass auf dich auf, und danke, dass du gekommen bist."

„Und dich davon abgehalten habe, die Queen zu treffen?" Sie zwinkerte mir zu.

„Das werde ich dir nie verzeihen!"

„Wetten doch?"

Inzwischen stand auch ich, und zwar ihr gegenüber, und alles in mir fuhr Achterbahn. Diesmal umarmten wir uns ohne Zögern, viel zu lang und viel zu eng.

Und gingen getrennter Wege.

Nach ein paar Schritten drehte ich mich noch einmal um. „Marijana, warte!"

Sie stoppte sofort. Wir waren etwa zehn Meter voneinander entfernt.

„Heißt das, wir schreiben uns jetzt wieder?"

„Ja, das tun wir", sagte sie. „Wir schreiben."

Es mag an der Entfernung und meinen schlechten Augen hinter der verschmierten Brille gelegen haben, aber ich glaubte damals, so etwas wie Enttäuschung in ihrem Blick erkannt zu haben.

Wir zogen ab. Keiner von uns drehte sich noch einmal nach dem anderen um. Aber wie konnte ich mir da so sicher sein?

WIE DER TEUFEL ES WILL

Die Entscheidung, den Nachtzug zu nehmen, war mir leicht gefallen. Erstens erübrigte sich damit die Suche nach einem Quartier. Zweitens war der Gedanke, am Morgen anzukommen, wenn der Tag noch vor einem lag wie ein leeres Blatt Papier, belebend und herausfordernd zugleich.

Die Schönheit des Neustarts, das gefiel mir.

Und drittens schien mir der Schnellzug über Nürnberg, Schirnding und Pilsen schlicht eine gute, weil praktische Wahl zu sein. Ich musste nicht umsteigen oder für einen etwas schnelleren Intercity zunächst in eine andere Stadt fahren.

Man darf ja eines nicht vergessen: Fernzüge in den ehemaligen Ostblock waren Anfang der Neunziger bei Weitem nicht so selbstverständlich wie heute. Damals, im Sommer 1993, war die Tschechoslowakei erst seit Kurzem geteilt, „friedlich“, wie meine Geschichtslehrerin betonte, und ein bisschen mulmig war mir beim Einsteigen spät nachts durchaus. Offene Grenzen waren neu für jemanden wie mich, aufgewachsen mit Fernsehbildern endloser Autoschlangen von Land zu Land und Zollkontrollen, vollbracht von unlustigen Mützenmännern, die Schnauzbart trugen und einen Hauch Arroganz.

Den Nachmittag nach meiner Begegnung mit Marijana hatte ich damit verbracht, mir jedes einzelne ihrer Wörter in Erinnerung zu rufen. Hatte sie mich wirklich „Freak“ genannt und „Spinner“? Schwang da etwa leichte Bewunderung mit? Ob ihr meine Pläne imponiert hatten? Zwischendurch dachte ich an den Nebel, an Willi und an meine Mutter. Ihr Verhalten war die größte Motivation für mich, eben nicht nach Hause, sondern in die Tschechische Republik zu fahren. „Die Tschuschn“ hatten sie und Oma Elfie immer gesagt, mit langer Betonung auf dem u.

Da der Zug noch ziemlich leer war, entschied ich mich für einen Fensterplatz in Fahrtrichtung. Ich mochte das Gefühl beim Beobachten, wie die Landschaft auf einen zukommt, um dann im Rausch vorbeizufliegen. Die Pupillen rhythmisch in Bewegung, wie beim Lesen. Landschaftlesen, eine herrliche Beschäftigung.

In der Dunkelheit der hessischen Nacht funktionierte das natürlich nicht, weshalb ich zum Buch griff und las. Harry Mulischs „Die Entdeckung des Himmels“ faszinierte mich sehr, ich mochte Geschichten, die über das Irdische hinausreichen.

Warum ich dennoch nach wenigen Seiten eindöste, kann ich mir nur mit der emotionalen Totalüberforderung dieses Tages erklären.

In meinen zerrissenen Träumen war es ein Engel mit blauen Haaren, der mich huckepack nach Rom lupfte. Seine schwerfälligen Flügelschläge rüttelten mich rhythmisch durch. Sein Körper war weich wie Mehl, sein Rücken roch nach Leder. In einer versteckten Basilika in Trastevere musste ich mich unter den strengen Blicken von vier Nonnen zwischen Madonna und Gott entschieden, die hinter Goldtüren auf mich warteten, doch es gelang mir nicht. Mir fehlten die Worte, und alles, was ich zustande brachte, war ein lautloses Schreien.

„Eddie!"

Jemand zerrte an mir. Weder konnte ich erkennen, wer es war, noch half mir diese Störung bei der Entscheidung, die ich zu treffen hatte.

„Wach auf, du hast geträumt. Eddie!"

Als ich die Augen aufschlug, war mein erster Gedanke, ich müsse wohl träumen. Auf dem Platz neben mir saß weder ein Engel noch eine Nonne, sondern Marijana.

„Was ... warum ... du?"

Ich rieb mir den Schlaf aus den Augen. Schleichend kehrte das Bewusstsein zurück und mit ihm der Zug nach Prag. Das Rattern. Das flackernde Licht.

Das Korkenziehermädchen a.D. lächelte frech. „Jemand muss doch auf dich aufpassen."

Sprachlos starrte ich sie an.

Marijana war geistesgegenwärtiger. „In einem deiner Briefe hast du geschrieben, dass du lediglich eine feine Groborientierung hast. Für die Feinorientierung brauchst du Hilfe. Außerdem soll Prag wirklich schön sein."

Ich setzte mich aufrecht hin und drehte mich zu ihr, ihre Frisur sah aus der Nähe noch eigenwilliger aus als im stumpfen Licht des Flughafens. Die kleinen Stoppeln an der Seite bildeten ein Muster auf der Kopfhaut, dessen klare Ordnung nicht zu ihrem Leben passte, wie ich fand. Allmählich kam mein Gedankenkarussell wieder in Schwung. „Besser ich frage gar nicht, wie du das nun wieder angestellt hast."

„Du meinst, zu erraten, welchen Zug du nimmst?"

Ich nickte.

„Das war leicht. Ich weiß doch, wie du tickst. Du bist bequem, Eddie, also sparst du dir die Suche nach einem Schlafplatz."

Ich war beeindruckt, nur ihre zusammengekniffenen Augen machten mich skeptisch. „Es war Zufall, hab ich recht?"

„Sagen wir so", holte sie aus und präsentierte mir gestenreich ihre Handflächen, „es war der einzige Zug, den ich noch erreichen konnte, nachdem ich mich kurz vor Hannover umentschieden hatte." Ihre dunklen Augen blitzten durch die Schlitze. „Und frag jetzt nicht wieder nach Kris. Ich komme mit dir nach Prag, um Gott zu finden. Amen."

„Amen", wiederholte ich reflexartig und umarmte sie.

Mir fehlte das Kitzeln ihrer Locken an meinem Ohr, dafür kitzelte es in meinem Bauch.

So musste sich das erwachsene Leben anfühlen, dachte ich, während Marijana kurze Zeit später auf die Toilette verschwunden war. Voller Überraschungen, schmerzvoll und schön, vor allem aber: so kompliziert wie die Programmiersprache Assembler, der ich mich in den vergangenen Jahren mit mäßigem Erfolg gewidmet hatte. Aber im Unterschied zur Computerfrickelei war das Leben völlig unberechenbar und ich fragte mich, wohin mich dieses Abenteuer noch führen würde. Knapp eine Woche war ich nun unterwegs, die Tage fühlten sich an wie Monate.

Da an Schlaf sowieso nicht mehr zu denken war, wollte ich für Marijana hellwach sein. Wie sehr ich sie mochte, merkte ich daran, dass ich in ihrer Gegenwart kurzatmiger wurde, dass ich versuchte, tiefer zu klingen und lässiger zu tun, als ich war. Ich war leicht irritiert, dass auch Nora in meinen Erinnerungen herumspukte. Mein Magen krampfte, wenn ich an sie und unsere Stunden im Autowrack dachte. Schluss damit, viel lieber wollte ich mich fragen: Wie sollte ich weiter damit umgehen, dass das Korkenziehermädchen a.D. einen Freund hatte?

Es war bereits nach Mitternacht, irgendwo im stockdunklen Franken, als ich zwei Dosen Cherry Coke aus meinem Rucksack zog und versuchte, mich locker zu machen. Dabei entdeckte ich etwas, von dessen Existenz ich nichts gewusst hatte. Klein, vergleichsweise hart, bröselig. Der Glückspoet musste mir eine Überraschung zugeschoben haben. Ich nahm den Glückskeks, öffnete ihn und las, was auf dem Zettel stand: *„Der erste Kuss schmeckt süß, der letzte Kuss schmeckt salzig."*

„Hey, wieso bist du so rot?"

Ich zuckte zusammen.

Marijana warf sich in den Sitz mir gegenüber. Schnell wischte ich die Krümel beiseite und verräumte die Botschaft beiläufig in der Außentasche meines Rucksacks.

„Ah, verstehe", sagte sie und holte mit ihrem Blick meinen ab, um ihn zu einem Pärchen zu lenken, das ein paar Reihen weiter saß und knutschte. Ihre lustvolle nonverbale Kommunikation war deutlich zu hören, dennoch waren sie mir bis eben nicht aufgefallen. Ich drehte mich um und sah den beiden zu. Sie war deutlich jünger als er, beide waren schick gekleidet, so, als wären sie direkt aus dem Theater in den D-Zug gestiegen.

Ich beugte mich zu Marijana und flüsterte: „Glaubst du, sie ist seine Affäre?"

„Das wäre viel zu einfach! Du musst genauer hinsehen. Ich glaube", sagte Marijana und beugte sich ebenfalls ein Stück näher zu mir, „sie ist die reiche Tochter eines Frankfurter Börsenheinis. Dass es ihr an Geld nicht mangelt, siehst du an ihren Schuhen und ihrer Markentasche. Statt den von ihrem Daddy favorisierten Immobilienmakler zu heiraten, brennt sie lieber mit dem tschechisch-deutschen Uni-Professor durch, den sie im Erstsemester Kunstgeschichte kennengelernt hat und dessen Vorträge über die böhmische Malerschule des 14. Jahrhunderts sie so viel mehr faszinieren als das geldgeile Machogehabe des ihr seit ihrer Kindheit bekannten Vorbestimmten." Marijana holte Luft, ihre Augen blitzten im grellen Licht des Zugabteils.

„Du solltest Ermittlerin werden oder so etwas. Wo hast du das gelernt?"

„Pass auf, da geht noch mehr! Er hat eine langjährige Beziehung hinter sich, in der er sich zunehmend unwohl fühlte. Seine Ex interessierte sich nämlich überhaupt nicht für Kunst, und im Laufe der Jahre noch nicht einmal mehr für ihn. Sie blieben aus Bequemlichkeit viel zu lange zusammen. Einen kleinen Sohn aus erster Ehe hatte sie auch."

Ich staunte. Über Marijanas Fantasie und über die totale wie ästhetische Hingabe des Paares. „Er scheint auf jeden Fall viel nachzuholen zu haben."

Marijana wandte ihre volle Aufmerksamkeit wieder mir zu. „Und du, was ist mit dir?"

Ich sah sie an, mir wurde mulmig. „Was meinst du, was soll mit mir sein?"

„Eddie, was schon! Hast du schon mal so geküsst? Ich meine, so richtig, mit allem Drum und Dran."

Jetzt wurde ich weitflächig rot im Gesicht. „Vielleicht."

„Also nicht. Muss dir doch nicht peinlich sein."

„Aber ich war nah dran", sagte ich reflexartig, „sie war Schwimmerin aus Kiel, total hübsch und so."

„Selbstverständlich war sie das. Und warum kam es dann nicht zum Kuss?"

„Ich würde vorziehen, davon nicht näher zu berichten. Aber fürs Protokoll: Einen Kuss gab es durchaus!"

Marijana neigte ihren Kopf zur Seite und grinste.

„Außerdem soll meinen ersten richtigen Kuss Madonna bekommen."

„Ja, das hattest du geschrieben. Wird wohl noch eine Weile dauern, was?"

„Ich kann warten."

„Das glaub ich dir gern."

Kurzes Schweigen. Dort sanft lächelnd, hier betreten.

Natürlich wäre es an dieser Stelle nett gewesen, Marijana im Gegenzug auf Kris anzusprechen und ihren ersten Kuss. Aber dazu hatte ich keine Lust. Ich mochte diesen Typen nicht, und mit dem Korkenziehermädchen a.D. über uns zu reden, erzeugte genau jenes Gefühl des Allein-und-doch-nicht-Allein-

Seins, das sich schon damals im Lager der ausrangierten Bücher eingestellt hatte. Nur war da jetzt noch etwas anderes. Etwas Größeres. Etwas, mit dem ich mich erst vertraut machen musste.

„Sag mal", fragte ich stattdessen, „was hat dich eigentlich dazu bewogen, kurz vor Hannover umzudrehen?"

Marijana griff zu einer der Cola-Dosen und erkundigte sich bei mir, ob sie die trinken dürfe. Ich nickte, sie nahm ein paar große Schlucke und dann sagte sie: „Das, mein Freund, musst du selbst herausfinden."

In den folgenden Stunden sprachen wir über unverfängliche Dinge. Wir brachten uns gegenseitig auf den neuesten Stand. Sie erzählte mir von ihrem Uni-Alltag und dass sie nun immerhin wüsste, was sie nicht werden wollte: Psychologin.

„Die haben doch alle einen Schuss!"

Die Arbeit im Museumscafé dagegen gefalle ihr so gut, dass sie vielleicht „irgendwas mit Kunst" anstrebe. Nach ihrer Mutter fragte ich nicht, auch ihren Vater und seine wechselnden Liebschaften erwähnte sie von sich aus mit keinem Wort.

Im Wechsel berichtete ich ihr, was ich in den vergangenen Tagen erlebt hatte. Mehrmals musste sie laut auflachen, bei Nobbs zum Beispiel und auch bei Hubsi, dem Hirschen.

Müde waren wir nicht. Aufgeputscht durch die Freude über das überraschende Wiedersehen und ein bisschen auch durch den Zucker und das Koffein, hielten wir länger durch als das verliebte Pärchen in Reihe fünfzehn. Längst war sie an seiner Schulter eingeschlafen, woraufhin er zu einem Micky-Maus-Heft griff, las und glücklich dabei aussah. Marijanas vorauseilender Kommentar: „Na und? Auch Kunstprofessoren mögen Comics."

Ich musste schmunzeln und vergaß über allem die Sorgen, die ich mir seit dem Telefonat mit Oma Elfie machte. Die Entscheidung, meine Eltern weiterhin zu ignorieren, gab mir das Gefühl, ein Rebell zu sein, ein kleiner zumindest. Ein gutes Gefühl, um damit einzuschlafen. Marijanas Augen waren da bereits geschlossen. Wahrscheinlich träumte sie von Kris.

SCHICKSALSMELODIE

Die Betreuer sagen oft, es habe uns nicht zu kümmern. Staatenlenker kommen und gehen, ihr Einfluss ist begrenzt. Nichts von Dauer, nichts von Belang. Dennoch schnappen wir auf, was die Menschen da draußen reden. Manchmal kommen sie und flüstern es uns ins Ohr. Auch mir wurde in all den Jahren viel zugeflüstert von meinen Liebsten. Ich spüre dann den Hauch des normalen Lebens und mir wird warm ums Herz.

Zuletzt gab es nur ein Thema, einer von diesen möglichen Regierungswechseln. Madonna hatte sich massiv für die Wahl des Herausforderers stark gemacht. Umso euphorischer bejubelte sie dessen Sieg. Zum Beispiel mit einem ganz in Blau gehaltenen Video zur Remix-Version von „Burning up“, dazu schrieb sie: „Mein Siegestanz“. Madonna trägt Strapse, Lack und Leder und eine schief sitzende Mütze, und ich frage mich, ob dem abgewählten Ex-Präsidenten das Outfit gefallen würde. Oder dem Neuen.

Von schönen Ablenkungen wie diesen abgesehen, bin ich momentan ein wenig frustriert. Das Schreiben geht mir nicht mehr so leicht von der Hand wie am Anfang, das lange Warten macht mich mürbe. Doch sie bestehen darauf, dass ich weitermache. Die Memoiren seien eine gute Vorbereitung.

Worauf, das sagen sie nicht.

Aber ich habe da so eine Ahnung.

DIE TAUSEND TÜRME DEINER STADT

Meine Liebe zu Prag begann mit einem kleinen Missverständnis und einem großen Haufen Pferdemist.

Die Geschichte ging so.

Im und um den Bahnhof herum, ein schöner Bahnhof mit prächtiger Kuppelhalle, überall also war „Praha“ zu lesen, oft in

Großbuchstaben, und ich vermutete dahinter die tschechische Schreibweise der italienischen Luxusmarke Prada. „Wahnsinn, wie schnell der westliche Kapitalismus hier Fuß fasst“, dachte ich laut, woraufhin Marijana mich zunächst ansah wie ein Reh im Fernlicht, dann Nachfragen stellte, um sich schließlich vor Lachen zu krümmen. Dabei tappte sie taumelnd in einen Haufen leider recht frischer Pferdeäpfel, was ihrer guten Laune aber keinen Abbruch tat. Ich half ihr mit einem Dutzend Taschentüchern aus meinem Rucksack aus, währenddessen sie mir erklärte, dass Praha selbstverständlich die tschechische Schreibweise von Prag darstelle, also sozusagen das Gegenteil von Kapitalismus.

Es waren unbeschwerte Momente, die wir bei unserer Ankunft am späten Samstagmorgen erlebten, Momente voller Ahnungslosigkeit, Neugier und Vorfreude. Alles konnte passieren, nichts musste, alles war offen, nichts war vorgegeben, ein wunderbarer Gefühlsmix.

Bereits die Nacht im Zug war besser vergangen als gedacht, ich glaube tatsächlich ein paar Stunden geschlafen zu haben, unterbrochen lediglich durch die Passkontrolle in Grenznähe. Am Ziel ließen wir uns nicht hetzen. Wir waren die Letzten, die den Waggon verließen. Die Gelegenheit, mehr über das Liebespaar zu erfahren, über das Marijana so fantasievoll spekuliert hatte, hatten wir verpasst. Dafür waren wir gut erholt für den Tag, der da vor uns lag.

So ließen wir uns mitreißen vom Menschenstrom in Richtung Altstadt. Es fiel mir schwer, den Blick nach vorne zu richten, auf meine Mission im Irgendwo der Fremde. Zu faszinierend war alles im Jetzt, die vielen Türme, die links wie rechts aus dem Boden beziehungsweise den Gebäuden schossen, als versuchte man an jeder Ecke, den Draht zu Gott zu manifestieren. Ich erinnerte mich an den Beinamen „Goldene Stadt“ und im Sonnenlicht dieses heißen Augusttags bekam ich die Erklärung dafür eindrucksvoll vor Augen geführt. Die Strahlen ließen die Sandsteintürme golden schimmern und ich musste an Willis Worte denken, an die Oma Elfie am Telefon erinnert hatte.

„Prag ist eine blendende Schönheit." Wie klug er doch gewesen war, mein mir unbekannter Opa.

Vor einem der Türme blieben wir stehen, weil dort alle stehenblieben, um die Uhr aus dem 15. Jahrhundert zu bestaunen. Eine deutsche Reisegruppe, hörbar aus den neuen Bundesländern, unterhielt sich über die Lage von Sonne und Mond, worüber die astronomische Rathausuhr ebenso informierte wie über die Uhrzeit. „Ei verbibbsch!" Wir sahen uns an, kicherten und entfernten uns aus der sächsischen Enklave, die in der tschechischen Metropole wie ein Paralleluniversum hinterm Mond auf uns wirkte. Erst am Ufer der Moldau fühlten wir uns in Sicherheit. Wir hockten im Gras einer Parkanlage und blickten auf das dahinschwappende Wasser. Wir schwiegen in Wellen.

Irgendwann legte Marijana ihren Kopf auf meinen Bauch. Ihre Nähe gefiel mir, aber sie lähmte mich auch. Bevor ich ihr sagen konnte, wie toll ich es fand, dass sie mich hierher begleitete, geschweige denn den Mut fand, meine Hand auf ihren Arm zu legen, wo die feinen Härchen sich im Wind bogen, kam sie mir mit ihren Worten zuvor: „Dein Magen knurrt, wir sollten dringend frühstücken."

Nachdem wir uns in einem der vielen Cafés mit einem turmhohen Stapel Liwanzen gestärkt hatten – pfannkuchenartige Mehlspeisen, die nur Oma Elfie besser hinbekam –, schmiedeten wir Pläne. Die erste Abfuhr bekamen wir in einem Büro für Veranstaltungstickets. Ein Konzert mit Karel Gott sei in diesen Tagen nicht geplant, erklärte uns eine junge Mitarbeiterin, deren Deutschkenntnisse wie auch Dreadlocks bemerkenswert waren. Stattdessen würde sie uns einen Club-Gig von „Sick Of It All" empfehlen. Die Hardcore-Punk-Band aus den Staaten sei in Kürze in der Stadt und sowieso viel cooler als Karla Gotta. Wir lehnten dankend ab und versuchten unser Glück in mehreren Gaststätten, weil wir in einem Klatschblatt beim Frühstück gelesen hatten, dass Karel Gott zwar in Pilsen geboren, aber Prager Bürger durch und durch sei und gerne am Stadtleben teilnehme.

„Der Meister? Ja, der ist oft hier." Mit diesem Satz eines dickbäuchigen Schankwirts in Karohosen mit Hosenträgern kam

Zug in unsere Recherche. Wir saßen in einer dunkel vertäfelten Nische seines Speiselokals, tranken Cola und unterhielten uns mit Pavel, so hieß der Gastgeber, über den Mann, den wir suchten.

Pavel sprach Deutsch mit lustigem Akzent, sein Ch klang beinahe gegurgelt. Er war sehr gesprächig, was offensichtlich daran lag, dass ihm Marijana gut gefiel und er ein bisschen prahlen wollte. Er zwirbelte seinen gedrehten Schnurrbart und lächelte sie an. Die Geschichte mit meiner Großmutter schien ihn dagegen weniger zu interessieren. „Braver Junge", nuschelte er, ohne den Blick von Marijana zu lassen, „und so hübsche Freundin."

Pavel erzählte uns, nein, er erzählte ihr, dass Karel Gott der höflichste Mensch sei, den er kannte, „und immer gut gekleidet!"; er spiele seine Prominenz niemals aus, sei nie überheblich. „Wenn Laden voll, ist wieder gegangen. Obwohl ich angeboten habe, beste Tisch zu organisieren. Das ist Karla!" Leider konnte uns Pavel weder sagen, wann Gott hier wieder auftauchen würde, noch ob er sich in diesen Tagen in der Stadt befinde. „Aber Karla meistens da. Fährt nie in Urlaub." Das zumindest ermutigte uns.

Ob er denn wisse, wo der Sänger wohne, hakte Marijana nach, als Pavel sich schnaubend erhob, um an der Bar einen Kunden zu bedienen. „Ist privat, soll privat bleiben", sagte er nüchtern. „Aber Aussicht hat der, ein Traum!"

„Was denkst du, finden wir ihn?", fragte ich das Korkenziehermädchen a.D.

Wir saßen auf einer Bank an der Moldau und sahen über das Wasser auf die umliegenden Berge, die Prag zum Tal machten. Marijana kniff die Augen zusammen. „Irgendwo da oben könnte er sein. Vielleicht genießt er gerade seinen Ausblick und guckt in unsere Richtung."

„Schon komisch", sagte ich und versuchte umständlich, den Schneidersitz einzunehmen, wie Marijana es getan hatte. „Vor einer Woche war ich noch im Dorf am Wald. Ich war verrückt nach Madonna und sauer auf dich." Mein Blick suchte ihren.

„Und jetzt bist du verrückt nach mir und sauer auf Madonna, stimmt's?" Sie lächelte spitzmädchenhaft.

Ich staunte über Marijanas Schlagfertigkeit und entgegnete: „Das hättest du wohl gern! Madonna wird immer meine Nummer Eins bleiben, tut mir leid.“ Ich lächelte nun ebenfalls.

„Schau an, schau an! Als wir uns kennenlernten, wusstest du nicht mal, wie Madonna aussieht!“

Ich erinnerte mich an das rote T-Shirt, das Marijana in der Bücherei getragen hatte, und daran, wie mir ihre Kurven schon damals aufgefallen waren. Das Oberteil, in dem sie heute steckte, ein weißes mit bunter Batik-Optik, war weiter geschnitten. „Eins zu null für dich“, gab ich zu. „Aber Madonna hat mir nie einen Korb gegeben.“

Marijana drehte ihren Oberkörper zu mir. „Du willst wirklich dieses Gespräch führen? Was hätte ich denn tun sollen? Jemand musste dir verständlich machen, dass man nicht für ewig in Briefe, Bücher oder Computerspiele flüchten kann. Dass man ...“

„Das echte Leben, blablabla.“

Sie rempelte mich an. „Mach dich nicht lustig! Ohne meinen Abschiedsbrief säßen wir beide nicht hier, klar?“

„Ja, das stimmt.“

„Ehrlich, Eddie, Briefromantik reicht eben nicht. Mir nicht und dir auch nicht. Oder würdest du dieser Schwimmerin gerne Gedichte schreiben?“

„Ach, da war doch nix!“

„Ein Kuss ist immer was.“

„Bei dir und Kris auf jeden Fall!“

„Lass Kris da raus, der gehört jetzt nicht hierher.“ Sie schnippte einen Grashalm weg, mit dem sie die ganze Zeit herumgespielt hatte. „Wir beide sind jetzt hier. Wir beide, hier und jetzt!“

„Carpe diem!“, sagte ich langsam und laut, während ich den Zeigefinger nach oben reckte, um meinen Deutschlehrer zu imitieren.

„Ganz genau, du Spinner, und jetzt erzähl mir lieber etwas über dich, was ich noch nicht weiß. Unser Austausch hat mir gefehlt.“ Sie legte ihre Hand auf mein Knie, was sich schön anfühlte.

„Was willst du denn hören?"

„Egal, irgendwas, erzähl mir was!"

Ich stockte.

Das Problem, partout nicht zu wissen, was man sagen soll, ist eines, das im Laufe des Lebens nachlässt. Nicht immer zum Vorteil, wie ich finde. Denn die originär gute Eigenschaft, selbstbewusst Gedanken in Worte zu kleiden, führt bei allerlei Schlichtgeistern zu Sätzen und Inhalten, die kein Mensch braucht. Heute, in der Gruppe, fällt mir das Reden leichter. Damals, in Prag, war ich überfordert. Bis mir ein blaues, elegantes, breitflügeliges Insekt, das langsam an uns vorbeiflatterte, auf die Sprünge half.

„Also schön", begann ich, noch etwas holprig, „wusstest du, dass ich meine Existenz einem Schmetterling verdanke?"

Marijana legte ihre Stirn in Falten.

„Kein Joke! Ohne den Nonnenfalter wären sich meine Eltern höchstwahrscheinlich nie begegnet."

„Okay, das könnte jetzt romantisch werden. War es ein Picknick? Oder warte – dein Vater sammelte als junger Mann Schmetterlinge", kam Marijana sofort ins Fantasieren. „Er war auf der Jagd und ein besonders seltenes Exemplar führte ihn direkt zu deiner Mutter."

„Schön, aber falsch. Der Nonnenfalter war weder selten noch hübsch noch hat er irgendetwas mit Romantik zu schaffen. Der Nonnenfalter war der größte Schädling, mit dem es das Dorf am großen Wald je zu tun hatte."

„Ach, wie schade", machte Marijana. Ihr Mund war besonders hübsch, wenn die stark nach außen geschwungenen Lippen nach beendeten Sätzen, meistens kurzen, ein winziges Stück offen standen. Es raubte mir die Konzentration.

„Jetzt lass mich doch mal erzählen!"

„Bitte sehr, der Herr."

„Also."

„Schön."

„Also. Der Nonnenfalter kam über unser Dorf, das war Ende des letzten Jahrhunderts oder so. Er kam in Scharen und fiel über den großen Wald her. Der riesige Forst war natürlich ein gefundenes Fressen, denn die Biester ernähren sich hauptsächlich von Fichten- und Kiefernnadeln."

„Und was hat das mit deinen Eltern zu tun?"

„Du bist ganz schön ungeduldig! Wusstest du, dass das Nonnenweibchen bis zu dreihundert Eier legen kann? Dreihundert! Pro Weibchen!"

„Die Armen", sagte Marijana. „Mum erzählt mir immer nur Schauergeschichten von meiner Geburt, was ich ihr für große Schmerzen bereitet habe, stundenlang! Ich hab mir offenbar Zeit gelassen mit dem Schlüpfen."

Ich rückte meine Brille zurecht und sah sie an. „Es sind Eier, Marijana, Eier von Schmetterlingen."

„Richtig. Weiter!"

„Jedenfalls starben die von den Nonnenfaltern befallenen Bäume ab. Mehr als die Hälfte der Waldfläche wurde zerstört, eine Naturkatastrophe!" Ich erinnerte mich an die wenigen Geschichten, die mir Papa dazu ab und an erzählt hatte, und an sein häufig verwendetes „Himmisakra". Mit einem Schmunzeln fuhr ich fort. „So schlimm der Schaden auch war, unser Dorf hat davon profitiert. Denn um das Holz abzutransportieren und in einem Werk zu Eisenbahnschwellen weiterzuverarbeiten, wurden in kurzer Zeit viele Arbeiter benötigt. Das Dorf am großen Wald wuchs."

„Deshalb arbeitet dein Vater im Sägewerk, verstehe."

„Bingo! Die Familie meines Vaters schuftet seit Generationen in der Holzbranche."

„Glück für mich!"

„Wie meinst du das?"

„Na, auch ich habe von diesem Nonnenfalter profitiert beziehungsweise von der Holzbranche beziehungsweise von deinem Wissen, wie man einen Splitter fachmännisch entfernt." Sie lächelte mich an und unsere Hände glitten ineinander.

„Es war mir ein Vergnügen." Mein Herz klopfte einen Schlag schneller. Bildete ich mir das nur ein oder lag in ihrem Blick eine Versuchung? Einen Moment lang schien es so, als würden sich unsere Köpfe in Zeitlupengeschwindigkeit annähern.

Dann entzog sich Marijana und sagte: „Und du glaubst, ohne die Plage hätten deine Eltern nicht zusammengefunden? Ist etwas weit hergeholt, wenn du mich fragst." Sie rempelte mich an, jetzt wieder ganz freundschaftlich.

„So weit auch nicht", entgegnete ich entschlossen. „Mama und Papa haben sich im Dorf am Wald kennengelernt. Ausgerechnet dort, wohin es Oma Elfie mit ihrer kleinen Tochter nach dem Krieg verschlagen hatte. Jenes Dorf, in dem Papas Familie und er selbst wohl nur deshalb geblieben sind, weil es dort Arbeit gab. Papa ist ein Herumtreiber, sagt Mama immer, der hätte hier bestimmt keine Wurzeln geschlagen ohne diesen Holz-Boom. Glaubst du an Zufall? Für mich ist das Schicksal."

Marijana nickte. „Es sollte wohl so sein."

Ich reichte ihr einen Apfel, den ich aus meinem Rucksack gefischt hatte.

Bevor sie hineinbiss, fragte sie mich: „Was ich aber nicht verstehe: Wieso du in all den Jahren nur Negatives über das Dorf am Wald geschrieben hast. Für mich klingt das wenigstens nach einem Ort mit Charakter."

„Hm", machte ich, biss in meinen Apfel und kaute ebenfalls.

Ja, das Dorf am großen Wald war schlimm. Aber war es ausschließlich schlimm? Schöne Dinge hielten plötzlich Einzug in meine Erinnerung, zum Beispiel der Fußweg an Heilig Abend von der Kirche nach Hause. Mama, meine Geschwister und ich wählten Jahr für Jahr den längeren Weg durch die verwinkelten Gassen jenseits der Bundesstraße. Einerseits, das erfuhr ich freilich erst später, um Papa Zeit zu verschaffen, die Bescherung vorzubereiten. Andererseits, und das fragte ich mich in diesem Moment mit wehmütigem Bauchgrimmen, womöglich auch, weil wir es mochten? Mochten wir es, in die erleuchteten Fenster der Reihenhäuser zu blicken und zu rätseln, welche Geschenke unter dem Baum lagen und wie sie den Bewohnern wohl gefallen würden? Mochten wir es, den Rauch der Schornsteine zu riechen, den die bitterkalte Luft spazieren trug? Mochten wir es, die Melodie von „Stille Nacht" noch im Ohr, uns schweigend zu freuen, dass wir Weihnachten gemeinsam feierten, so sehr wir uns immer alle auf die Nerven gingen? Ja, wir mochten es. Und waren es nicht die Menschen im Dorf, die das Dorf am Wald zu dem machten, was es war? Zu diesen Menschen gehörte auch ich. Ich hätte etwas verändern können, etwas bewegen, die Dinge, die mich störten, anders gestalten können. Dafür hätte ich meine Komfortzone verlassen und mich auseinandersetzen müssen. Stattdessen zog ich es vor, die Flucht zu ergreifen, erst in Bücher und in Madonnas Musik, dann buchstäblich. Und jetzt saß ich hier. Mit Marijana.

„Eddie? Hallo?"

„Vielleicht hast du recht." Ich drehte mich zu ihr.

„Womit? Wo warst du in deinen Gedanken?"

„Vielleicht ist nicht alles schlecht im Dorf am Wald. Ich werde meine Eltern anrufen, bald."

„Find ich gut, ehrlich." Marijana sah mich lange an, ich konnte förmlich ihre Blicke über mein Gesicht wandern spüren.

„Was ist?"

„Die Bartstoppeln stehen dir wirklich gut, du siehst älter aus, reifer."

Ich schaute auf den Fluss und wurde rot. „Ach, komm. Das ist doch nur ..."

„Ein Flaum", fiel sie mir ins Wort, „ich weiß. Steht dir trotzdem gut." Nun waren es nicht mehr nur Blicke, die ich spürte. Ihre Finger strichen über meine Wange.

„Danke", murmelte ich kleinlaut, bevor ich die Verlegenheit mit Schweigen füllte.

Marijana nahm ihre Hand aus meinem Gesicht und sagte: „Zeigst du mir irgendwann deinen Teil des Dorfes, deine Straße, und dann stellst du mir alle vor? Ich will sehen, wo du herkommst, mit wem du aufgewachsen bist. Und dann mischen wir den Laden auf!"

Bei der Vorstellung, mit dem Korkenziehermädchen a.D. ins Dorf am Wald zurückzukehren, wurde mir seltsam zumute. Freudig, mulmig, ein Hauch von Naturkatastrophe. Aber vielleicht war es das, was ich tun musste, um meinen Frieden zu finden.

„Vielleicht“, sagte ich. „Erst einmal sollten wir uns aber hier einen Platz zum Schlafen suchen. Wir haben eine Aufgabe, schon vergessen?“

„Wie könnte ich Karla Gotta vergessen.“

Wir lächelten uns an. „Komm mit, wir suchen uns ein Hotel. Ich bezahle!“, sagte ich großspurig.

„Ein Doppelzimmer?“ Marijana sah mich herausfordernd an. Wahrscheinlich dachte sie, ich würde sofort und kategorisch verneinen.

„Warum nicht? Wir sind doch Komplizen!“

EINMAL UM DIE GANZE WELT

Als ich in jener Nacht endlich ein wenig Schlaf fand, beseelt von den jüngsten Ereignissen und der puren Existenz von Marijana, hatte ich nicht den Hauch einer Ahnung. Nullkommanull. Erst sehr viel später, etliche Jahre nach dem Trip nach Prag, habe ich meine Wissenslücken gestopft. Was ich erst nachlesen musste: Karel Gott war ein Weltstar erster Güte. Also jetzt nicht so erfolgreich und in jedem Winkel aller Kontinente bekannt wie Madonna. Aber auch nicht irgendein x-beliebiger Schlagersänger, der zwar in vielen Ländern Konzerte gab, aber eben „nur“ Schlager auf dem Kasten hatte, wie ich als naiver Teenager vermutet hatte.

Karel Gott war wahrlich ein Großer.

Schon Ende der Sechzigerjahre hatte er, als erster osteuropäischer Künstler überhaupt, zahlreiche ausverkaufte Shows in Las Vegas gegeben. Ich sah ein Foto in seiner Autobiografie, auf dem war das Schild des Hotels „New Frontier“ abgebildet, auf dem stand unter seinem Namen „Continent’s greatest singing star“. Karel Gott hat mit Daliah Lavi gesungen, mit José Carreras und später auch mit Bushido. Seine Karriere war goldener als seine Lieblingsstadt mit den vielen Türmen. Und zwar schon damals, als ich ihm als Teenager nachspürte. Bis Anfang der Neunzigerjahre hatte er siebenhundertachtundvierzig Lieder aufgenommen, das muss man sich mal vorstellen, siebenhundertachtundvierzig! Dreizehn Millionen Platten hatte er bis dato verkauft (insgesamt wurden es mehr als fünfzig Millionen). Madonna steht, Schätzungen zufolge, inzwischen bei mehr als vierhundert Millionen, aber sie ist ja auch die unangefochtene Königin. Karel Gott stammte aus einfachen Verhältnissen, aus politisch unruhigen Zeiten. Er hatte zunächst Elektromonteur gelernt, ehe ihm der Sprung von den kleinen Bühnen Prags auf die große Showbühne gelang.

All das wusste ich im Sommer meines größten Abenteuers nicht.

Zum Glück.

Denn sonst hätte ich mich bestimmt nicht getraut, was ich mich getraut habe.

BIS ANS ENDE ALLER STRASSEN

Selbstverständlich lief in der Nacht in dem Hotel bei der Karlsbrücke nichts, also zumindest nicht zwischen uns.

Es war ein bisschen peinlich gewesen, die gefälschte Einverständniserklärung meiner Eltern mitsamt meinem Ausweis vorlegen zu müssen, während Marijana, die inzwischen neunzehn war, wie eine junge Dame behandelt wurde, Handkuss inklusive. Gleichwohl hatte uns Herr Milanovic mit dem schicken Namensschildchen am Revers lediglich ein Zimmer mit getrennten Betten anbieten können – oder wollen –, womit aber alle recht gut leben konnten, ich ganz besonders.

Denn mal ehrlich.

Ja, es entwickelte sich gut mit Marijana. Aber zum einen gab es da noch Kris, zum anderen mich, also mich im Sinne von motiviert und interessiert, aber vollkommen erfahrungslos. Und Madonna? Die tänzelte ebenfalls noch in meinem hungrigen Teenagerherzen herum, wenn auch dezenter als zuvor.

Nach dem Frühstück, bei dem wir uns über die eindeutigen nächtlichen Geräusche aus dem Nachbarzimmer amüsiert und uns nach verdächtigen Gästen umgesehen hatten, suchten wir die Prager Touristeninformation auf, weil Marijana meinte, die wüssten immer alles. „Warum wir da nicht gestern schon draufgekommen sind!"

Tatsächlich hatten wir den Eindruck, der junge Mann mit dem nervösen Augenzucken wusste mehr, als er sagen wollte. Wenn es um Privatangelegenheiten ging, schienen die Prager äußerst diskret zu sein, das hatten wir inzwischen verstanden. „Bedaure", wiederholte er sich mehrfach, das könne er nicht als Information anbieten. Karla Gotta sei offenherzig wie eine Babička, aber sicher keine Touristenattraktion. Immerhin bestätigte er uns, dass sich seine Villa auf einem der sich an die Moldau schmiegenden Hügel befinde, und als Marijana ihr hübschestes Lächeln aufsetzte und den eheberingten Anzugträger mit großen Augen ansah wie die funkelndste Touristenattraktion, sagte er sogar noch etwas mehr: „Smíchov, der Berg am Eisstadion, und jetzt geht, ich habe zu tun."

Auf dem Faltplan, der im Tourismusbüro auslag, fanden wir heraus, dass Smíchov ein Stadtteil am westlichen Ufer der Moldau war, und die Eissporthalle Nikolajka lag tatsächlich an einem Berg samt Park namens Mrázovka. Und so machten sich eine flirtlustige junge Frau, die heute zum ersten Mal in meiner Gegenwart einen kurzen Rock trug, und ein junger Mann, der auch gerne flirten können würde, am Fluss entlang in Richtung Süden auf.

Die Stimmung war heiter wie das Wetter, was angesichts der Eingrenzung unseres Ziels, das in Fußnähe zur Altstadt lag, nicht weiter überraschte. An der Uferpromenade kaufte ich Marijana ein Eis, mir auch, und hinterher zeigten wir uns unsere gefärbten Zungen. Sie himbeerrot, ich schlumpfblau. Welche Farbe wohl herausgekommen wäre, hätten wir uns vermischt? Meine Gedanken waren ungebremst.

Wir glucksten und redeten über Städte, die wir besucht hatten, verglichen Prag mit den Orten unserer Kindheit. „Die Leine ist sauberer", sagte Marijana. „Im Wald riecht es besser", sagte ich. „In Hannover sind die Männer größer", sagte Marijana. „In Prag sind die Touristinnen hübscher", sagte ich und sah sie an.

Gegen Mittag kippte die Stimmung. Das lag zum einen daran, dass das Korkenziehermädchen a.D. eine Blase in ihren ziemlich ausgefransten Espadrilles bekommen hatte, woraufhin wir zunächst eine Pause einlegen und dann eine Apotheke suchen mussten, um ihr Pflaster zu besorgen. Sie hatte nicht viele Sachen dabei, nur eine kleine Sporttasche, die sie in Windeseile gepackt hatte, um möglichst schnell mit ihrer Ente zum Flughafen zu fahren. Zum anderen kamen wir bei der Suche nicht wirklich voran, um ehrlich zu sein: überhaupt nicht.

Wir waren sämtliche Straßen um die Eissporthalle abgegangen, waren im Park am Berg erst kreuz und quer und schließlich Treppen und Pflastersteinwege nach oben gelaufen, hatten unzählige Klingelschilder studiert, ohne Erfolg, und wen wir auch fragten, Schweigen im Wald.

Nun saßen wir auf einer von mehreren Bänken, die auf einer Plattform nebeneinander aufgebaut waren, und gönnten uns die Aussicht. Das Panorama war hübsch, man konnte die Moldau sehen mit ihren Brücken, die vielen Türme auch. Aber einen Berg, von dem der Herr in der Touristeninformation gesprochen hatte, stellten wir uns irgendwie anders vor. „In Bayern würden wir das Hügerl nennen, maximal Bergerl", sagte ich.

„Dafür schnaufst du aber wie ein Großer", entgegnete Marijana, die sich seit dem Malheur mit ihren Schuhen einen zickigen Ton angeeignet hatte, der mir nicht gefiel. „Im Ernst, Eddie, wie lange sollen wir hier noch herumirren? Diese Villa kann überall sein und nirgends. Außerdem habe ich Hunger."

„Ihr sucht eine Villa?" Die Frau mit dem Kopftuch auf der Bank nebenan hatte schon eine Weile neugierig zu uns herübergesehen, während sie Tauben mit altem Brot fütterte. Ihr Deutsch war fast akzentfrei. „Vielleicht eine bestimmte berühmte Villa?" Sie lächelte. „Ist nicht weit von hier."

„Ehrlich?" Marijana richtete sich auf, plötzlich wieder erfüllt von Energie.

„Dort entlang! Villa Bertramka. Ein Fußweg führt direkt hin."

Wir sahen uns verblüfft an, sprangen auf, bedankten uns und liefen los. Mit einem Ohr hörte ich noch, wie die alte Dame eine hübsche Melodie vor sich hinpfiff. Es klang wie Mozart für mich.

Dass ich damit recht hatte, stellten wir nach wenigen Gehminuten fest. Denn offensichtlich hatte uns die alte Dame missverstanden und zum Prager Mozart-Museum geschickt. Die Villa Betram, wie sie auf Deutsch hieß, benannt nach Franz von Bertram, einem der Eigentümer im 18. Jahrhundert, war eine der größten Touristenattraktionen des Viertels. Die meisten wollten dorthin, wenn sie „die Villa" suchten.

„Na super", grummelte ich und war nun ebenfalls schlecht gelaunt. „Warte hier", sagte ich zu Marijana, „ich frag mal nach, ob die uns weiterhelfen können."

Als ich aus dem Eingangsbereich der Villa in den Park davor zurückkehrte, sah ich, wie sich Marijana mit einem Jungen unterhielt, der eigenwillige Klamotten trug.

„Eddie! Das ist Juli, er ist auf Klassenfahrt und weiß alles über das Museum. Stell dir vor, Mozart soll ‚Don Giovanni' hier komponiert haben."

„Toll", sagte ich leidenschaftslos und musterte den Fremden. Wie Don Giovanni kam er mir nicht gerade vor. Nicht, dass ich viel über klassische Musik im Allgemeinen und Mozart im Speziellen gewusst hätte, aber dass Don Giovanni beziehungsweise Don Juan der Wüstling unter den Aufreißern war, das hatte sich bis ins Dorf am großen Wald herumgesprochen. Der Junge vor mir trug Seitenscheitel und Hornbrille, sein völlig überflüssiges Halstuch passte farblich exzellent zu den waldgrünen Lederschuhen, die er zu Hose und Hemd mit Veste kombiniert hatte. „Weiß Juli auch, wo Karla Gotta wohnt?"

„Karla wer?"

„Karla Gotta. Karel Gott. Wir suchen ihn." Marijana wippte auf ihren Füßen, die Schuhe hatte sie ausgezogen. Ihre Nägel hatte sie schwarz lackiert, was ich aufregend fand.

„Den hört meine Großmutter immer", sagte Juli. „Und der lebt hier?"

„Danke dafür", grummelte ich, während mir Marijana einen leichten Stoß mit dem Ellenbogen verpasste.

„Angeblich hier in der Gegend", sagte sie, „aber uns fehlt noch die entscheidende Spur. Eddie möchte seine kranke Oma mit einem Autogramm überraschen."

„Das ist ja süß! So einen Enkel möchte ich auch einmal haben. Also nicht, dass ich auf Karel Gott stehen würde, aber die Geste, ihr wisst schon." Julis Hände wirbelten durch die Luft. „Es gibt schon zu viele Don Giovannis da draußen, was fehlt, sind Männer mit Herz, wenn ihr mich fragt."

Marijanas Blick hing an seinen Lippen wie diese klebrigen Oblaten, wenn man zu schnell hineinbiss.

„Also dann, wir müssen mal wieder", sagte ich.

„Klar, lasst euch nicht aufhalten. Wir wandeln jetzt noch auf Kafkas Spuren durch die Stadt. Noch so ein Frauen-nicht-Versteher." Juli verdrehte die Augen, Marijana lachte.

Als ich mich schon umgedreht hatte, sagte er noch: „Habt ihr's schon bei den Taxlern versucht? Die wissen garantiert, wo Karel Gott wohnt."

Auf dem Weg den Berg hinunter, den Marijana barfuß zurücklegte, redeten wir nicht viel. Marijana grinste vor sich hin, wahrscheinlich glaubte sie, ich sei eifersüchtig auf diesen nicht nur modisch verwirrten Juli. Was war das überhaupt für ein komischer Name? Ich merkte mir den Tipp mit den Taxifahrern, wollte aber weiter nicht auf die Begegnung eingehen.

„Falls es dich interessiert, was man mir in der Villa über Karel Gott erzählt hat, lass es mich wissen", sagte ich irgendwann so belanglos wie möglich.

Sie sah mich von der Seite an und grinste. „Du bist so süß, wenn du eifersüchtig bist."

„Eifersüchtig? Ich? Auf diesen Möchtegern-Don-Juan?"

„Du bist so was von eifersüchtig!"

„Hast du seine Schuhe gesehen?"

„Eifersüchtig!"

Das Gefühl, jemandem mit meiner Eifersucht zu schmeicheln, war neu für mich. Überhaupt diese zwickende, aufstachelnde, unkomfortable Eifersucht. Es war wie Verknalltsein mit Wut. Es sollte wieder verschwinden!

Nach einer Weile erlöste mich Marijana: „Gut, dass ich nicht auf Dandys stehe. Wobei mir seine Art, über Frauen zu reden, schon ganz gut gefallen hat."

„Aha."

„Jetzt komm schon! Erzähl mir lieber endlich, was du herausgefunden hast."

„Nicht viel", gab ich zu. „Die Dame am Ticketschalter verriet mir lediglich, dass Karla Gotta gestern in der Nähe des Parks gesehen wurde."

„Aber das ist doch großartig", jubilierte Marijana, „das heißt, er ist in der Stadt. Und wir werden ihn finden!" Sie drückte mir einen Schmatzer auf die Wange und hüpfte barfuß um mich herum, während wir uns weiter hügelabwärts der Stadt näherten.

„Ja, das werden wir", sagte ich versöhnt. „Aber nicht mehr heute. Für heute habe ich genug. Außerdem hat meine charmante Begleitung großen Hunger."

Marijana griff nach meiner Hand und lächelte. „So ist es, mein Don Juan!"

In der Altstadt war erwartungsgemäß viel los, es war Sonntag am frühen Nachmittag. Wir kauften uns Kartoffelpuffer auf die Hand und hinterher diese pappsüßen Baumstriezel aus Hefeteig. Marijana hatte ihren mit Nuss-Nougat-Creme verfeinern lassen, ich mit Zimtzucker und Nusskrokant.

Beim Essen am Flussufer erzählte sie mir von ihrer Mutter, freiwillig. Wie sie sich früher ab und an im Nutellabrot-Wettessen gemessen hätten. „Mittlerweile sehen wir uns kaum noch", sagte sie mit verschmiertem Mund. „Karl, dieser Arsch, ist der Auffassung, es wäre besser für sie und ihre mentale Balance. So ein Quatsch! Ich meine, es freut mich ja total, dass sie raus ist aus der Klapse. Aber dieser Typ macht es sich echt viel zu einfach.

Er weiß, dass wir früher oder später immer streiten, wenn wir uns sehen. Also verhindert er jeglichen Konflikt, indem er verhindert, dass wir zusammenkommen."

„Karl ist ihr neuer Freund."

Marijana nickte. „Anfangs dachte ich noch, wie toll, der hat Verständnis, der tut ihr gut. Als ich aber merkte, wie sie ihn vergötterte und irgendwann über alles andere stellte, mich eingeschlossen, wurde ich wütend."

„Und wie geht dein Vater damit um?"

„Ach." Marijana wischte ihren Mund ab. „Die beiden haben sich längst nichts mehr zu sagen. Seine Reisen für die Partei sind auch nicht gerade weniger geworden, im Gegenteil. Das scheint ihm gut in den Kram zu passen. Er ist wieder solo und genießt das, schätze ich."

Reflexartig legte ich meinen Arm um Marijana. „Du hattest es echt nie leicht. Dagegen waren meine Probleme Pipifax."

Sie schmiegte sich an mich und schwieg.

„Oma Elfie sagt immer: Die stärksten Charaktere schälen sich nur aus den kompliziertesten Biografien heraus."

„Oma Elfie ist das beste Beispiel dafür", sagte Marijana und ruckelte sich auf der Bank zurecht, um ihren Kopf auf meinem Schoß abzulegen. Von unten sah sie mich an.

Unsere Blicke verschwammen.

Dann wurde mir flau, im schönsten Sinne flau.

Wie weit sich so ein herrliches Flausein noch verstärken ließ, sollte ich bald erfahren, und wie so oft in meinem Leben, wenn mich Emotionen überwältigten, war Musik im Spiel.

Und das kam so.

Auf dem Weg zu unserem Hotel entdeckten wir eine junge Straßenmusikerin, die Madonna-Songs spielte. Ich hatte „Holiday" schon an den ersten Akkorden erkannt, da waren wir noch eine Straßenkreuzung entfernt gewesen. Als wir uns näherten, sahen wir eine Frau mit kurzen blonden Haaren, die sich ihre Akustikgitarre umgeschnallt hatte und beherzt dazu sang. Sie traf nicht jeden Ton und wenn Passanten stehenblieben, dann meist ältere Herren, was vermutlich nicht an ihrer Kunst, sondern an ihren superengen Leggins lag, die sie unter ihrem Lederminirock trug. Marijana und ich wippten sofort mit den Füßen. Die Synchronität des Lebens erfasste uns, wir lächelten uns an.

Und dann geschah etwas, das ich mir niemals zugetraut hätte.

Ich tanzte.

Nicht allein vor dem Spiegel, nicht exklusiv für Oma Elfie, sondern ungeniert in der Öffentlichkeit.

Marijana ließ ihre Hüften kreisen. In kleinen Schritten tippelte ich um sie herum, näherte mich ihr, um mich sogleich wieder von ihr zu entfernen.

„Weißt du noch, im Lager der ausrangierten Bücher?“, fragte sie mitten in der Bewegung.

„Wer tanzt, hat immer recht.“

Wie damals, als ich ein unfertiges Etwas war, fanden sich wie von selbst unsere Hände. Die linke die rechte, die rechte die linke, so wie sich das eigentlich nicht gehört. Ich zog Marijana zu mir. Mein Herz klopfte schneller, als die Musikerin spielen konnte. Es störte uns nicht, dass sich bereits eine kleine Menschentraube um uns herum gebildet hatte, offenbar dachte man, wir wären Teil der Show. Wir ließen uns nicht beirren und schmiegten unsere Körper aneinander, wir verbogen uns synchron, zogen uns an, stießen uns ab.

Am Ende des Songs war mein Gesicht ganz nah an Marijanas Hals, ihren Kopf hatte sie zurückgeworfen, ich stand hinter ihr und hielt sie fest. Meine Lippen waren kurz davor, ihre Haut zu berühren. Wir atmeten schnell. Wir waren eins. Es ging so schnell vorbei.

Marijana war großartig.

Noch während des Applauses schnappte sie sich den leeren Hut, den die Musikerin zu ihren Füßen drapiert hatte, und sammelte Münzen ein. Ich hörte das Geld klimpern und beobachtete, wie die Künstlerin das Geschehen zunächst etwas skeptisch verfolgte. Sie hatte ihre Arme in die Hüften gestemmt, ihr Mund stand offen.

Ihr offensichtliches Misstrauen legte sich erst, als ihr Marijana den hübsch gefüllten Samthut überreichte. „Für die neue Madonna-Scheibe“, sagte Marijana.

Dann zogen wir ab.

BABIČKA

Am nächsten Morgen wollten wir es wissen.

Wir streckten uns in den blauen Himmel und schlenderten gut gelaunt zum Taxistand. Marijana hatte extra Schuhe angezogen, die nicht scheuerten, was für ein Fortschritt! Wir waren Komplizen vor dem großen Coup, das lag in der Prager Luft wie sonst nur der Duft der neuen Freiheit.

Warum ich mir da so sicher war? Nun, zunächst mal hatten wir beide viel besser geschlafen, was auch daran gelegen haben könnte, dass die Geräusche von nebenan verschwunden waren. Zwar fühlte es sich noch immer ein bisschen befremdlich an, die Nacht im selben Raum mit einem so tollen Mädchen zu verbringen. Aber anders als vor ein paar Monaten hätte ich um keine tschechische Krone der Welt das Doppel- gegen ein Einzelzimmer tauschen wollen. Ich hatte Marijana sogar die Stelle im Madonna-Bildband gezeigt, die ich signiert haben wollte. „Stehst du da drauf?“, hatte sie grinsend gesagt. „Kann ich mir ja mal merken.“

Und es gab noch einen weiteren Motivationskick. Nach dem Frühstück hatte ich, dem taufrischen Tatendrang meiner bemerkenswert außergewöhnlichen Ferien nachgebend, Oma Elfie angerufen. Mir war es ein Bedürfnis gewesen, mich nach ihrem Befinden zu erkundigen. Und was soll ich sagen? Das Gespräch verlief besorgniserregend. Sie nannte mich abermals „Eddie“ und erzählte eine durchweg irre Geschichte über Karel Gott und einen ominösen Dr. Zitko. Sie sagte, ich solle ihr helfen, den Willi zu suchen, und sie bat mich, ihr Zitronen aus Italien mitzubringen.

Als sie plötzlich weg war und ich in vielerlei Hinsicht irritiert auflegen wollte, meldete sich meine Mama in der Leitung.

Meine Mama!

Ob es mir gut gehe. Was mir denn einfalle. Wo ich denn sei. Diese Dinge.

Ich war so perplex, dass ich nur stammeln konnte. „Alles prima. Melde mich bald. Tschau!"

Nachdem ich den Hörer auf die Gabel geknallt hatte und innerlich vor Wut kochte, traf ich die Entscheidung, die Aussprache mit meinen Eltern noch eine Weile zu verschieben. Die Dreistigkeit meiner Mutter, Oma Elfie das Wort abzuschneiden, sollte mir Ansporn genug sein, meine Mission erfolgreich zu beenden. Und zwar schnell.

Wir stürzten uns auf das erstbeste Taxi, bereit, uns eine Abfuhr einzuhandeln. Wir nahmen auf der Rückbank Platz und preschten verbal nach vorn. Auf unsere Frage, ob er uns sagen könne, wo „der Meister" wohne, antwortete der grauhaarige Mann hinter dem Steuer gelassen: „Ja, natürlich."

Wir waren perplex, doch wir blieben skeptisch. Ob er sich auch wirklich sicher sei, Karel Gott zu meinen, nicht irgendeinen Meister? „Ja klar, gibt nur einen Meister!" Verblüfft sahen wir uns an. Ob der Ort denn nicht geheim wäre? „Nein, kennt jeder." Ob er uns auch dorthin bringen könne? „Natürlich. Wenn ihr Geld habt, bringe ich euch überall hin." Sein Mund verzog sich im Rückspiegel zu einem breiten Grinsen. Ein bisschen sah er dabei aus wie Jack Nicholson in „The Shining".

Bevor wir es mit der Angst zu tun bekamen respektive nicken konnten, quietschten auch schon die Reifen und wir wurden in die Lehne der Rückbank gedrückt.

Konnte es wirklich so einfach sein? Hätten wir den Erfolg auch gestern schon haben können? Schnell schüttelte ich die Gedanken ab und sah aus dem Fenster. Links die Moldau, rechts im Augenwinkel die Burg, dann am Hügel Petrin vorbei in Richtung Smíchov. Ich erkannte Mrázovka, unseren Hügel, danach verlor ich die Orientierung. Marijana dagegen schien noch im Bilde zu sein. „Guck mal, wir hätten beim Eisstadion auf die große Straße gemusst, nicht zu Fuß auf den Berg.“ Ich runzelte die Stirn.

Der Fahrer bog mehrmals ab und murmelte irgendwas von „Nad Bertramkou“.

„Bertram? Nein!“ In mir stieg Panik auf. So viel zur Frage, ob es wirklich so einfach sein konnte. „Nicht zur Villa Bertram, da waren wir schon!“

Doch er lachte nur. „Nad Bertramkou, nicht Villa Bertramka. Ist eine Sackgasse. Müssen ganz ans Ende.“

Sackgasse. Ende.

Kurze Zeit später hielt Jack Nicholson an und deutete mit der linken Hand auf das Anwesen rechts von uns. „Da wären wir. Kennt wirklich jeder“, wiederholte er.

Wir bezahlten den von ihm geforderten Preis, legten gutes Trinkgeld drauf und stiegen aus.

„Hier also wohnt Karla Gotta“, sagte Marijana und schritt am Zaun entlang in Richtung Eingangstor.

Das Ende einer kleinen Straße, die kontinuierlich sanft anstieg. Durch das Tor erkannten wir den hellen Putz eines Hauses, hohe Fenster und ein spitzes Dach. Umringt war die Villa von Bäumen und Sträuchern, dazu ein Garagenhäuschen.

„Keine schlechte Bude“, kommentierte Marijana.

„Eins-a-Lage“, fügte ich hinzu und atmete tief durch. „Zu Fuß hätten wir das nie gefunden.“

Wir hielten uns an den Metallstäben des Tors fest und sahen uns an. Ohne weitere Worte wussten wir, was nun zu tun war.

Als sich mein rechter Zeigefinger dem Klingelknopf näherte, zögerte ich. Unweigerlich musste ich an Charly denken. Obwohl er der Ältere von uns war, hatte er jedes Mal, wenn wir vor dem Haus des Nachbarsjungen gestanden hatten, denselben Spruch ausgepackt: „Ich klingle, du redest.“ Ich hatte das nie hinterfragt. Was war schon dabei, sich im schlimmsten Fall bei den Eltern erkundigen zu müssen, ob Tom Zeit hatte, mit uns Computer zu spielen? Wir bewegten uns ja auf bekanntem Terrain mit bekanntem Personal. Außerdem war ich in jener Phase meiner Jugend froh darüber, dass überhaupt mal jemand meine Anwesenheit tolerierte.

„Nun mach schon, Eddie, oder traust du dich nicht?" Marijana klingelte ohne zu zögern und ich musste schmunzeln.

Zunächst regte sich nichts. Auch nach dem zweiten Klingeln blieb es still.

„Alles umsonst. Ich wusste es", konstatierte ich bitter.

„Mensch, Eddie, gib doch nicht so schnell auf. Schau", sagte Marijana und deutete auf das offen stehende Garagentor. Auch in der Einfahrt hinter dem Tor standen Autos. „Hier muss jemand im Haus sein."

Sie streckte den Finger, um ein drittes Mal zu klingeln.

Bevor sie den Knopf erreichte, öffnete sich die Eingangstür und eine sehr alte Dame kam mit kleinen Schritten auf uns zu. Höflich sprach sie uns an. Wir verstanden kein Wort und versuchten, uns auf Deutsch mitzuteilen. Sie nickte verständnisvoll, gab uns aber einen Korb. Karla Gotta sei beschäftigt, er empfange heute leider keine Besucher.

„Aber wir sind extra aus Deutschland angereist", versuchte es Marijana. „Es ist sehr, sehr wichtig!"

„Bedaure." Mit einem herzlichen Nicken verabschiedete sie sich und entfernte sich so langsam, wie sie erschienen war.

„Aber ...!"

Die Haustür schloss sich sanft und für mein Gefühl doch sehr endgültig. Das Eingangstor hatte sich eh noch keinen Zentimeter bewegt.

Enttäuscht blieben wir zurück.

Marijana schlug vor, ein Stück spazieren zu gehen, um unsere Gedanken zu sortieren. „Immerhin wissen wir jetzt, dass er zuhause ist. Kannst du es glauben? Der große Schwarm deiner Oma war nur ein paar Meter von uns entfernt!"

„Ein paar Meter zu viel."

„Jetzt lass den Kopf nicht hängen, so schnell werfen wir nicht das Handtuch."

„Aber was sollen wir denn tun? Warten, bis der Meister seinen Palast verlässt?"

„Das wäre eine Möglichkeit." Ihr Blick schoss in den Himmel. „Oder wir klingeln einfach nochmal und drücken ein bisschen auf die Tränendrüse. Mal ehrlich, die Haushälterin hat bestimmt selbst Enkelkinder. Erzähl ihr einfach ein bisschen von Oma Elfie."

Marijana hatte recht. Es ging ja nicht um ein simples Autogramm oder eine x-beliebige Fan-Aktion, sondern darum, den Nebel zu vertreiben.

Während wir die Straße nach einer kurzen Schleife wieder hinaufgingen, schoss mir ein Satz durch den Kopf, den der Glückspoet benutzte, als er mir von seinem kurvigen Lebensweg erzählt hatte. „Du musst hartnäckig bleiben, junger Freund, immer schön hartnäckig bleiben."

Als hätte uns Gott (egal, welcher) erhört, stand das Tor zum Grundstück bei unserer Rückkehr offen.

„Die Mutigen werden belohnt", sagte Marijana und ging voran, schnurstracks auf die Eingangstür der Villa zu.

Ich folgte ihr über die Einfahrt und fasste Mut.

Erneut erklang die Klingel des Meisters.

Sekunden später öffnete sich die Tür, aber nicht die Dame von eben kam zum Vorschein, sondern ein kleiner älterer Herr. Er grüßte freundlich und erkundigte sich bei uns, wie er helfen könne. Sein Deutsch war makellos, aber am markantesten war der Geruch nach frischem Knoblauch. Der hing schwer in der Luft wie ein dichter Nebel.

Omas Nebel.

Irritiert von Eindrücken und Gedanken rang ich nach Luft und den richtigen Worten. „Guten Tag. Entschuldigen Sie bitte die Störung. Wir sind Marijana und Eddie, meine Großmutter ist der weltgrößte Fan von Karel Gott."

„Sehr erfreut", sagte der Herr, seine Haltung war gebückt. Er war gut gekleidet und stellte sich als Miroslav Zitko vor.

Sein Name löste ein Déjà-vu bei mir aus, aber ich konnte es nicht einordnen. „Meinen Sie, es wäre wohl möglich, kurz mit Herrn Gott zu sprechen? Es würde uns sehr viel bedeuten."

Herr Zitkos Gesichtsausdruck blieb unverändert, er war die Gelassenheit in Person. „Tut mir leid", sagte er und wiederholte, was uns bereits die Haushälterin erklärt hatte, nur in der ausführlicheren Version. Viel zu tun, wichtige Telefonate, es kämen so viele und so weiter und so fort.

Während er sprach und unser Scheitern sich konkretisierte, spürte ich einen Stups von Marijana. „Psst, sieh nur, da hinten!" Als ich meinen Blick von Herrn Zitko löste und in den weiten, dunklen Flur schickte, sah ich schemenhaft, wie ein Männerkopf hinter einem Türstock verschwand.

„War das?", flüsterte ich zurück.

„Ich denke schon."

„Wenn ich Sie dann bitten dürfte zu gehen." Herr Zitko nickte und zeigte mit seinem Arm in Richtung Tor.

In diesem Moment schoss mir etwas ein. Zitko. Dr. Zitko. Oma Elfie hatte den Namen erst vor Kurzem am Telefon erwähnt. Wahrscheinlich hatte sie in einer ihrer Klatsch-Zeitschriften über ihn gelesen.

„Sie sind Dr. Zitko, DER Dr. Zitko! Sie sind der Privatsekretär von Karel Gott, sprechen fünf Sprachen und organisieren alle seine Termine!"

„Ganz recht. Es war mir eine Freude."

„Meine Oma weiß alles über Sie, und sie weiß alles über Ihren Boss."

„Hinreißend. Auf Wiedersehen."

„Es geht um Leben und Tod!"

Wieder spürte ich einen Piks in die Flanke. Marijana sagte nichts, sie zeigte nur in den Flur. Dorthin, wo aus dem Schatten von eben ein Mensch erwuchs.

Und dann stand er vor uns.

Im Nachhinein frage ich mich oft, ob das Glücksgefühl dasselbe gewesen wäre, hätte ich in diesem August Madonna aufgespürt, wie ursprünglich geplant, und nicht Gott.

Gewiss, die Euphorie und das damit einhergehende Herzklopfen hätten mich umgehauen, wir reden hier immerhin von Madonna. Jener Frau, die mir in schlaflosen Nächten Halt, Sinn und Ziel geschenkt hatte. Madonna war der wiedergefundene

Kompass meiner Jugend, die Blaupause der Groborientierung, ihre Anziehungskraft war magnetisch.

Aber Glück, echtes Glück? Was wäre die Begegnung mit ihr wert gewesen? Oder anders: Was wäre der persönliche Triumph wert gewesen im Vergleich zum Erfolg zugunsten einer Person, die man liebte? Hätte ich mein individuelles Glück losgelöst von Oma Elfies Unglück genießen können? Und was wäre aus Marijana und mir geworden, wäre ich statt in den Zug nach Prag in das Flugzeug nach Amerika gestiegen?

Säße ich dann heute hier?

„Hallo, Freunde!" Seine Stimme klang wie in Oma Elfies Wohnzimmer, nur nicht so blechern.

Mehr als ein synchrones „Hallo" brachten wir nicht zustande. Wir waren mit Staunen beschäftigt. Da stand tatsächlich Karel Gott vor uns, im Flur seiner Villa, auf einem Hügel in Prag. Er trug ein kleinkariertes Hemd, auch die Hose war aus feinem Stoff. Stets gut gekleidet, Oma Elfie hatte recht.

Der Hausherr flüsterte seinem Sekretär ein paar Worte zu, dieser nickte und entfernte sich. „Es geht also um Leben und Tod, richtig?"

Sein Blick war gütig und voller Neugier, sein Haar war voll und schwarz. Die Welle über der Stirn erinnerte mich an meine Probleme vor dem Spiegel, Naturwellen frisurtechnisch in den Griff zu kriegen. Ich fühlte mich auf Anhieb mit ihm verbunden. „Kann man so sagen."

Während er fest und lange meine Hand schüttelte, sah er sich zunächst mich, dann Marijana ganz genau an. „Interessante Frisur", warf er ihr zu. Die Fältchen um Mundpartie und Augen waren Beweise dafür, dass er oft lachen musste.

„Hören Sie, wir wollen Sie auch gar nicht lange stören. Wir würden es sogar vorziehen, schnell wieder zu verschwinden. Es ist nur wegen meiner Großmutter."

Karel Gott verdrehte die Augen. „Es ist immer wegen der Großmütter. Hast du nicht auch eine Schwester?"

„Ich verstehe nicht."

„Er macht einen Witz über das Alter seiner Fans“, flüsterte mir Marijana zu. Laut sagte sie: „Seine Oma ist ein Riesenfan. Sie hört ihre Musik tagein tagaus.“

„Ist das so? Na, das freut mich aber. Woher kommt ihr denn?“

„Also, das ist etwas kompliziert. Marijana kommt aus Hannover, ich aus der Nähe von München und Oma Elfie kommt ursprünglich aus Rojau.“

„Rájov bei Marienbad? Fantastický! Bitte bestell ihr liebe Grüße, deiner Babička.“

„Das mache ich.“

„Ich muss jetzt leider wieder, die Arbeit ruft.“

„Selbstverständlich müssen Sie das. Es ist nur so ...“ Ich spürte, wie mir der Schweiß auf der Stirn stand. „Dürfte ich Sie wohl um ein Autogramm bitten? Meiner Oma geht es gar nicht gut, sie hat Probleme, sich Sachen zu merken. Und es wird schlimmer.“

„Das tut mir leid. Alt werden ist eine Kunst für sich.“

„Sie könnten dabei helfen, ihre Erinnerungen zu bewahren.“

„Es wäre mir eine Ehre, Miroslav ist schon unterwegs.“

Er rief seinem Sekretär auf Tschechisch ein paar Sätze hinterher. Seit meinem Praha-Missverständnis versuchte ich erst gar nicht, einzelne Wörter zu deuten, die mir bekannt vorkamen. Marijana lächelte mich voller Vorfreude an.

Als Dr. Zitko zurückkam, hielt er eine Vinyl-Single mit türkisfarbenem Cover in Händen. Sein Boss nahm sie ihm ab und sagte: „Das ist eine frühe Pressung von ‚Babička‘, ich denke, sie wird deiner Großmama gefallen.“

Dr. Zitko reichte ihm einen dicken schwarzen Stift und der Meister fing sofort an zu schreiben. Während wir warteten und dabei zusahen, wie sich seine Handschrift auf den Freiflächen der Vorderseite ausbreitete, schob sich der Privatsekretär an unsere Seite. Im Flüsterton sagte er: „Das hat er sich von Satchmo abgeschaut.“

Marijana und ich schauten uns an.

„Ihr wisst schon, Satchmo, der große Louis Armstrong.“

„Der mit der Trompete?“ Ich bewunderte Marijana für ihren Mut, vor naiven Fragen nicht zurückzuschrecken. Auch ich war mir unsicher gewesen und hatte kurz an den Astronauten gedacht.

Dr. Zitkos Mundwinkel zuckte. „Ganz recht."

„Ist der nicht längst tot?"

Der Anflug von Erheiterung war aus Dr. Zitkos Gesicht verschwunden, so schnell wie vorhin der Schatten des Meisters. „Leider ja, aber davor sind sich die beiden begegnet, im März 1965 in der Prager Lucerna. Was für ein Konzert!"

Nun wollte auch ich etwas sagen. „Und da hat er sich seine Handschrift abgeschaut?" Wir beobachteten, wie Karel Gott noch immer schrieb, schwungvolle Sätze, die sich über das Cover schlängelten.

„Selbstverständlich nicht." Dr. Zitko hob die Augenbrauen. „Von Satchmo hat er sich abgeschaut, dass jeder, wirklich jeder ein Autogramm bekommt, der danach fragt."

„Oh!", machte ich.

„Wie cool", wisperte Marijana.

„Warum flüstert ihr eigentlich? Ich kann jedes eurer Wörter verstehen."

Dr. Zitko, Marijana und ich mussten lachen.

„Bitteschön", sagte Karel Gott in das Lachen hinein und überreichte mir die verzierte Platte. „Und alles Gute für euch!"

Mit zittrigen Händen griff ich zu. Karel Gott hielt mir „Babička" mit beiden Händen entgegen und ich berührte die Finger des Meisters. Ich fühlte mich groß wie Michelangelos berühmtes Deckenfresko in der Sixtinischen Kapelle.

Viel zu lange ließ ich nicht los.

DIESE NACHT IST WIE EIN MÄRCHEN

„Nun zeig schon endlich, was draufsteht." Marijana hüpfte um mich herum wie eine dieser Backstage-Tänzerinnen um Madonna.

Aufgeregt wie wir waren, hatten wir uns dazu entschlossen, zu Fuß zum Hotel zurück zu gehen. Der lange Weg durch die belebten Straßen fiel uns leicht, kein Wunder, wir fühlten uns wie strahlende Helden. Wir waren die Sieger in einem Spiel, das wir uns selbst ausgedacht hatten. Unsere Mission, Karel Gott in Prag aufzuspüren und ihn um etwas zu bitten, das Oma Elfies Nebel lichten könnte, hatte sich tatsächlich nicht als Schnapsidee entpuppt.

Kurz fragte ich mich, ob meine Eltern stolz auf mich sein würden, dann aber fiel mir meine Mutter ein, wie sie mich am Telefon mit ihrem nüchternen Fragenkatalog konfrontiert hatte. Nein, dieser Erfolg gehörte nur Marijana und mir, diesen Erfolg würden wir alleine feiern.

Am Ufer der Moldau fanden wir unsere Bank wieder. Marijana riss mir die Platte aus der Hand. Ich war unaufmerksam, weil ich daran denken musste, wie sie mir hier vor zwei Tagen mit ihren Fingern über meinen Bartansatz gestrichen hatte. Sie rannte hell lachend mit unserer Beute weg und ich rannte ihr hinterher. „Wenn ich dich erwische", rief ich, und sie schrie: „Was ist dann? Was wirst du dann tun?"

Eines musste man Marijana lassen, sie war schnell. Ich dagegen war höchstens schnell darin, aus der Puste zu kommen. Dennoch holte ich sie ein, womöglich, weil sie sich absichtlich hatte fangen lassen. Auf der großen Wiese im Park bei der Altstadt stürzte ich mich auf sie. Meine Hände griffen nach ihren Oberarmen, wir taumelten ins Gras. Ich lag auf ihr und sah sie an. Mein Herz raste.

„Was wirst du jetzt tun, Eddie?", wiederholte sie kurzatmig.

Unsere Blicke tauchten ineinander.

Ich hörte mich sagen: „Zur Strafe muss ich dich jetzt küssen."

Marijana schien nicht überrascht zu sein, ein Lächeln schoss über ihr Gesicht.

Ich spürte plötzlich eine Hand in meinem Nacken. Ein Ruck, und die Hand zog mich weg von Marijana.

„Gibt's hier ein Problem?" Die Stimme gehörte einem Polizisten, der uns offenbar beobachtet hatte und gut darin war, falsche Schlüsse zu ziehen. Mein T-Shirt-Kragen schnitt mir in den Hals.

„Nein, kein Problem", sagte Marijana und richtete sich auf. „Alles in bester Ordnung." Die türkisfarbene Single, die neben uns ins Gras gefallen war, nahm sie schützend hinter ihren Rücken.

„Hm", machte der Mann, „wir mögen es nicht, wenn man hier schnell herumrennt." Sein Deutsch war klar. Mit Schwung in der Hand ließ er von mir ab. Er war groß und bäumte sich noch weiter auf. „Und was versteckst du da, Mädchen?"

„Nichts", antwortete sie viel zu schnell.

Demonstrativ stellte ich mich neben sie.

„Hände nach vorne, sofort!"

Mir wurde mulmig. Zu Marijana flüsterte ich: „Nun mach schon!"

Marijana rückte die Single heraus und verdrehte die Augen.

Die Miene des Polizisten schien sich etwas aufzuhellen. „Ah, Karla Gotta, vom Meister persönlich signiert!"

„Ein Geschenk für meine Großmutter."

„So so, habt ihr die geklaut? Scheint eine frühe Pressung zu sein."

Allmählich wurde ich wütend. „Stünde dann ‚Für Oma Elfie' drauf?"

Der Polizist sah mich strafend an. Dann begann er laut zu lesen. *„Für Oma Elfie, die beste Babička, die sich ein Junge wünschen kann."* Erneut schickte er mir prüfende Blicke.

Er sah mein Gesicht, wenn es sauer war. Denn eigentlich wollte ich Marijana in ihrer Neugier noch etwas zappeln lassen und sie erst später mit der Widmung überraschen.

„Herzliche Grüße aus Prag nach Rojau", fuhr er fort. *„Ihr Karel Gott. PS: Ihr Enkel liebt sie über alles, schenken Sie sich beiden Zeit.* Rájov! Meine Schwiegermutter kommt aus Rájov!"

Einen Moment lang glaubte ich, der Typ wollte uns die Platte wegnehmen. Stattdessen gab er sie mir zurück und lächelte.

Marijanas Augen glänzten.

Nachdem der Polizist uns seine halbe Familiengeschichte erzählt hatte, verabschiedete er sich und wünschte uns noch einen schönen Aufenthalt in Prag.

„Wo waren wir stehengeblieben?", fragte Marijana, als er im Getümmel des Parks verschwunden war.

Ich verstand nicht sofort und lief dann rot an. „Ich würde vorziehen, später darauf zurückzukommen. Erst einmal möchte ich unsere Beute in Sicherheit bringen."

„Deine Beute ist nur die Platte?", reagierte Marijana schnell. „Schade eigentlich."

Für den Abend hatten wir uns vorgenommen, bei Pavel zu feiern. Er war zwar ein bisschen zu aufmerksam, wenn es um meine Reisebegleitung ging, hatte uns aber mit seinem Tipp zur Villa mit Aussicht zumindest Mut gemacht.

Sein Lokal hieß „Markéta", in Gedenken an seine erste große Liebe, wie er uns beim ersten Besuch erklärt hatte. Im Unterschied zu neulich war das Restaurant gut gefüllt, dennoch nahm sich unser Gastgeber Zeit für einen Plausch. Wir bestellten böhmische Knödel mit Kraut und Bier und erzählten von unserer Begegnung mit dem Meister. Pavel murmelte permanent „Fantastický!" in seinen Bart und zog seine Hosenträger stramm, während er Marijana und ausschließlich Marijana im Blick hatte.

Meine Gefühle für sie waren im Lauf der gemeinsamen Tage stärker geworden, ihre Präsenz war von so großer Kraft, ihre Nähe pure Freude, da konnten alle Briefe dieser Welt nicht mithalten. Und nun, da sich unser Abenteuer dem Ende zuneigte?

Das echte Leben, blablabla.

Bevor ich meine Gedanken sortieren, vielleicht sogar Worte finden konnte, sprach uns ein Paar an, das keinen freien Tisch mehr im Lokal gefunden hatte. Die beiden kamen mir bekannt vor, auch Marijana schien Ähnliches durch den Kopf zu schießen, ihre Augen bewegten sich schnell. Nach wenigen Blicken, die allesamt irritierend waren, Blicke, die man tauscht, wenn man sich kennt, aber nicht weiß, woher, lächelten wir uns an und erinnerten uns an die Zugfahrt. Das knutschende Pärchen aus Reihe fünfzehn! In Jeans und Sommerkleid waren sie nicht auf Anhieb wiederzuerkennen, aber sie waren es.

Marijana und ich luden die beiden ein, neben uns in der Nische Platz zu nehmen. Sie stellten sich als Jakob und Daniela vor und erzählten uns, dass sie gerade von einer Benefiz-Veranstaltung im Jüdischen Museum kamen, die er organisiert hatte. Anerkennend nickte ich Marijana zu, wenngleich die Vorliebe für Kunst der einzige Volltreffer ihrer Persönlichkeitsanalyse bleiben sollte. Die beiden waren frisch verheiratet und wollten – mit dem Segen ihrer Eltern – in Prag neu anfangen. Er als Museumspädagoge, sie als Boutiquenbesitzerin.

Als wir ihnen von unserer Mission erzählten und Pavel eine weitere Runde Bier brachte, ging der Abend in jene Phase über, die ich später als „Supernova Stunde" in meiner Erinnerung abspeichern würde. Alles konnte Thema werden, alles konnte passieren. Kurz musste ich an den Trip mit Nora denken, wo ja auch viel Unerwartetes passiert war, zum Beispiel ihre langen Finger in meinem Gesicht. Dann sah ich Marijana an und fühlte mich richtig.

„Wusstet ihr, dass euer Karel Gott auch malt?"

Als wir verneinten, erzählte uns Jakob von dem frühen Wunsch des jungen Karel, Maler zu werden, und von der gescheiterten Aufnahmeprüfung an der Kunstschule. Diese Geschichten hätten Oma Elfie gefallen!

„Was wohl passiert wäre, wenn sie ihn damals genommen hätten", fragte Marijana.

„Keine Biene Maja, so viel steht fest", sagte Daniela und wir lachten.

„Allerdings konnte ihn sein Schlagerruhm nicht gänzlich vom Malen abhalten", fuhr Jakob fort. „Dort drüben" – er zeigte in Richtung Tür – „nicht weit von hier, da hatte Karel Gott seine erste Ausstellung."

„Stimmt! War das nicht erst letztes Jahr?"

Jakob nickte und streichelte sanft Danielas Hand. „Eine kleine Galerie unweit der Karlsbrücke, mit Bildern des Meisters. Das wäre bestimmt auch was für euch gewesen."

Ich nickte anerkennend und fragte mich, was dieser Teufelskerl eigentlich nicht konnte.

Marijana wiederum hatte nun die gedankliche Brücke gefunden zu einem ihrer Lieblingsthemen. Während sie gestenreich erklärte, was sie an Kunst im Allgemeinen mehr als an Karel Gott faszinierte und warum sie sich auch beruflich mit der Museumsarbeit beschäftigen wollte, beobachtete ich interessante Details. Details, die man nur in der „Supernova Stunde" richtig zu schätzen vermag. Immer wenn sie ihre Arme hob, was bei ihrem bierbefeuerten Vortrag häufig vorkam, konnte ich durch das luftige weiße T-Shirt ihre Achselhaare erkennen. Sie waren schwarz wie ihr Haupthaar, allerdings glatter und kurz, und ich würde lügen, wenn ich schriebe, dass mich der mir neue Einblick nicht faszinierte. Klar, ich kannte ähnliche Entwicklungen hin zur Frau von Nina. Aber das war nicht dasselbe, bei Weitem nicht. Es waren zwar nur Marijanas Achselhaare, und doch so viel mehr.

Ich hatte mich verliebt, mit allem, was dazugehörte.

Während Jakob mit Marijana über Ausbildungsmöglichkeiten im Museumswesen sprach, passierte es.

Du bist meine Madonna, dachte ich und sah sie an.

Du bist wie sie.

Du warst es immer.

Marijana war es, die mir Madonna nahegebracht hatte. Nun erkannte ich, dass es die ganze Zeit sie war, die ich gesucht hatte. Dass ich erst zu Madonna aufbrechen, etwas wagen und vergeigen musste, um sie wiederzufinden.

Marijana.

Ich nahm einen kräftigen Schluck Bier und rutschte auf dem Holzstuhl mit der unbequemen Lehne ein Stück weit nach unten. Das musste ich erst mal sacken lassen.

Jakob schien zu bemerken, dass mit mir irgendetwas nicht stimmte. Wahrscheinlich um mich ins Gespräch einzubeziehen, zog er etwas aus seiner ledernen Umhängetasche.

„Comics?", fragte ich, noch ganz benebelt.

Jakob grinste. „Nein, besser!" Er holte eine Faltkarte hervor, auf der Deutschland abgebildet war. „Wartet mal, ich hab da so einen Verdacht." Hastig breitete er die Karte auf dem Tisch aus. „Von München über Frankfurt nach Prag, hast du gesagt, richtig?"

„Das Dorf am Wald ist nicht ganz München, aber ja, im Großen und Ganzen ist das richtig. Warum?“

Jakobs Augen funkelten. Dann schickte er seinen Kugelschreiber auf die Reise. Auf meine Reise. Langsam verband er München mit Frankfurt, fuhr dann über Nürnberg, wo unser gemeinsamer Zug ebenfalls gehalten hatte, weiter in den Osten nach Prag und von dort aus zurück nach München.

Marijanas Mund stand offen. Meiner auch.

Man brauchte keine große Phantasie, um das Herz zu erkennen, das Jakob aus den Koordinaten formte.

Ich war sprachlos. Als ich einen verstohlenen Blick zu Marijana wagte, sah ich, dass es ihr ähnlich ging. In meinem Magen wuchs ein Gefühl, das alle Gedanken stoppte. Ein großes, warmes, euphorisches Gefühl.

Jakob schmunzelte. „Kunst heißt immer auch, verspielt zu bleiben“, sagte er zu Marijana und machte aus den zackigen Linien seiner Skizze Rundungen des Herzens. Zu mir sagte er: „Ihr seid eingeladen. Danke, dass wir uns zu euch setzen durften.“

Wir bedankten uns mehrmals und stießen an. „Auf die Liebe“, sagte Daniela. Schließlich tauschten wir noch Telefonnummern aus und leerten unsere Gläser. Im Gehen winkten wir Pavel zu, der sich mit einer Kusshand in Richtung Marijana revanchierte.

Dann verschluckte uns die Nacht.

Wir taumelten frivol durch die nächtlichen Prager Straßen, kauften uns zwei Kugeln Eis und ließen den Tag Revue passieren. In einer Seitengasse nahe unseres Hotels griff ich nach ihrer Hand. Ich zog sie zu mir und sagte: „Volim te!“

Mein Herz schlug mir im Hals, meine Pupillen scannten ihr Gesicht, schnell wie Flipperkugeln.

Marijanas Blick sog mich ein. Sie schien die Worte verstanden zu haben, die ich, wie so vieles anderes über ihr Heimatland, gelernt hatte. All die Dinge, die ich ihr nicht geschrieben hatte. All die Dinge wollten nun raus. „Ich habe mir absichtlich einen Splitter eingezogen und fremden Leuten die linke Hand gegeben. Ich habe Gedichte verfasst, die alle mit M begannen, ich ..."

„Schhhhhh!" Marijana drückte mir ihren Zeigefinger auf die Lippen. Unsere Eiswaffeln waren auf den Boden gefallen.

Dann zog sich ihr Finger langsam zurück, so, als wollte er Platz machen für etwas Wichtigeres. Ihr Kopf näherte sich meinem, die Augen so nah wie nie.

Dann wurde es dunkel, das schönste Dunkel der Welt.

Unser Atem.

Unser Moment.

Unser Kuss.

Alles andere war Kulisse, alles andere war egal.

Als wir die Augen wieder öffneten, konnte ich vor Glück nicht sprechen. Ein Phänomen, das ich so nicht kannte, als wäre der gesamte Körper in Euphorie erstarrt.

Marijana fing sich als erste. „Und, wie gefällt dir das echte Leben?" Sie funkelte mich an, ihre Hände noch in meinen vergraben.

Mir lag die ewige Ergänzung „Blablabla" auf der Zunge, aber dafür war jetzt nicht der Moment.

„Das echte Leben", wiederholte ich, um Worte ringend. „Kann mich gar nicht mehr erinnern." Ich gab mich bewusst grüblerisch. „Muss das erst nochmal ..."

Und so küssten wir uns erneut.

Ich wurde lockerer, brachte es sogar fertig, meine Hände dabei zu steuern. Ich hielt ihren Kopf, wie das die Profis in den Filmen immer machten, und wagte mich aktiv mit meiner Zunge voran. Ich glaube, das war nicht so gut, vielleicht etwas zu hastig. Aber was machte das schon aus? Nichts und niemand würde je zerstören können, was wir am Ende der „Supernova Stunde" in der schummrig gelb erleuchteten Gasse erlebten.

Mein Korkenziehermädchen und ich, da schmolzen wir dahin, wie der Rest des Eises neben unseren Füßen.

Noch Jahre später musste ich an den Glückskeks denken, den mir der Glückspoet in Aschaffenburg untergejubelt hatte.

Der erste Kuss schmeckt süß, der letzte Kuss schmeckt salzig.

Keine vierundzwanzig Stunden, nachdem Marijana und ich die Nacht durchgeredet hatten, flossen Oma Elfies Tränen, während sie mich abbusselte wie verrückt. „Bub, mein lieber Bub", schluchzte sie, in der einen Hand mein Mitbringsel haltend, mit der anderen durch mein Gesicht streichend.

Größer noch als ihre Freude war wohl nur die meine. Ich hatte Oma Elfie zuletzt selten so glücklich erlebt, so agil ebenfalls nicht, und auch der Nebel schien sie nicht gänzlich einzulullen, jedenfalls nannte sie mich Eduard, rief nur einmal nach Willi und erinnerte sich einwandfrei daran, dass ich auf Reisen gewesen war. Dieser relativ stabile Zustand mag an der Launenhaftigkeit der Krankheitsschübe gelegen haben oder eben doch am positiven Wachrütteln infolge unseres Geschenks. „Gottes Schocktherapie", hatte Marijana im Vorfeld unsere Taktik genannt.

Zwei Stunden lang redeten wir mit Oma Elfie auf ihrer abendsonnenbeschienenen Terrasse, nachdem wir mit insgesamt drei Zügen von Prag über München ins Dorf am großen Wald gefahren und zu Fuß direkt zum Haus beim Forstgatter gelaufen waren. Wir waren erschöpft, aber glücklich.

Nach eineinhalb Wochen in der Fremde fühlte sich das Heimkommen an wie Schneeguttis machen im Sommer. Ich war mit der Garelli zu Madonna aufgebrochen und zu Fuß mit Marijana zurückgekehrt.

„Und das ist also deine Sängerin", sagte Oma Elfie mehrmals und musterte sie mit gütigem Blick. „Ein hübsches Maderl!" Ihre Hände patschten dabei munter auf ihren Kittel wie sonst nur bei Karels Melodien. „Nur die Frisur ist nicht schön, gell, Eduard, die gefällt dir auch nicht."

„Doch, irgendwie schon", erwiderte ich ehrlich.

„Geh geh!“, machte sie. „Du bist ja nicht recht gescheit!“

Mein Korkenziehermädchen blieb so cool wie Dr. Zitko, sie schien unser Austausch prächtig zu amüsieren.

Und überhaupt.

Marijana hatte es so gewollt. Sie hatte es sich nicht nehmen lassen, mitzukommen und Oma Elfie kennenzulernen. Noch in der Nacht nach dem Kuss war die Entscheidung gefallen. Ich war vor allem deshalb einverstanden, weil sie mir im Hotel eine wichtige Sache gestanden hatte. Marijana lag (mit Unterwäsche und T-Shirt bekleidet!) in ihrem Hotelbett und in meinen Armen, als sie mir erzählte, dass sie die Beziehung mit Kris beendet hatte, schon vor Wochen. „Ich wollte dich nicht unter Druck setzen“, war ihre Erklärung dafür, mir die Trennung so lange verschwiegen zu haben.

Zunächst wusste ich nicht, wie ich reagieren sollte. Was bedeutete das? War sie eine Lügnerin? War ihr Herz wirklich schon frei? Mir wurde ganz schwindelig.

Dann aber dachte ich an die neuen Möglichkeiten.

Dann aber küsste sie mich.

Und nun waren auch Hände im Spiel, vier Hände.

„Für Oma Elfie, die beste Babička, die sich ein Junge wünschen kann“, wiederholte Oma Elfie leise vor sich hin. Ihre Finger strichen über die Single, als wäre sie das Gesicht von Willi. „Mei, Bub, machst du mir so eine Freude!“ Ihre vom grauen Star getrübten Augen glänzten noch immer feucht. „Wie war er denn nun, der Karel? Ein fescher Mann ist er, hab ich recht?“

„Er lacht viel“, sagte Marijana, „er hat eine tolle Ausstrahlung.“

„Na, das glaub ich dir gern.“

„Und ja, er ist ein attraktiver Mann!“

„Jetzt ist auch wieder gut“, mischte ich mich ein. „Normal halt.“

Marijana boxte mich in die Schulter. „Nein, eben nicht normal. Er ist ein ganz besonderer Mann, Frau Elfie, lassen Sie sich da nicht irritieren.“

„Und immer gut gekleidet!", sagte Oma Elfie bestimmt, so, als wäre sie dabei gewesen. Und irgendwie war sie das ja auch. Sie war bei allem dabei, was ich in den vergangenen Tagen erlebt hatte. Und wer weiß, ob wir ohne ihre Hinweise bei Dr. Zitko und seinem Boss die Kurve gekriegt hätten.

Wieder packte sie mich und überschüttete mich mit Busserln. Im Hintergrund sang Karel Gott.

Zum ersten Mal in meinem Leben wollte ich ihn lauter stellen und immer wieder umdrehen.

DER HIMMEL WOHNT IN DIR UND MIR

Die schönsten Abschiede sind ja die versteckten Abschiede, also die, die man nicht im Bewusstsein des Abschiednehmens begeht, sondern im Bewusstsein größtmöglicher Zuneigung und Hoffnung; wenn man sich alles gesagt hat, alle Karten auf den Tisch, und Busserl bis zum Abwinken.

Immer wenn ich von dem Wiedersehen mit Oma Elfie erzähle, wischt man sich auch hier ein paar Tränchen aus den Winkeln, unabhängig davon, wie lange man schon in der Warteschleife hängt. Aber man muss das auch mal anders sehen. Ein besseres Happy End war kaum vorstellbar. Ich hatte meiner Großmutter die größte Freude seit Ausbruch ihrer Krankheit gemacht und ich hatte die Welt da draußen beschnuppert. Das Dorf am Wald betrachtete ich mit anderen Augen, auch davon hatte ich Oma Elfie erzählt. Sie hatte genickt, sie hatte mich verstanden, und selbst wenn sie es wieder vergessen würde, egal, es war ausgesprochen. Und was ausgesprochen worden ist, zählt. Ich hatte mich verliebt und ein echtes Mädchen geküsst, nicht nur einen Spiegel oder einen Star in Gedanken. Und ich hatte diese Sache mit S.

Ja, das hatte ich.

Zwei Mal.

Aber dazu gleich.

Da ich noch nicht nach Hause wollte – meine Eltern rechneten nicht mit mir und ein Tag hin oder her war angesichts der astronomischen Menge an zu erwartbarem Hausarrest ohnehin schon egal –, borgten wir uns von Oma Elfie zwei verstaubte Fahrräder aus dem Keller und fuhren damit zum Steinbruch. Unsere Sachen ließen wir zurück. Es war befreiend, mal ohne Rucksack unterwegs zu sein.

Der Steinbruch lag auf dem Weg zum kältesten Badesee im Landkreis, er galt als magischer Ort. Was sie hier abbauten, hat sich mir nie erschlossen, vielleicht habe ich mich auch einfach nie dafür interessiert. In meiner Welt lag seine Bestimmung einzig und allein im Partymachen und Abhängen.

„Da hinten haben sie immer Gras geraucht", sagte ich und deutete auf das Waldstück, das an den Steinbruch grenzte.

Wir saßen auf der Wiese am oberen Rand, von wo aus man die Szenerie überblicken konnte. Die müde Augustsonne verdrückte sich in Zeitlupe hinter den Horizont, die Wärme des Tages staute sich in der Luft, ein paar Mücken feierten tänzelnd das Nichtstun. „Und da unten" – mein Finger schoss an Marijana vorbei – „da stiegen die Feten."

„Lass mich raten. Du warst nie eingeladen."

Ich nickte und vermied Blickkontakt.

Marijana ergriff meine Hand. „Jetzt sitzt du ja hier mit mir."

„Wenn das die anderen sehen könnten ..."

„Was wäre dann?"

„Die würden glauben, ich hätte dich bezahlt."

„Hatten wir das nicht vereinbart?"

Ich schubste Marijana und ließ mich mit ihr zur Seite fallen. Halb auf ihr liegend sah ich sie an. Meine Finger strichen über ihr Gesicht. Ich genoss es, sie aus der Nähe zu betrachten. Jede einzelne Pore ihrer Haut, jedes einzelne Härchen wurde zum Forschungsobjekt.

Meine Neugier auf ihren Körper schien sogar sie, das coole Korkenziehermädchen, ein bisschen nervös zu machen. In die Stille meiner Zuwendung sagte sie: „Ich bin gern bei dir." Ihr rotes Oberteil hob und senkte sich in erhöhtem Tempo.

„Ich auch, schon immer."

Sie drehte sich zur Seite, ich folgte ihren Bewegungen, bis wir nebeneinander lagen, Kopf an Kopf.

Ich betrachtete ihren Hals. Ein schöner Hals, so lang und ... unbedeckt. „Sag mal, warum trägst du eigentlich deine Kette nicht mehr? Die war dir doch so wichtig. Ich hab mich das schon am Flughafen gefragt."

Marijanas Blick floh in den Schutz der Dämmerung. „Die Kette ist abgefallen, als ich vom Glauben abgefallen bin."

„Wie, abgefallen?"

„Okay, ich habe etwas nachgeholfen. Aber ich wollte das Kreuz nicht mehr länger mit mir herumtragen, seit mich Gott so enttäuscht hat."

„Du musst nicht darüber reden, wenn du nicht willst." Instinktiv griff ich nach ihrer Hand.

Doch da fuhr sie auch schon fort. „Mein Vater hat Mum hängen lassen, als es ihr am schlechtesten ging. Er hat sich lieber um seine Scheißpartei gekümmert und um seine Freundinnen als um seine psychisch labile Frau, die Mutter seines einzigen Kindes!" Ihre Nasenflügel pulsierten. „Als klar war, dass Mum wohl immer wieder Rückfälle bekommen und die Klinik ihr zweites Zuhause werden würde, ist er irgendwann gar nicht mehr gekommen. Gar nicht mehr, verdammt!"

„Das tut mir leid, Marijana, ehrlich."

Sie hatte sich wieder auf den Rücken gedreht. „Ist schon gut, so sind Menschen halt. Aber seitdem frage ich mich, ob es einen Gott, der das alles zulässt, wirklich gibt. Kaputte Mütter, verschwindende Väter. Was denkst du?"

„Ich glaube, da gibt es was! Ich muss das glauben, schon wegen Oma Elfie. Sie hat mir Gott eingeimpft, Karel und den Richtigen." Ich lächelte.

Marijana sah mich wieder an, auch ihr Mundwinkel zuckte. „Meine neue Frisur hat übrigens auch damit zu tun", sagte sie. „Ich wollte einen Neustart. Ich wollte zukünftig nur noch an mich selbst glauben."

„Ich glaube auch an dich."

„Weil du verknallt bist." Sie strich mir durchs Gesicht. „Und weil du süß bist."

Nach einer kleinen Pause nahm ich meinen Mut zusammen und fragte: „Glaubst du auch an uns?"

„Wie meinst du das?"

„Na ja, ich mach erst nächstes Jahr Abi, und zwar hier. Und du studierst in Hannover ..."

„Na hör mal, wir haben uns jahrelang Briefe geschrieben. Wenn jemand Verbundenheit auf Distanz beherrscht, dann ja wohl wir!"

„Verbundenheit auf Distanz", murmelte ich in die einsetzende Dunkelheit. Der Gedanke gefiel mir, das Prinzip dahinter ebenfalls. Andererseits war ich seit ein paar Tagen dabei, echte Nähe lieben zu lernen, also sozusagen das Gegenprinzip. Und war es nicht Marijana gewesen, der das Schreiben allein nicht gereicht hatte? Zum Glück ließ sie mir nicht viel Zeit zum Grübeln.

„Und überhaupt", sprach sie weiter, „jetzt, da wir uns geküsst haben, sind wir sowieso auf ewig verbunden."

Ihre Worte gaben mir Rätsel auf.

„Mal im Ernst, Eddie, wer weiß schon, was morgen sein wird. Meine Großmutter Tea hat immer gesagt: Das Schaf, das blökt, verliert seine Nahrung."

„Wie bitte?"

„Das Schaf, das blökt, verliert seine Nahrung."

„Das habe ich schon verstanden. Aber was hat das mit uns zu tun? Vielleicht ein Übersetzungsfehler? Sprichwörter zu übersetzen, ist zuweilen eine schwierige Kunst, die lassen sich oft überhaupt nicht in andere Sprachen übertragen. Oft spielen auch die kulturellen ..."

Schon wieder legte Marijana ihren Zeigefinger auf meinen Mund. „Schhhh!"

Als ich kapierte, dass ich das Schaf war, hörte ich auf mit dem Blöken.

„So ist gut. Und jetzt küss mich endlich."

Ich folgte ihr aufs Wort. (Davor ließ ich noch ein beherztes „Määääh!" fallen. Es sollte meinen Appetit auf sie zum Ausdruck bringen, war aber sehr wahrscheinlich einfach nur albern. Sie kicherte trotzdem.)

Ein Lächeln ist ein schönes Intro für die Begegnung der Lippen.

Als ich währenddessen spürte, dass Marijanas Hände nicht nur an ihrem Top, sondern auch an meinem T-Shirt zogen, wurde das Kribbeln in meinem Bauch größer, als es jemals gewesen war.

„Wer tanzt, hat immer recht, weißt du noch?“, fragte Marijana, als sie in Unterwäsche auf mir saß und die Knöpfe meiner Jeans aufploppen ließ.

Einen.

Nach.

Dem.

Anderen.

Ich beantwortete ihre Frage mit einem hastigen Nicken.

„Das gilt auch für Sex.“

Ich schluckte. „Du meinst ...“

„Keine Angst, ich führe. Stell dir einfach vor, du tanzt mit mir zu Madonna. Fühl ihren Rhythmus, spür sie!“

Irritiert sah ich sie an.

„Nein, warte, das klang jetzt schräg. Vergiss Madonna! Wir löschen die Alte ein für alle Mal aus deinem gierigen kleinen Männerhirn. All deine Gedanken gehören jetzt mir.“ Sie küsste meinen Bauchnabel. „Und nicht nur deine Gedanken.“

Was genau sie damit meinte, sollte ich sogleich erfahren. Dabei konnte ich weder denken, noch sprechen, alles Rationale wurde gestoppt. Aber ich erinnere mich noch an die Glücksträne, die mir hinterher über die Wange lief.

Der Kuss, bevor wir aufbrachen, schmeckte himmlisch.

FREI WIE DER WIND

Ich weiß nicht, ob es so etwas wie selbsterfüllende Prophezeiungen gibt oder nicht. Ich kannte den Begriff aus Büchern, hatte aber nie weiter über die Praxis zur Theorie nachgedacht. Bis zu jenem Tag in Prag, als ich in der „Supernova Stunde“ meinen ersten Kuss bekam. Da er nach der Piña Colada schmeckte, die sich Marijana nach dem Essen auf Empfehlung von Pavel bestellt hatte, schoss mir auf dem Nachhauseweg der Spruch aus dem Glückskeks ein.

Und ich wurde ihn nicht mehr los.

Der Satz flatterte über mir wie das Werbebanner eines Flugzeugs. Was würde es zu bedeuten haben, wenn ein Kuss jemals salzig schmeckte? War dann die Beziehung zu Ende? Was würde sonst zu Ende gehen können? Oder war das alles Quatsch? Fragen wie diese quälten mich, immer wieder. Zunächst bei Oma Elfie, als sie mich freudeschluchzend niederbusselte. Aber zählte ein Busserl als Kuss? Nein, redete ich mir ein, sicher nicht. Ein Busserl war die kleine Schwester mit Zöpfchen, niedlich ja, aber kein Vergleich zur Traumfrau von erwachsener Erstgeborenen.

Wenig später dann erneut, als ich Marijana küsste und meine eigene Glücksträne schmeckte.

Ich kann es nicht mehr genau rekonstruieren, aber es ist gut möglich, dass ich über die spekulative Bedeutung des Salzkusses nachdachte, als wir am Rand des Steinbruchs entlangtaumelten, auf dem Weg zurück zu unseren Rädern, liebestrunken ins Ungewisse.

Das Stechen in der linken Wade veränderte alles.

Es kam wie ein Blitz aus heiterem Himmel und ich schenkte dem Schmerz ebenso wenig Aufmerksamkeit, wie man anfangs auch einen Schluckauf oder einen Hustenreiz unbewusst ignoriert. Dann aber, als mir mit jedem Schritt das Auftreten schwerer fiel, spukte der Glückspoet durch meinen Kopf. Schwabing, das Krankenhaus, der Wadlzwick.

Auf meiner Stirn bildeten sich Schweißperlen.

Was hatte der Arzt meinen Eltern mitgeteilt? Bein abnehmen?

Ich biss die Zähne zusammen, im Don-Quijote-Kampf gegen die negativen Gefühle. Marijana lief einige Meter rechts vor mir, augenscheinlich um ihre Hände versonnen durch die Getreidehalme im angrenzenden Feld gleiten zu lassen, während ich versuchte, klarzukommen.

Angst hatte ich am Steinbruch nie gehabt, auch nicht an dieser Stelle am Abgrund. Gleichwohl diskutierte man regelmäßig im Gemeinderat, ob man nicht einen Zaun zur Sicherung installieren sollte. Die Mehrheit vertrat die Ansicht, dass das Betreten des Steinbruchs sowieso verboten sei, was ordnungsgemäß durch ein Schild am Ende der Straße ausgewiesen sei. Und was hier abends und nachts illegalerweise geschah, dafür sei man nicht verantwortlich.

Was letztlich zu meinem Sturz geführt hat, kann ich nur vage schildern. Eine Verkettung von Zufällen.

Schicksalsschläge?

Nur an ein Detail erinnere ich mich gut. Drei grelle Lichter, in schnellen Bewegungen, wie monströse Glühwürmchen. Als sich die Lichtkegel, wahrscheinlich Taschenlampen, in der Dämmerung näherten, traf ein Strahl auf eine Scherbe auf dem Boden, oder war es eine Klinge? Unweigerlich musste ich an das Lager der Zeckenbande denken. Ein weiterer Kindheitsschock. Ein Schock im Schock. Instinktiv machte ich einen beherzten Ausweichschritt nach links.

Eine folgenschwere Tat. Denn eines mochte der Wadlzwick noch weniger als unwürdige Diagnosen: dass man das von ihm befallene Bein stark und mit Schwung belastete.

Kurzum, es reagierte nicht.

Beziehungsweise, es reagierte schon, nur anders.

Die Wade verweigerte, das Knie blockierte, das ganze Bein sackte ab. Wie ein lebloses Etwas brach es in sich zusammen. Ich kippte nach links.

Das Letzte, das ich bewusst wahrnahm, war die Zeit bis zum Aufprall.

Eine Ewigkeit.

Jedenfalls lange genug für einen Gedanken:

Das war's dann wohl, der Glückskeks hatte recht.

BONUSTRACKS

Ich habe lange gebraucht, bis ich imstande war, das vergangene Kapitel auszuformulieren. Ich meine, wer schreibt schon gern über sein eigenes Ende?

Ich komme aber nicht aus. Unsere Memoiren dienen der Vorbereitung auf das große Feedbackgespräch, können also eine entscheidende Bedeutung haben für das Danach. Jeder wird zum Schreiben ermutigt, und wer es nicht kann, dem wird geholfen. Für Kinder gibt es Sonderregeln, allein gelassen wird hier niemand. Zeit spielt keine Rolle, es gibt auch kein Gedränge oder Strafen bei Verweigerung. Die Memoiren sind dennoch Pflicht, ohne sie gibt es keine Versetzung. Ohne sie geht es nicht zum Endmonster, wie es der Computerspieler in mir formulieren würde, was ich aber niemals laut aussprechen werde, allein schon wegen Oma Elfie.

Es kursiert das Gerücht, die Milliarden Memoiren würden am Datenschutz vorbei zur Schaffung einer gigantischen künstlichen Intelligenz genutzt. Aber wenn man wie ich seit mehr als fünfundzwanzig Jahren in der Warteschleife hängt, macht einem niemand mehr was vor. Da kann man uns noch so viele Paganiros im Gemeinschaftsraum verabreichen, um die Taktik dahinter zu verschleiern. Und die Dinger haben es echt in sich, weiß Gott!

Die Warteschleife also, der große Traum in Weiß. Andere Farben sieht man hier nicht, es gibt auch keine Nacht. Dafür gibt es immer die richtige Lautstärke, kein zu leise und kein zu laut. Das ewige Weiß ist moderat und sanft, ist Wachzustand und Schlaf in einem. Dazu ständig dieses dezente Rauschen, wie eine gut funktionierende Heizung oder tschechische Birken im Wind. Die Wartezonen sind riesig, man denkt hier nicht in Straßen, Dörfern und Städten. Es gibt Gruppen, unendlich viele Gruppen, allesamt akribisch sortiert. Meine heißt, ich habe es bereits erwähnt, „Nordeuropa MCMXCIII, Abt. DBY".

D steht für Deutschland, BY für Bayern, die römische Zahl für das Todesjahr. So nüchtern ist die ganze Angelegenheit. In Deutschland sterben pro Jahr circa eine Million Menschen, 1993 waren es knapp 900.000. In Bayern waren es 123.000. Es sind also eine ganze Menge, die Jahr für Jahr in die Warteschleife übergehen. Jeder Sterbende geht diesen Weg, beim Sterben sind endlich alle gleich.

In die Warteschleife kommt man deshalb, weil es selbstverständlich einen Stau gibt. Alle sollen das große Feedbackgespräch bekommen, Anweisung von ganz oben, und über all die Jahrzehnte und Jahrhunderte wird halt nun mal weitergestorben, überall auf der Welt und womöglich darüber hinaus. Über extraterrestrische Abteilungen und Tier-Dependancen hört man ebenfalls die wildesten Gerüchte. Jedenfalls gibt es in der menschlichen Warteschleife eine klare Ordnung. Wer früher stirbt, muss sich länger gedulden, Ältere werden bevorzugt behandelt respektive dürfen so bald wie möglich zum finalen Gespräch vorrücken.

Das große Feedbackgespräch soll, so heißt es, über das nächste Level entscheiden. Ob und wie und warum es danach weitergeht, darüber lässt sich nur spekulieren.

Letztens brachte mich ein White-out – so nennt man hier einen energetischen Black-out – auf eine interessante Idee. Den nächsten White-out werde ich nutzen, um mein Manuskript aus der Warteschleife hinauszusenden. Sozusagen durch zahlreiche Clouds hindurch in das unterentwickelte terrestrische Datenverarbeitungssystem des 21. Jahrhunderts. Ein Vorgang, der streng verboten und technisch so gut wie ausgeschlossen ist. Aber „so gut wie" ist das verspielte Cousinchen von „manchmal aber auch nicht". Und ich finde, es wird Zeit, diesen Ort in den Geschichten der Menschen nicht länger auszusparen oder mit religiösen Märchen weiter aufzuladen.

Ja, das Warten nervt, ganz besonders mich.

Zeit meines irdischen Lebens fühlte ich mich bereits wie in einer Warteschleife, sehnsuchtsvoll darauf gierend, dass irgendetwas passierte. Stets der Jüngste, der endlich aufholen wollte.

Hungrig nach dem echten Leben, blablabla.

Und kaum war Marijana da, meine Madonna, mein Sinn – zack. Nächster Level, nächste Warteschleife. Das Gute daran, man altert nicht, also körperlich. Jeder bleibt in der Entwicklungsphase seiner menschlichen Existenz verhaftet, in der er sich zum Zeitpunkt seines Übergangs befand.

Für immer siebzehn, für immer Ich.

Nur geistig reifer, stilistisch besser, weil sich Gedanken nicht einfrieren, Leselust und Austausch nicht stoppen lassen.

Die Gespräche mit den anderen habe ich langsam schätzen gelernt, inzwischen liegen sie mir besonders am Herzen. Wie gesagt, man erzählt sich gegenseitig seine Geschichten. Da gibt es Lebensläufe zu hören, dafür würden Autoren großer Streamingdienste viel Geld bezahlen. Aber ich wiederhole mich.

Auf der Agenda stehen auch Interviews mit den Betreuern, Traumabewältigung und seit Kurzem Genderfragen. Offensichtlich studiert man hier die Wesensentwicklung der Spezies Mensch ganz genau, erhofft sich Langzeitdaten durch signifikante Erhebungen. Auf diesbezügliche Nachfragen bekommt man keine Antwort, klar. Dennoch wundere ich mich, warum sich die Menschheit im Laufe der Jahrhunderte nicht ebenfalls signifikant verbessert hat, wenn man berücksichtigt, was hier für ein Aufwand getrieben wird.

KOMM EIN BISSCHEN HER ZU MIR

Es ist so.

Einige Neulinge verlassen das Weiß nach einer gewissen Zeit wieder. Ohne Feedbackgespräch. Sie kehren zurück. Bei den meisten dieser seltenen Zwischenweltenbummler werden die Erinnerungen an ihren Aufenthalt gelöscht, aber nicht immer und nicht alle.

Als Koma-Patient oder Halbtoter, wie man hier umgangssprachlich sagt, ist man sozusagen ein Gasthörer. Man schnuppert in die Warteschleife hinein, einer vorläufigen Gruppe zugeteilt. Während also der Körper in einem irdischen Krankenhaus physisch am Leben gehalten wird, beginnt sich das Selbst bereits abzulösen. Eine irre spannende Transitzone, wie ich finde. Leider noch unzureichend erforscht, sowohl medizinisch als auch literarisch. Vor ein paar Jahren stieß ich in der Bibliothek – davon gibt es hier die größten und am besten sortierten, und ganz ohne Ausschuss – auf den in vielerlei Hinsicht fantastischen Koma-Roman „Das grüne Rollo". Ein tollkühnes Stück Erzählung des Österreichers Heinrich Steinfest, dramaturgisch brillant, wenngleich komplett erfunden, was keine Kritik sein soll, im Gegenteil. Literatur darf das kunterbunte Ausmalen rationaler Wissenslücken nie ganz vergessen, meine Meinung.

Warum ich mir in meinem Urteil Steinfest gegenüber so sicher bin? Nun, weil ich es aus erster Hand weiß.

Mein Absturz im Steinbruch hatte ein Schädel-Hirn-Trauma zur Folge, für die Mediziner ein klarer Fall von völliger Bewusstlosigkeit. Aber so ganz stimmt das nicht. Ich kann von einer gewissen Durchlässigkeit der Informationen derer berichten, die sich mit Hingabe am Krankenbett mit mir beschäftigten, mir Geschichten erzählten und mich nicht aufgaben. Allen voran die Ärzte, dann auch Marijana, Oma Elfie, meine Eltern, Nina und Charly, sogar Agata kam vorbei. Ein anderes Mal der Glückspoet, wobei ich mir bei Letzterem nicht ganz sicher bin, ob ich mir das erneute Déjà-vu nicht bloß eingebildet hatte.

Oft war es bruchstückhaft, was da zu mir herüberwehte, manchmal pure Emotion, dann wieder ein minimaler Impuls. Ich befand mich ja bereits in der Warteschleife, wenn auch mit dezent temporärem Status, wurde vorbereitet auf die Zeit, die ich ausharren musste, mit ersten Check-ups, Analysen und Workshops über Memoiren. Aber hin und wieder sah ich Blitze, roch Kölnisch Wasser, spürte Berührungen, wo es keine gab. Und dann die Übertragungen! Einem irdischen Verstand kann man deren Prinzip wohl am ehesten so begreifbar machen. Jedes Selbst in der Warteschleife verfügt über eine zuvor ungekannte Hypersensibilität, die es zum Empfänger universeller

Codes macht. Anders gesagt: Jeder hier kann Informationen spüren. Nicht nur lesen, schreiben, hören, sondern spüren. Eine Fähigkeit die, meinen Beobachtungen zufolge, bei Zwischenweltenbummlern stärker ausgeprägt ist und nachlässt, je länger der Übergang zurückliegt.

Meine erste Übertragung war irritierend. Ich spürte die Tränen meiner Mutter, ihre Fassungslosigkeit und Trauer, die Selbstvorwürfe und Liebesbekundungen. Ich spürte das alles körperlich, mal hier, mal da, mal im Schlaf, mal im Gespräch. Und es machte mich fertig, selbstverständlich machte es mich fertig. So sehr ich zeitlebens das Gefühl hatte, meinen Eltern im Weg zu stehen, ihnen mehr Last als Freude zu sein, so sehr wünschte ich mich nun zurück ins Dorf am Wald, zurück in das holzknarzende Haus, wo der Wind sein Lied durch die Ritzen pfiff.

Zum Glück gibt es im ewigen Weiß die Therapie der Seelenbalance. Sie wirkt recht gut und auch schnell und sorgt dafür, dass Emotionen, die rückblickend zwangsläufig erstarken, zwar erlebbar bleiben, aber einen nicht lähmen. Ohne sie wäre ich verloren gewesen, allein schon wegen Marijana.

Kurioserweise war es mein schweigsamer Vater, von dem ich einen ersten vollständigen Satz empfing, oder besser, ein vollständiges Wort. Ein sehr vollständiges, inhaltsschweres Wort, um genau zu sein. Ich sprach gerade mit der Psychologin über meine spätpubertäre sexuelle Entwicklung. Und was ich gespürt habe, ging etwa so: „Himmiharrschaftzaggramentzefixallelujamilextamarschscheiße."

Ich konnte nicht anders und musste schrill auflachen. Denn anders als dem Bairischen nicht Mächtige vermutete ich dahinter keinen Übertragungsfehler, sondern einen Eins-a-Fluch in der Diktion meines Vaters. Es war der längste Fluch, den ich je von ihm vernommen hatte, und meine Erfahrung diesbezüglich reichte bekanntlich für eine eigene Sammlung.

Die Psychologin hob infolge meiner spontanen Erheiterung eine ihrer makellos gezeichneten Augenbrauen und sagte: „Na, na, ich finde Ihre sexuelle Performance jetzt eher nicht zum Lachen, sondern tendenziell traurig."

„Entschuldigen Sie bitte“, gluckste ich, „eine Übertragung.“
„Ach so, pardon, Ihre Erste?“
„Oh ja, und wie!“
Geflucht hatte mein Vater, soweit ich das nachspüren konnte, weil er im Gespräch mit Marijana von der in Aschaffenburg zurückgelassenen schrottreifen Garelli erfahren hatte.

Es muss in der Zeit gewesen sein, als die Übertragungen nachließen, als ich Oma Elfie begegnete. Nur flüchtig, nicht eindeutig, dennoch mag ich daran glauben. Man muss ja kein Orakel sein, um zu ahnen, dass auch meine geliebte Großmutter das ewige Weiß kennenlernen würde, während ich noch in der Warteschleife hing. Ein paar Erdenjahre hatte sie zwar noch, aber wie ich schon bei mehreren Eingebungen gespürt hatte, war der Nebel nach meinem Abgang dichter geworden. Gegen den Lauf der Zeit war jede noch so schöne Grußbotschaft des Meisters machtlos.

Oma Elfie zu sehen, wenn auch nur aus der Ferne, war trotz des traurigen Anlasses ein großer Glücksmoment für mich. Ich machte sie auf einer der Schwebetreppen aus. Die geräuschlosen Beförderungsmittel bilden hier, im Knotenraum der weißen Hoffnung, ein ewiges Treppengeflecht, das an den Künstler M.C. Escher erinnert. Sie trug ihren gepunkteten Kittel, der Schwung ihrer Dauerwellen war beeindruckender denn je. Ihre Richtung war klar: ganz nach oben.

Ich fuhr etwas versetzt an ihr vorbei, ein paar Schichten nach unten, mein Ziel war die Recherche-Cloud. Kurz trafen sich unsere Blicke, dann ein synchrones Lächeln, das ich mir auch eingebildet haben könnte.

Im Augenwinkel sah ich, wie sie plötzlich wieder strenger dreinschaute. Entfernt hörte ich Oma Elfie sagen: „Willi, wo steckst denn? Wart nur, wenn ich dich erwisch!“

Bleiben noch ein paar allerletzte Fragen.

War ich also ein Unfall? Ein Schelmenstreich Gottes? Ein Ärgernis mit wasserfarbenblauen Augen und Grübchen so groß wie ausgewachsene Fingerkuppen?

Ich hatte das große Glück, geliebt zu werden und zu lieben. Und nicht im Entferntesten glaube ich daran, dass der Sinn des Lebens in der häufigen Wiederholung großer Gefühle besteht. Qualität statt Quantität, da sind sich hier fast alle einig. Dankbar bin ich für fast alles, das ich erleben durfte. Für den ersten Kuss, den letzten Kuss, das Davor und das Dazwischen. Was war da nicht alles geboten über die Jahre! Ich habe Menschen nie verstanden, die sich hilflos an die Floskel klammern, die Zeit vergehe wie im Flug. Wer so denkt, ist nur zu faul, sich zu erinnern. Denn auch dafür braucht es Hirnschmalz.

Im Dorf am Wald, bei meinen Eltern und Geschwistern herrschte mit genügend Abstand zu meinem Sturz ein Frieden, der sich anfühlte wie Tee mit Keksen im Lager der ausrangierten Bücher. Auch Oma Elfie hätte ich nicht glücklicher verlassen können. Mein Versprechen, noch einmal für sie zu tanzen, habe ich ebenfalls gehalten. Es war mir zwar äußerst peinlich, darum rücke ich erst jetzt damit raus. Peinlich, weil Marijana amüsiert zusah, wie ich Oma Elfie auf ihrer Terrasse meine Madonna-Moves vorführte, den von mir erfundenen Popo-Swirl zum Finale von „Express yourself" gab's gleich in doppelter Ausführung. Aber was macht man nicht alles, wenn man liebt?

Was mich zum schmerzvollsten und zugleich glücklichsten Schlussgedanken bringt.

Es geht um Marijana, mein Korkenziehermädchen.

Meine Splitterkönigin und Handschriftqueen. Meine Brieffreundin, mein Seelendouble. Meine allzeit richtige Berührung, mein erstes Mal.

Du fehlst mir.

Du fehlst mir so sehr!

Warum zur Hölle hat mir dein unsichtbarer Schutzhelm nicht geholfen? Wo war er, als ich ihn so dringend brauchte?

Es ist hart ohne dich, aber ich gebe mir Mühe. Will mich halten an dein Prinzip der Verbundenheit auf Distanz. Als hättest du es geahnt!

Ich spüre dich immer noch bei Übertragungen, bis in die Haarspitzen spüre ich deine Energie. Ich liebe deine Energie. Du warst und bist mein Vorbild, und egal, wie es mit mir hier weitergeht, für immer bleiben wir eins.

Du bist alles.

Alles sind wir.

Ich bin er.

Denn das Allerbeste kommt erst noch.

Ich konnte es zunächst auch nicht glauben und am Anfang waren die Gesprächsfetzen sehr verwirrend. Aber auf einmal spürte ich die intensivste Übertragung, die man sich nur vorstellen kann. Die Experten hier sprechen vom multisensorischen Genflimmern, das in manchen Fällen zum Seelencruising führen kann, flapsig gesprochen. Es war, als lösten sich Körper und Geist voneinander ab, um sich anschließend zu verdoppeln. Wie eine holographische Kopie, die sich über das Original legt. Beim Verschmelzen der zwei Ichs glaubte ich, Marijanas Lebenskraft in jeder einzelnen Zelle zu spüren, ich zitterte, pumpte und sah hunderte Leuchtpünktchen.

Ich ruhte gerade und war allein, weshalb keiner mitbekam – zumindest nicht unmittelbar, indirekt bleibt hier nichts verborgen –, wie mir eine Glückstränе über die Wange schoss. (Falls es Nachfragen gibt, sie schmeckte nach Schneeguttis.)

Im Mai 1994 brachte Marijana einen gesunden Jungen zur Welt.

Es mussten viele Diskussionen vorangegangen sein, aber am Ende hatte sie sich gegen den Willen ihres Vaters durchgesetzt. Im Unterschied zu mir war sie ja bereits volljährig. Zu meiner Überraschung machte ich auch aus, dass ihr meine Eltern größtmögliche Unterstützung zusicherten.

Oma Elfie wiederum hörte ich beim Besuch der ganzen Sippe an meinem Krankenbett glasklar krächzen: „Mei, der Bub, eine Nase wie der Eduard!“

Eddie junior also.

Auch er ist kein Schelmenstreich Gottes, so wie ich keiner war. Ich war ein Mensch wie alle anderen. Wir haben alle unsere Probleme. Und wir haben die Zeit, die wir eben haben. Auf der einen Seite zumindest. Was die andere Seite betrifft, nun, das wäre wohl ein eigenes Buch.

Nur so viel.

Falls es Sie wirklich interessiert, wie es nach dem Ende weitergeht, sollte ich die Geschichte vielleicht mit meiner jüngsten Beobachtung beschließen.

Sie können mir glauben oder nicht, aber ich habe Gott gesehen. Sie hat Geschmack, sie hört Madonna.

PLAYLIST

A

A-SEITE // MADONNA

1. Die another day (2002)
2. Mother and father (2003)
3. Keep it together (1989)
4. Rescue me (1990)
5. Like a virgin (1984)
6. Into the groove (1984)
7. Express yourself (1989)
8. Open your heart (1986)
9. Like a prayer (1989)
10. Voices (2008)
11. The power of goodbye (1998)
12. Trust no bitch (2015)
13. Cry baby (1990)

B

B-SEITE // MADONNA

1. Rebel heart (2015)
2. Where's the party (1986)
3. Future (2019)
4. Little boy lost (1979)
5. Tragic girl (2015)
6. I'm going bananas (1990)
7. Broken (2009)
8. Miles away (2008)

KASSETTENWECHSEL // KAREL GOTT

1. Fang das Licht (1985)
2. Wie der Teufel es will (1976)
3. Schicksalsmelodie (1971)
4. Die tausend Türme deiner Stadt (1985)
5. Einmal um die ganze Welt (1970)
6. Bis ans Ende aller Straßen (1989)
7. Babička (1979)
8. Diese Nacht ist wie ein Märchen (1993)
9. Eine Liebe ist viele Tränen wert (1980)
10. Der Himmel wohnt in dir und mir (mit Deborah Sasson, 2009)
11. Frei wie der Wind (1972)

BONUSTRACKS // KAREL GOTT

1. Rauschende Birken (1975)
2. Komm ein bisschen her zu mir (1978)
3. Mein letztes Lied (2000)

DANKE

Filip Albrecht, Martina Dolhaniuk, Hans Grünthaler, Sarah Käsmayr, Wolfgang Kaminski, Lisa Richter, Astrid Ruppert, Stefan Sommer, Michael Volk, Benedict Wells, Andrea Wildgruber. Ohne euch kein Buch. Eddie tanzt für euch.

Ein ganz besonderer Dank geht an piz. Ohne dich alles nichts. Mit dir tanzt das Leben.